文春文庫

罪の年輪

ラストライン6

堂場瞬一

文藝春秋

目次

罪の年輪

ラストライン6

第一章　最後の日々へ

1

警察ではこういうことは珍しくない——よくあることだ。頭では分かっていても、実際に自分が直面すると、やはり戸惑ってしまう。

年下の上司と微妙な話。しかも朝イチで。しかも大型連休明けの月曜日に。

「いやあ、ガンさん、相変わらずお元気そうで」

捜査一課の理事官、宮下真《みやしたまこと》は、岩倉剛《いわくらごう》より二歳年下である。捜査一課時代の同僚だが、出世意欲が高く、順調に階級を上げてきた。五十三歳で警視、捜査一課の理事官ということは、まだまだ上は見えている。この後どこかの署長を務めるか、鑑識課長を経由して捜査一課長へ、というのは十分ありうるルートだ。

「まあ、暇だからな。ここだと、体力を消耗することもない」岩倉はつい、皮肉っぽく言ってしまった。「最近、立川中央署は事件に見放されてるんだ」

「いいことじゃないですか」

「いいけど、体が鈍《なま》るよ」岩倉は両肩をぐるりと回した。実際このところ、暇を持て余している……決して悪いことではないのだが、立川中央署刑事課強行犯係の刑事としては、腕と感覚が鈍《にぶ》っていくのを意識してしまう。まあ、二十三区内の繁華街にある所轄とは環境も仕事の質も違うことは、異動してきた時から分かっていたのだが。

岩倉はコーヒーを一口飲んだ。JR立川駅に程近い複合施設「グリーンスプリングス」のカフェ。コロナ禍が始まった直後にオープンしたこの施設には、ホテルやホールの他に、オフィスや商業施設も入っていて、立川市の新しいランドマークになっている。立川中央署付近には気軽に昼飯を食べられるような店があまりなかったのだが、この施設ができてからはかなり便利になった。今回、宮下が「会いたい」と言ってきた時も、岩倉は迷わず、ここにあるカフェを指定した。「署ではなく外で」と言われた時には、嫌な予感が走ったのだが。そもそも捜査一課の理事官が、平日の朝から所轄の平刑事に会いに来ることが異例である。仲がよければ「たまには飯でも」となってもおかしくないが、宮下とはそれほど親しくはない。普通の先輩後輩、階級的には逆に上司と部下の関係だ。

「すみませんね、お忙しいところ」宮下が愛想良く言ったことに、岩倉は軽い違和感を抱いた。元々ハードなタイプ——無愛想で、同僚にも容疑者にも余計なことは言わないのに。捜査一課長を狙える管理職として、心構えを変えたのかもしれない。そう言えば体型も……捜査一課に来たばかりの頃は、小柄で痩せぎす、眼光鋭く周囲を睨《にら》みつけていたのだが、今や小太りになって目つきも柔和である。年齢を重ねて柔らかいオッサンになった、という感じだった。

「いや、本当に忙しくないから、別にいいけど、どうしたんだ？　理事官殿がわざわざこんな辺鄙《へんぴ》なところまでお出でになるなんて、ビビるな」

「課長の名代《みょうだい》ですよ」

「石本《いしもと》さんの？」岩倉が捜査一課にいた頃、管理官として一時上司だった男で、去年の秋に、捜査一課長に就任したばかりである。

「ええ」真顔でうなずき、宮下がカップを口元に運ぶ。頼んでいたのはカフェラテ。それに何か甘いシロップを足していたはずだ。太るのも当然、という感じである。「率直に申し上げますけど、ガンさん、そろそろ捜査一課に戻ってくれませんか？」

「それが課長の意向？」

「ええ」宮下が真顔でうなずく。「ガンさんを所轄にずっと置いておくのは、捜査一課として損失です。だからそろそろ戻って欲しいと……もう、面倒なことは気にしないでいいんだし」

「まあな」それを言われると、安心すると同時に胸が痛む。

　岩倉が「本籍地」である本部の捜査一課を出て所轄を転々としているのは、サイバー犯罪対策課から「逃げる」ためだった。岩倉は、こと犯罪に関しては異常な記憶力の持ち主で、それに目をつけたサイバー犯罪対策課が「研究させて欲しい」と言ってきたのである。よりによって、脳科学者である大学教授の元妻——当時はまだ別居中で離婚はしていなかった——とタッグを組んで。

そのしつこい狙いから逃げるためには、都心を離れて所轄に勤務しているのが一番だと考えたのだ。

しかし今や妻との離婚は成立し、自分をしつこく追いかけていたサイバー犯罪対策課の福沢一太《ふくざわいちた》は事件に巻きこまれて亡くなった。以来、サイバー犯罪対策課からの誘いはぱたりと途絶えている。確かに宮下の言う通り、捜査一課に戻ってもいい頃合いだ。

「どうですか？　立川中央署で余裕たっぷりの毎日もいいかもしれませんけど、そろそろ本部で仕事をしてもいいんじゃないですか？　サイバー犯罪対策課が何か言ってきても、課長が確実に抑えると仰《おつしや》ってますよ」

「石本さんは強硬派だからな」岩倉は苦笑した。実際、あちこちで衝突……あれでよく捜査一課長になれたと思う。

「ま、ちょっと天狗になってますけどね」宮下が意外な批判を口にした。捜査一課長と言えば、警視庁のノンキャリア警察官の頂点のような存在である。警視庁の中で就任がニュースとして取り上げられるのも、警視総監と捜査一課長だけなのだ。ある意味、警視庁の「顔」……刑事として活躍し、仕事で結果を出した上に、昇任試験にもきっちり合格、さらに同僚や後輩からの信頼も厚い——そんな人間でないと、捜査一課長にはなれない。

「直属の手下の理事官に批判されるようじゃ、石本さんもすぐに異動になるんじゃないか」必ずしも、捜査一課長がキャリアの最後に来るわけではない。年齢にもよるが、その後は都内に十八しかない「S級署」と呼ばれる大規模署の署長や、方面本部長への転身もありうる。石本の場合、年齢的に捜査一課長を最後に勇退することになりそうだが。

「まあ、捜査一課長が、事件でもないのにいちいち所轄まで足を運んでたら、それはそれで問題だと思いますけど」

「理事官でも同じだと思うよ。俺を本部へ呼びつければよかったんだ」

「それも難しいでしょう。所轄にいると、いつ何が起きるか分からないんだから」

「それで用件は、捜査一課への復帰なんだな？」岩倉は顎《あご》を撫でて、話を本筋に引き戻した。

「そういうことです」

「もしかしたら、定年絡みか？」

「さすが、ガンさん。察しがいい」宮下がうなずく。「ガンさん、昭和四十三年生まれですよね？」

「ああ」

「ということは、今年五十五歳」

「なったばかりだよ」今は五月。岩倉は四月生まれだ。

単に年齢を確認しているだけだし、宮下の意図も分かっているのだが、何となく今のやり取りは気に食わない。この店は窓が大きく、陽光が燦々《さんさん》と降り注いでいる。春の日差しに照らされた手の甲をふと見ると、皺《しわ》が目立つこと……何の手入れもしていないから当たり前とはいえ、何だか情けなくなる。気力・体力の衰えを感じることはないが、外見の変化についてはどうしようもない。

「今度の定年延長の仕組み、複雑過ぎてよく分からないんですけどね」

「お前も引っかかってくるじゃないか。もう少し自分の身に置き換えて考えないと」

「まあまあ……ガンさん、どうするつもりですか」

「まだ何も考えてないよ」

この四月に法改正が行われ、国家公務員と地方公務員の定年の段階的な引き上げが決まった。まず、今年度から六十一歳に。その後は二年おきに一歳ずつ引き上げられ、最終的に二〇三一年度には六十五歳になるわけだ。岩倉の場合、六十五歳になるのは二〇三三年だから、この新規定に当てはまる。定年は六十五歳、ちょうど十年後だ。

「十年なんて、結構すぐですよ」

「そうだけどさ」

「一課長も、本来なら来年度に定年です。ただし新しい制度でもう一年延びる――それを考えれば、手元にいい札を揃えておきたいんでしょうね」

「俺はトランプじゃねえぞ」少しむっとして岩倉は言った。警察官の中には、時々こういう物言いをする人間がいる。人を駒やカード、あるいは兵士に喩《たと》える人間が。上手いことを言っているつもりかもしれないが、言われた方としてはいい気持ちはしない。

「トランプだったらエースですよ」宮下がニヤリと笑った。「ガンさんはそれぐらい強いカードなんですから」

「そう言われても、特に嬉しくないな」

「でも、考えてもらえませんか？　ガンさんが戻るつもりなら、捜査一課はいつでも席を用意します」

「そうか」

悪い話ではない……のだろう。岩倉は元々捜査一課出身である。サイバー犯罪対策課が余計なことを言い出さなければ、ずっと捜査一課にいて、長年慣れ親しんだ仕事をしていただろう。その意味で、サイバー犯罪対策課に対しては恨みに近い気持ちもあるが、南大田署、立川中央署と所轄を回ってきたこの数年間は、必ずしも悪くはなかった。恋人の実里《みのり》と過ごす時間も取れるようになったし——いや、そうでもないか。彼女は舞台女優としてステップアップするために、コロナ禍の最中ニューヨークに飛んで、しばらく帰国しなかった。そして今は、体調を崩しがちな母親の世話に追われている。そのために都心の実家に戻ってしまい、岩倉と会う機会は減っていた。岩倉が本部勤務になれば、今までよりは会いやすくなるだろう。いや、捜査一課の忙しさは所轄の刑事課の比ではないから、今まで以上に会えなくなるかもしれない——プラスマイナスを考えても、この異動を受けるべきかどうか判断できなかった。

「もちろん、ガンさんには現役としての活躍を期待してますけど、若い連中に捜査のノウハウを伝えるのをメーンにお願いしたいんです。こういうの、やっぱりマニュアル化できないでしょう。一緒に動いて伝えないと」

「まあな」岩倉も若手の頃は、見よう見真似で捜査の基本を覚えたのだった。あの頃は今以上に、先輩刑事は頑固で頑《かたく》な、丁寧に教えてくれる人など一人もいなかった。先輩にくっついて歩き、聞き込みや張り込みのやり方を見て覚える——当時は何と非効率的かと思ったが、岩倉も年を重ねるに連れ、刑事の仕事の多くはマニュアル化できないものだと思い知るようになった。犯罪被害者や加害者家族をサポートする総合支援課では、発足当初から様々なケースのマニュアルを作ってきたというが、あまりにも「ケースバイケース」ばかりで、マニュアルは分厚くなる一方だという。すぐに参照できないものは、マニュアルとは言い難い。捜査部署でも同じことだ。要するに警察の仕事は、分類不可能なことが多過ぎる。百の事件があれば、百の顔がある。「類似事件」は確かに多いのだが、似ているだけで同じとは言えない。捜査のノウハウも同じことである。

岩倉は、コーヒーに砂糖を袋半分だけ入れた。最近、コーヒーを飲む時には途中で味変する。人間、歳を取ると頑固になって何も変えたくなくなるというが、岩倉の場合はそうでもなかった。コーヒーの飲み方が変わるなど、ごく些細《ささい》な変化かもしれないが。

「立川もいい街ですよね」宮下が唐突に言った。

「どこだって住めば都だよ」

「いやいや、都会と田舎のバランスがちょうどいいっていうか……こんな都会的な施設もあるけど、ちょっと行けば奥多摩でしょう」

「俺は別に、自然には興味がないんだけどな」岩倉は苦笑した。

「でも、何だか居心地がいいですよ。このカフェだって、これだけ広いのに客が少ない……何だかのんびりしますよね」

それは単に、まだ早い時間だからだ、と言いかけて岩倉は言葉を呑みこんだ。いつの間にか、宮下のペースにハマってしまっている。この男の本音はまだ読めないから、気をつけないと。ただしこのカフェの居心地がいいのは間違いない。一階、中二階、二階と三層構造で、敢えてだろう、テーブルや椅子などはバラバラだ。そのせいか、家にいるような心地よさもある。岩倉のお気に入りは、二階の窓際の席だ。ずらりと並んだカウンター席で、一席辺りのスペースが広い。窓の外に視線を転じれば、豊かな緑が疲れた目を慰めてくれる。

「本部で理事官ともなると、常に緊張してるだろうしな」岩倉は適当に話を合わせた。

「課長の圧力がすごくてですね」宮下が苦笑した。「とにかく、自分の在任中に起きた事件は一切取りこぼさせない——最初からそう言ってましたから」

「えらいプレッシャーだ」警察の仕事に「百パーセント」はないのだから。

「そうなんですよ」宮下がうなずく。「だからたまに、田舎の所轄に出てのんびりしたいって思うんですけどねえ」

「それは無理だな」岩倉は断じた。「お前の今の立場で所轄に出たら、署長だろう。署長がのんびり、地元のカフェでコーヒーを飲んでるわけにはいかない。自由に管内を歩き回ることもできないんだぞ」

「そうでした」宮下が後頭部を一つ叩く。「ま、俺は定年延長には乗らないと思いますけど、ガンさんは後輩に伝えるものがあるでしょう。俺なんかより、よほど役に立つんだから」

「お前、六十で辞めるのか？」今の言い方はそう聞こえた。一課長を目指すつもりもないのだろうか。

「ええ、まあ……」曖昧な言い方だが、宮下は認めた。「家の事情もありましてね。両親とも、そろそろ体にガタがきているし、家の商売のこともあるので」

「お前の実家、何か商売をやってたんだっけ？」宮下は確か、山形出身である。

「料理屋なんですよ」

「食堂？」

「いやいや、料亭です」少しムッとした口調で宮下が訂正した。「江戸時代から続いてる店ですから。高いですよ」

「そりゃすごい」岩倉は本心から感心してしまった。江戸時代から……本物の老舗ではないか。「高い」は余計だが。「だけどお前、料理なんかできるのか？」

「いやいや、うちぐらい古くなると、経営者と料理人は別なんですよ。いい料理人を見つけてきて、しっかり金勘定するのがオーナーの仕事です」

「今はオヤジさんがその仕事を？」

「ええ。ただ、今年八十になって、足腰がだいぶ弱ってますからね。一応俺も長男なんで……っていうか、東京へ出てくる時に、いずれは山形へ戻って店を継ぐことは約束させられてましたから」

「東京生活の期限切れってことか」

「そうなりますね」宮下がうなずく。

「だけどどんな商売でも、永遠に続けていかなくちゃいけないってことはないと思う。お前が警察の仕事を続けたいなら、思いきった決断をしてもいいんじゃないか？」

「いやあ、色々考えてますよ」宮下がカフェラテを一口飲んだ。「実家は、山形の政財界のお偉方がよく利用する店なんですよ。地元では『夜の県議会』とか『夜の商工会議所』なんて言われてるんですけど……田舎には、どこでもそういう店があるでしょう？」

「そう……なんだろうな」ピンとこなかったが、適当に話を合わせる。

「そういう店は、潰《つぶ》しちゃ駄目なんです。地方の政治や経済をスムーズに運営するために必要な場ですから。ガンさんは、実家の方は心配しなくていいんでしょう？」

「ああ」

「だったらぜひ捜査一課に戻って、後輩を鍛えて下さいよ。一課長は、ガンさん用に新しいポストを用意してもいいって言ってます」

「おいおい」岩倉は苦笑した。それはいくら何でも、過大評価ではないか。

「指導官、みたいな名前かな。捜査一課の事件には何でも首を突っこんでもらっていいので、若手を鍛えて下さい、と」

「他の刑事からは嫌われそうな役職だな」

捜査一課の中で、個人で好き勝手に動き回っていたら、同僚たちを敵に回すようなものではないか……令和の世になっても荒くれ者が多い捜査一課で、そういう仕事を引き受けるのはリスクが大き過ぎる。年長者だからと言って大事にしてもらえる保証はないのだし、SCU（特殊事件対策班）のようになったら困る。警視総監直属の小さな組織であるSCUは、どこの部署が担当すべきか決め難い「間《はざま》」の事件を受け持つ。どの事件を担当するか、判断はSCU自体に持たされており、他の部署からすれば「勝手に割りこんできた」「こちらの仕事を横取りした」と見えることも多い。あそこと失踪課、それに総合支援課が、警視庁の三大嫌われ部署と呼ばれている。

「まあ、すぐには返事できないな」

「ですね。ですから、検討する時間はたっぷりあると思いますよ」

「理事官殿はどう思う？」

「冷静に考えれば、ガンさんのノウハウを後輩に伝えるのは大事だと思います。でもそういうのって、今までも何度かチャレンジして失敗してるんですよね」

「伝えられるようなことだったら、とうにマニュアル化されて残されているからな」岩倉はうなずいた。また宮下の本音が読めなくなる。本当は、俺が捜査一課に戻るのを好ましく思っていない？　単にメッセンジャーとしての役割を果たしているだけ？

まあ、最終的に決めるのは一課長、そして人事だから、理事官の思惑や気持ちは関係ない。

その前にまず、俺がどう判断するか、だ。

グリーンスプリングスは、「施設」というより新しい「街」と言うべきかもしれない。実際、建物は九棟もあるのだ。敷地内には公園や階段状の滝などが設置され、立川駅北口というか、昭和記念公園の東側に、まったく新しい街が完成したような趣である。もちろん買い物や食事も楽しめるのだが、岩倉は散歩道として好んでいた。人工的ではあるが、平坦で歩きやすいし、人の流れを見ているだけでも楽しい。特に若い人が多く集まるので、賑やかで華やいだ雰囲気でこちらまで気分が明るくなるのだ。ただし、娘の千夏《ちなつ》はさほど好きではないようだが。今大学三年生の千夏は、一度だけここへ遊びにきて、微妙な表情を見せた。「何だか田舎のショッピングセンターみたい」と感想を言って、岩倉をがっかりさせたのだった。

しかし、五月にここをゆったり歩いていると、実にいい気分だ……岩倉は飲み残して持ってきたコーヒーをちびちびすすりながら、西大通りを北へ向かっていた。災害医療センターの交差点を左へ折れれば、すぐに立川中央署に着く。

この辺の道路も、何百回歩いたことか。立川市は、副都心という位置づけで、立川中央署付近は官庁街になっている。緑豊かな昭和記念公園がほど近いものの、味気ないことこの上なく、グリーンスプリングスができるまでは、近くに食事ができる店さえほとんどなかった。

しかし、住めば都……高低差がほとんどなく、綺麗に街路が整備されたこの街の居心地に、いつの間にか慣れてしまった。味気ないだけだと思っていたのに、何年も暮らして仕事をするうちに、味気ないなりの「味」のようなものを感じるようになったのだと思う。

もしかしたら自分は、立川という街、そして立川中央署を好きになっているのかもしれない。都心部の所轄に比べれば暇……しかしこの署でも、ひどい事件は何件もあった。だが忙しさと暇さのバランスは取れている感じがする。本部の余計な噂に悩まされることもないし、ここでずっと働くのも悪くないのではないか……岩倉も、そういうわがままを聞いてもらえる年齢になっているのだし。

この件、所轄の自分の上司や同僚は知っているのだろうか。後で、刑事課長の末永《すえなが》にさりげなく探りを入れてみようか。もっとも、末永も「年下の上司」であり、なかなか本音を聞きにくい。捜査一課長と直接話したいところだが、向こうにそんな時間はあるまい。かつての上司と部下だが、それほど親しい仲でもないし。

　まあ、じっくり考えてみるか。まだ余裕はあるはず――一応、そう結論を出したところでスマートフォンが鳴った。急いでスーツのポケットから引っ張り出す。刑事課の後輩で最年少、交番勤務から刑事課に上がってきたばかりの戸澤《とざわ》だった。

「すみません、お忙しいところ」戸澤が慌てた口調で言った。大袈裟な……この男は常にこういう感じなのだ。まったくの新人というわけでもないのに、何か事件が起きると、いつもこの世の終わりが来たように騒ぎ立てる。

「別に忙しくないよ。今、そっちへ戻るところだ。何かあったか？」

「殺しです」

　岩倉は立ち止まった。それなら大事件――殺しは常に大事件なのだ。

「現場は？」

「玉川上水です。住所は砂川町《すながわ》四丁目」

「玉川上水駅――じゃなくて、武蔵砂川駅の近くだな？」

「はい、そうです、そうです」岩倉が場所を言い当てたのが奇跡のような、舞い上がった口調だ。所轄の警察官だったら、管内の地図を頭に入れておくのは当然なのだが。

「西武拝島線の南側だよな？　玉川上水駅からはどれぐらい離れてる？」

「徒歩二十分程度かと」

　岩倉は周囲をぐるりと見回した。低い空に定規で線を描いたように多摩モノレールのレールが走る……このまま高松駅まで出てモノレールに乗れば、連絡駅の玉川上水駅までは数分だろう。しかし多摩モノレールは、それほど本数が多くない。

「お前、もう出動するところか？」

「はい」

「ちょっと遠回りして、俺を拾ってくれないか？　今、災害医療センター前の交差点にいるんだ。そこで待ってるから……西大通りに出て左折したところ」

「分かりました。三分お待ち下さい」

「焦るなよ」岩倉は釘を刺した。この男は運転が下手……どうにもぎくしゃくしているし、しかも焦りがちな性格なのだ。いくら緊急事態とはいえ、安全運転は心がけてくれないと。

また人生が動き出すかもしれないのだから、つまらない事故になど遭いたくない。

2

事故には遭わなかった。しかし酔った。

岩倉は乗り物酔いするタイプではないのだが、戸澤の運転はぎくしゃくしていて、急停止と急発進の繰り返しで、岩倉の神経系に確実にダメージを与えたのだった。まったく、冗談じゃない……近くにあるコンビニエンスストアの駐車場で車を降りて何度か深呼吸を繰り返し、ようやく気分と体調が平常に戻る。

金比羅《こんぴら》橋という小さな橋の近くが現場だった。付近の上水は、人の背より高いフェンスに囲まれており、すぐには中に入れない。管理用の出入り口を開けてもらって、ようやく上水沿いのごく細い河川敷に出ることができた。こういうのを河川敷と言っていいかどうかは分からないが。水面に向かって急傾斜になっており、歩くのも大変だ。

その後はしばらく、上水沿いの道を、鬱蒼《うっそう》とした雑草を踏みしめながら歩くことになった。それにしても歩きにくい。傾斜が急な上に、ともすれば草に足が絡まって下に転げ落ちそうになる。上水は、今でもそこそこ豊かに水を湛《たた》えているから、落ちたら面倒なことになりそうだ。

それにしても、現場の保存は大変だったと思う。遺体を運び出す前、現場にある状態でも現場の検分をしなければならないので、しっかり現場を隠した上で作業場所を確保しなければならない。そのため、先着していた制服組と鑑識は、とんでもなく大胆にブルーシートをかけていた。上水の右岸と左岸に大判のブルーシートをかけ渡し、水面を完全に覆い隠したのだ。遺体は斜面に微妙に引っかかる格好で遺棄されていたので、影響を与えないためにはこうやって広く覆い隠すしかなかったのだろう。そもそも、これだけ大きいブルーシートがあったことが驚きだ。

遺体のところに到達すると、岩倉は腕時計をちらりと見た。午前十一時十五分。通報が入ったのは十時半――遺体が見つかる時間帯としては異例である。夜のうちに遺棄されたのだろうが、何故、見つかるまでそんなに時間がかかったのだろう。

　しかし、ブルーシートの隙間から周囲を見てみると、すぐに理由が分かった。上水の両サイドは少しだけ高い堤防になっていて、一戸建ての家からは、斜面の内側は見えにくくなっている。逆サイドから見ても同じだろう。

「散歩している人が発見したんだよな？」岩倉は戸澤に確認した。

「はい」戸澤が手帳を乱暴にめくった。そんな風にしたら、見つけたい場所を飛ばしてしまいそうだが。「間違いないです。通報は午前十時半、左岸側を散歩していた近所の人が一一〇番通報してくれました。今、自宅で詳しく話を聴いていますが、合流しますか？」

「何人もで押しかけたら、迷惑だよ」どうも戸澤は、捜査の基本的なノウハウ――今のは社会常識の範疇だが――が分かっていないうえに、気持ちが先走りし過ぎる。

　岩倉は遺体を見下ろした。本来は傍に跪《ひざまず》いて手を合わせるのだが、ここは斜面になっているので、少しでも足を滑らせたら、上水の水面まで転げ落ちてしまう。失礼にはなるが、立ったまま目を閉じ、手を合わせた。

　少し意外な感じ……被害者は、明らかにかなり高齢の男性だった。八十歳――もしかしたら九十歳？　体が萎《しぼ》んできたのか、服のサイズが合っていない。半袖のポロシャツから突き出た腕は、枯れ枝のように細かった。白くなった髪はほとんど抜け落ちており、顔には暗い染みが目立つ。そして白いポロシャツの胸から腹にかけて、大量の出血。

　岩倉は、地面からフェンスにかけてをじっくり観察した。血痕が数ヶ所に飛び散っている。そしてフェンスの上部が少し歪《ゆが》んでいるように見えた。糸屑がついているが、これは被害者の服のものかもしれない。犯人は、被害者をどこかで刺して殺害した後、遺体をここへ運び、フェンス越しに遺棄したようだ。被害者はそれほど大柄ではない男性だが、一人でやるのは難しいのではないか。岩倉はまず、複数による犯行の可能性を想定した。

「ちょっと離れよう」岩倉は、先ほど来た方へ少しだけ引き返した。この現場は、証拠の宝庫である可能性があり、鑑識の活動を邪魔してはいけない。

「被害者、身元は分かってるのか?」

「はい。小村春吉《こむらはるきち》さん、八十七歳、立川市在住です」相変わらず緊張した口調で戸澤が答える。

「この近くか?」

「いえ、若葉町一丁目です。少し離れてますね」

「歩いてくる距離じゃないな……この下の道路に車は入れるかな」舗装もされていない細い道なのだが。

「一方通行ですけど、入れます」

「どこで殺されたかは分からないけど、遺体はここまで車で運ばれたんじゃないかな」

「はあ」

戸澤は猛烈な勢いで手帳にボールペンを走らせている。俺が言ったことを一々メモしても仕方ないのに……やはりこの男は、どこかずれている。

そこへ刑事課長の末永がやって来た。ワイシャツにウィンドブレーカー姿……彼なりの出動服だろう。

「ガンさん、早いですね」

「途中で戸澤に拾ってもらいました──それより、ずいぶん高齢の被害者なんですね」

「今、被害者の自宅には他の刑事を向かわせてますよ」

「戸澤、そう言えば身元は何で確認できたんだ？」

「財布に、保険証と病院の診察券が入ってました。まず間違いないと思いますけど……」

「確認は必要だな」岩倉はうなずき、末永に顔を向けた。「正直、ここまで高齢の被害者は見たことがありません」

「俺もですよ。自宅を調べればもう少し何か分かると思いますけど……雑じゃないですか？」

「ええ」岩倉は同意した。「死体の遺棄場所として、ここはあり得ない」

「どうしてですか」

戸澤がきょとんとして訊ねる。岩倉は溜息をつかないように気をつけた。一つ深呼吸して早口で続ける。

「ここへ遺体を遺棄するのはかなり大変だ。どこかから運んで来て、近くに車を停めて遺体を運び出す……この堤防も小さいけど結構な急斜面で高さがあるし、さらにフェンスがある。人の背丈よりも高いフェンス越しに遺体を遺棄するのは、一人だと難しいはずだ。その他色々——遺体を処理するなら、こんなところじゃなくて、もっと楽で目立たない場所がいくらでもあるんだよ」

「勉強になります！」

「ああ……戸澤？」末永が困ったように言った。

「はい！」

「ちょっと鑑識を手伝ってやってくれ。人手が多い方がいいだろう」

「分かりました！」

戸澤が駆け出す。しかし次の瞬間、バランスを崩して斜面を勢いよく転げ落ちてしまった。岩倉は助けに行こうとしたが、戸澤は水に落ちる直前で、何とか踏みとどまった。その辺が、他の場所に比べて少しだけ斜度が緩くなっているので、助かったのだろう。水へ落ちたら、その後は使い物にならなくなっていたはずだ。

若い刑事を教育する中には、こういうことも入っているのだろうか。だったらとても俺にはできない、と岩倉は本気で心配になった。

現場を確認し、遺体が搬送されるのを見送った後で、岩倉は戸澤と組んで現場付近の聞き込みに回った。昨夜から今朝にかけて、誰か怪しい人を見たり、おかしな物音を聞かなかったか——昔ながらの聞き込みの最後には、「防犯カメラはありますか」と必ず確認する。今は、防犯カメラが大きな手がかりになることが多い。

二時間近く聞き込みを続けたが、有力な情報は出てこなかった。上水沿いの道路は、意外にも夜中まで車が走っていて、近所の人は一々気にしていない——舗装もされていない道路なので、車が通ると砂利を踏んで結構うるさいのではないかと思ったが、そういうのも、住んでいるうちに慣れてしまうものらしい。

徒労、という言葉が頭に浮かぶ。他からの情報もまったく入ってこなかった。

「取り敢えず昼飯にするか」岩倉は提案した。既に午後一時を過ぎている。事件発覚の直後は何かと忙しく、食事を摂っている暇もないことが多い。少しでも時間が空いたら何か食べておくのは警察官の基本だ。

といっても、玉川上水駅近くでは飲食店も見当たらない。この分だと、国立《くにたち》音大の学食にお世話にならないといけないかもしれない……心配になってきた頃に、ようやく探し当てた中華料理店に入り、ほっと一息つく。中は中華料理店のイメージからは遠い、白を基調とした清潔なインテリアで、中華料理店というより洋食店のイメージだった。

メニューをさっと見て、戸澤がかた焼きそばと餃子のセットを注文しようとしたので、岩倉はさすがに止めた。

「こういう時は、餃子はやめておけ」

「何でですか？」

「今日はたくさん人に会うことになる。いくらマスクをしていても、ニンニク臭くなるだろう？　それじゃ相手に失礼だ」

「はあ……」戸澤は不満気だった。

「医者も、診察のある日はニンニクの入った料理は食べない人も多いそうだ」

「そんなものですか」

「俺たちの仕事なんて、接客業みたいなものだろう？　人と会うのが仕事なんだから、せめて小綺麗な服を着て、髪と髭はきちんと整えて、臭いが強い食べ物は避ける——それぐらいは礼儀だぜ」

「分かりました」納得していない様子だったが、戸澤がうなずく。よほど餃子が食べたかったのかもしれない。

「こういうこと、警察学校で教わらなかったか？」

「いえ、特には……」

「だったら、教官がサボってたんだな。実際に役にたつことを教えてこなかったんだろう」

「気をつけます」

「まあ……あまり細かいことは言いたくないんだけどな。オッサンみたいだから」

実際は、十分オッサンだ——先月五十五歳になったのは事実である。もちろん、こういうのは気の持ちようで、「歳を取った」と溜息ばかりついていると、本当に心身ともに歳老いてしまいそうなのだが。かといって、若ぶるのも違う気がする。

結局戸澤は酢豚の定食を、岩倉は豚肉とキクラゲ、卵の炒め物の定食を頼んだ。たまたま目に入ったからだが、頼んだ後で、これは失踪人捜査課の高城《たかしろ》課長の好物だと思い出した——この料理がというより、キクラゲが。ただし、キクラゲを使った料理というのはあまりなく、高城は食べたくなると中華料理店に足を運んで、この料理を注文するらしい。

実に変わった人だ。岩倉は彼の他に、キクラゲが好物という人を知らない。

「この件、長引きそうですね」戸澤が急に話題を変えた。

「どうしてそう思う？」事件のことを話し始めたので、岩倉は少し嬉しくなった。最近の若い警察官は仕事に熱心ではないというか……事件の渦の中に放りこまれても、集中しない。岩倉が若い頃は、一度特捜本部に入ると、他のことなど何も考えられなくなってしまったものだが——などと思うのは、やはり歳を取った証拠かもしれない。定年延長の話を聞いたから、急にそんな発想になってしまったのだろうか。

「通常の事件とはちょっと外れた感じが……確かに、あんなところに遺体を遺棄するのはおかしいですよね？　マニュアル通りに捜査しても、上手く犯人に行きつかないような気がします」

「そこは気にする必要はないよ」岩倉は軽い調子で応じた。「犯人がどうしてあんなことをしたのか分からないけど、かなり無理をしている。無理したら、絶対に歪《ひず》みが生じる——どこかにとんでもない証拠が残ってるかもしれないぜ」

「そんなものですか？」

「例えば——こんなことはあまりないけど、犯人が妙に凝ったアリバイ工作をしたり、証拠隠滅を図ることもある。でもそういう時は、どこかで破綻しがちなんだ。工作すればするほど、ボロが出る。犯罪を隠しておくのは、誰にとっても難しいことなんだ」

「そうなんですね……」妙に感心したように戸澤が言った。「犯人の工夫で、こっちは真相に辿《たど》り着けないようなこともあると思ってました」

「ミステリの読み過ぎじゃないか？　ああいうのはあくまでフィクションだから、何でもできる。理屈さえ合えばいい——現実味があるかどうかは別の問題だから」岩倉は以前、戸澤が当直中の暇な時間にミステリの文庫本を読んでいるのを見たことがある。警察官は結構ミステリ好きが多いのだが、岩倉自身は敬遠していた。理屈ではそうかもしれないが、実際にはあり得ない——という話が多過ぎて白けてしまうのだ。やはり現実世界と小説は違う。それを意識した途端に、読む気が失せる。

「別に読み過ぎじゃないです。あんなのはただの暇つぶしです」戸澤が反論した。

「じゃあ、リアルの世界でたっぷり事件を経験してくれ。君は、将来をどう考えてる？　本部で捜査一課か？」

「どちらかといえば二課ですけど……所轄にいると、二課事件を扱うチャンスはあまりないので、実際にどんな感じなのかは分かりません」

「今、捜査二課は忙しいぞ。特殊詐欺は頻繁に起きてるし、全国規模で被害が広がっていることもある。首謀者が海外にいることもな。そういうことに対応していくのは、相当大変だと思う。終わらないモグラ叩きみたいなものだ」

「ですかね……でも、荒っぽいことは苦手なので。今日も、現場でやばかったです」

「遺体か?」岩倉は声をひそめた。

「はい……初めてじゃないけど、やっぱり苦手です。平気になれるとは思えません」

「まあ、俺だって、平然と遺体に対面しているわけじゃない」

「岩倉さんでも、ですか?」戸澤が目を見開く。

「俺はデリケートな人間なんでね」岩倉は肩をすくめた。戸澤は真顔でうなずくのみ……受けない。軽いジョークのつもりだったが、若い刑事には通用していなかった。まったくやりにくい。

そそくさと食事を始める。美味《うま》いも不味《まず》いもない、まったく個性がない中華……しかし、捜査で外を走り回っている時は、これぐらいでいい。仕事の途中で食べる食事は、あくまで栄養補給であり、味を楽しんではいけないと思う。のんびり食事をしていると、捜査が難しくなるというジンクスが岩倉にはある。

あっという間に食事を終え、二人は外へ出た。途端に、岩倉の携帯が鳴る。末永だった。

「ガンさん、まだ現場にいますか？」

「近くだよ」

「被害者《ガイシャ》の自宅近くの聞き込みに回ってもらえますか？ 一人暮らしだったので、家族にも話が聴けていません……周辺の聞き込みに人手が必要です」

「了解です。リストはできてますね？」絨毯《じゅうたん》爆撃的に聞き込みをする時に大事なのが、住宅地図、それに当該地域の住民のリストだ。これがないと聞き込みが漏れたり、同じ人間に何度も話を聴く無駄が生じたりする。

「後で送りますよ」

「では、すぐ向かいます」

通話を終え、岩倉は今の情報を戸澤に告げた。

「すぐにパトを出します」

「そうだな……ちょっと待て」スマートフォンに着信があった。末永からで、地図とリストだった。リストは、読み書きするのに専用のアプリを使う。このアプリで一人が「聞き込み終了」をタップすれば、他の全員でその情報を共有できる。これでダブりがなくなるわけだが、そもそもきちんと担当を割り振りされているので、その心配をする必要もない。

それにしても、警察の捜査も変わった……IT化で、多くの作業が自動化されて楽になったものの、実際にはそのための「準備」が大変になっている。そもそもこのリストだって、用意するのは人なのだ。今のところ、その辺りまでは自動化されていない。

そしてもちろん、捜査で重要な刑事の「勘」のようなものはＡＩではどうにもならないところだが、もしかしたらそのうち、人間ではなく機械が「勘」を発揮して事件を解決する時代がくるかもしれない。サイバー犯罪対策課は、そういうことを狙って、岩倉の記憶力を分析しようとしたのだろうが……脳に関しては、まだ分からないことだらけだ。実際に動いている脳の内部でどんな化学反応が起こっているかは、調べようがない。生きている人間を解剖して脳を直接調べるような実験が必要になるからで、その話を聞いた岩倉は、サイバー犯罪対策課から逃げ回ることを決意したのだった。生きながら解剖されるなんて、冗談じゃない……。

リストに基づき、すぐに聞き込みに入る。被害者の自宅がある若葉町一丁目には大きな団地があるが、それ以外は一戸建ての民家が立ち並ぶ住宅街……岩倉たちは、団地ではなく民家の方の聞き込みを任されていたので、ほっとする。岩倉の経験として、団地などの集合住宅では聞き込みに手こずる。特に今のマンションは、オートロックが当たり前なので、開けてもらえないことも多い。インタフォンのモニターを確認して、見覚えがない相手だと反応すらしない人も少なくないのだ。最近は、侵入盗が増えているので、用心している人が多くなっているようだ。

とはいえ、一戸建てでの聞き込みも簡単ではない。午後のこの時間では、住人がいないことも珍しくないのだ。両親はともに仕事に出かけていて、子どもはまだ学校とか。

それでも、じわじわと情報は集まってきた。被害者の小村春吉は、ある意味この近所では有名人だったのだ。

元小学校教諭。退職したのは三十年近く前で、その後立川に家を構え、自宅を開放して、子どもたちに無料で勉強を教えていたという。「小村塾」という名前で、看板がかかっていたわけではないが、この辺の多くの人が知っているようだった。

「要するに、教えるのが大好きな人だったんですよ。生来の先生というか……そういう人、いるでしょう？」

小村宅から三軒離れた家で話を聴いた友野美優《ともの みゆ》という女性は話し好きだった……というより、本人も小村塾に通っていたのだという。

「じゃあ、昔からこの辺に住んでいたんですか」岩倉は確認した。

「はい。実家はもう少し離れたところにあるんですけど、同じ若葉町です」

「小村塾にいたのは、いつ頃ですか？」

「小学校の五年生から六年生にかけて……もう二十年近く前ですね」

「ということは、小村さんは当時、先生を定年で辞めてから、十年ほど経っていた感じですね」岩倉は頭の中で年表を作り始めた。

「そうですね。お元気でしたよ。結構厳しい先生で、名門の進学塾みたいな雰囲気がありましたね。たぶん、小学校で教えていた時も、厳しかったんじゃないですかね」

「月謝は取らなかったんですか」

「ええ。さすがに親は、お中元とかお歳暮は送っていたみたいですけど……それでも、子ども心に不思議でしたね。それまで学習塾に通っていて、親が『月謝が大変だ』っていつも言っていたのに、無料で教えてくれる人がいるなんて」

「今はどうしてるんですか？　まだ教えておられる？」死んだ話は持ち出さないようにした。スムーズに話が進んでいる時に、相手にショックを与える必要はあるまい。

「いえいえ」美優が顔の前で勢いよく手を振った。「二年前に奥さんが亡くなられて、その後で塾は畳んだと思います」

「今は？　一人でお住まいなんですか？」

「近くの施設に入ったという話は聞いたことがありますけど、詳しいことは知りません。何しろ全然会わなくなってしまったので」

「最後に会われたのはいつですか？」

「二年前に奥さんが亡くなられた時に、お線香をあげにいきました。コロナで、お葬式も身内だけでやるような時期でしたから」

「そうでした」岩倉はうなずいた。新型コロナが猛威を振るっていた時期で、家族の死に目にも会えない、ということも珍しくなかった。今考えてみると、用心し過ぎな感じではあったが。

「どこの施設に入られたか、ご存じですか？」

「いえ、そこまでは」

「二年前、奥さんが亡くなるまでは塾をやってらっしゃった――それは間違いないですね」

「ええ」

岩倉は次の質問に戸惑った。その塾で、誰かの恨みを買っていた可能性は？　ちょっと考えられない。ボランティアでやっている塾で、子どもとトラブルになるとは思えなかった。もしもトラブルが起きたら、定年直後から二年前まで、二十数年も塾を続けられたはずがない。あるいは、辞める直前に何か問題が起きたとか、小学校の教員時代のトラブルとか。いや、さすがにそれもないか。小学校の教員時代となると、三十年近く前である。どんな人でも、三十年も恨みを持ち続けることは難しい。

結局岩倉は、ここまでで聞き込みをストップした。美優は協力的なタイプなので、後でもう一度話を聴きにきても、喋ってくれるだろう。その時のために、今はあまり突っこまずに「キープ」しておいた方がいい。一気に情報を絞り出さない方がいいネタ元がいて、彼女はまさにそのタイプと見た。繰り返し、じわじわやろう。

そのまま、小村の自宅に移動する。今は誰も住んでいないはずだが、玄関前で立川中央署の刑事二人が、中年の男性と立ち話していた。男性の顔は青褪《あおざ》め、機嫌が悪そうだ。話の内容をちょっと聴いただけで、家族――小村の長男だと分かった。

「ちょっと隣で聴かせてもらっていいか」岩倉は後輩の刑事――今や立川中央署に岩倉より年長の刑事はいないのだが――に確認した。

「ああ、はい、大丈夫です」

「こっちは口出ししないから……情報共有だ」

「分かりました。ご長男の照英《しょうえい》さんです。今、横浜の方にお住まいで」

「立川中央署の岩倉です」岩倉は丁寧に挨拶した。「すみません、話を続けていただけますか」

「はあ」照英はぼうっとした感じだった。自分と同年輩か、あるいは少し年上……ぼうっとしている、と見てはいけないと岩倉は自分を戒《いまし》めた。いきなり家族が殺されたと連絡を受け、慌てて現場に飛んで来た人間が、きちんと話せるわけがない。頭を強打して、脳震盪《のうしんとう》を起こしたような状態になっているのだ。物理的にではなく精神的に、だが。

「小村さんは市内の施設に入っておられる。間違いないですか」後輩の刑事が念押しする。

「はい」

「どういう経緯で施設に？」

「母親が亡くなって、急にがっくりきたんです。横浜の私の家で同居しないかと勧めたんですが、慣れない場所には行きたくないと、意固地になってしまって」

それは分かる。岩倉はどちらかというと引っ越し魔で、これまで何度も家を替わってきたが、一度落ち着いてしまうともう動きたくない、と考える人もいるものだ。どうもこれまでの話を聞くと、小村は立川に建てたこの家が、最初のマイホームだったようだ。

教員は異動も多いから、通勤に便利な賃貸物件を渡り歩いたのだろう。定年を機に立川によう居を構え、ボランティアで子どもたちに教える日々……それを崩したくなかったのではないだろうか。ただし、配偶者を亡くしたことがきっかけで、新しいことを始める意欲を失ってしまってもおかしくはないが。例えば引っ越しとか。

「小村さんは、ずっと東京ですか？」

「はい。この家が実家だったんですよ」

「なるほど……」

「私の祖父母が亡くなった後も、税金だけは払ってキープしておいて、退職後にここに家を新築したんです」

築三十年近く……確かにそれぐらいの年月を重ねた家に見える。この二年は、ろくに手入れもされていないかもしれないが。

「お一人で暮らすには厳しい状況だったんですか？」

「元々、母親が亡くなる前から足が少し悪くて……一人で歩き回るのも難しくなったので、施設に入れたんですよ。うちに来てもらう分には全然構わなかったんですけど、本人が嫌がったので、どうしようもなかったんです。まあ、私も仕事があるので、二十四時間介護は無理ですけどね」

「お仕事は何ですか？」

「ホテルマンです。横浜のホテルで勤めています」

「今五十九歳で……」後輩刑事が手帳を見た。「そろそろ定年ですか」

「いえ、うちのホテルは、もう六十五歳定年ですので。私もまだ働くつもりです。家のローンも残ってますし、子どもが大学に入ったばかりなので」

「大変ですね」

「そういうのがなければ、私がこっちに戻ってきて介護してもよかったんですけど、どうにもならなくて」照英が唇を嚙んだ。どうやら親子仲はよかったようだ。

「施設に入ってからは、どんな感じでしたか」

「足が悪いので、一人で出歩くこともできませんし、何しろコロナ禍でしたから……私もなかなか面会に行けなくて。元気がなくなっている感じはしましたけど、年齢なりに仕方がないという話でした。足以外は、特に病気があったわけでもないんですが」

「ご高齢ですからね」刑事がうなずく。「一人で施設を出るようなことはあったんですか？」

「それは分かりません。別に外出を禁止されていたわけではないので、出入りは自由なんですけど、そんなことができたかどうか……車椅子を使っても、自由に動き回るのは難しかったはずです。でも、実際に出入りしていたかどうかは、施設の方に聞いてもらわないと分かりません。事故でもない限り、施設から一々連絡が来るわけでもないですから」

岩倉はそこで話に割って入った。

「申し訳ありません、その施設、教えていただけますか？　ちょっと話を聴いてみたいので」

「ウェルネス立川中央です。ここからそんなに遠くないです」

「分かりました。調べてみます」これもIT化で変わった捜査のやり方だ。昔なら、情報を耳にしたら、徹底的に絞り出せと言われた。施設などの名前が出たら、住所と電話番号、代表者の名前も聞き出せ——今は、施設の名前さえ分かっていれば、ネットでいくらでも調べられる。

岩倉は事情聴取をしていた刑事の袖を引いて、照英から少し引き離した。

「この施設の方、調べたか？」

「いえ、ついさっき出た話なので……まだ報告もしていません」

「俺が課長に報告しておくから、これからちょっと訪ねてみてもいいかな。できるだけ早く、捜査の網を広げた方がいいと思うんだ」

「了解です」刑事がうなずいた。

「じゃあ、後は頼む。全部絞り出せよ」

「そのつもりです」

息子が父を殺した可能性は……この時点ではゼロとは言えまい。多くの事件が家庭内で起こっているのだ。人が良さそうなこのホテルマンが人を殺すとは思えなかったが、先入観を持ってはいけない。今は虚心坦懐、ゼロベースで捜査に当たらないと。

3

ウェルネス立川中央は、多摩モノレールの泉体育館駅近くにあった。市営の体育館の名前が駅名になっているのは、引っ越して来たばかりの頃はひどく不思議な感じがしたが、今は慣れた。そもそもモノレールの路線周辺にはあまり施設がない。市民体育館など、沿線を代表する大きな施設と言っていいだろう。あとは立飛《たちひ》駅のすぐ側《そば》に、巨大なショッピングセンターがあるぐらいだ。

そして小村の家からも遠くはない。徒歩で二十分程度だろうか……車なら五、六分。施設に入る際、自宅が近くにあるのは心強いことかもしれない。いつでも家に帰れると考えれば、あまり抵抗なく施設に入れるのではないだろうか。

二階建てで、かなり広い敷地にある施設だった。受付で名乗り、事情を話すと、動きが慌ただしくなった。そして「園長」の名刺を持った人物と「管理部長」の女性がすぐに現れた。

「小村さんが亡くなったのは本当なんですか?」豊かだがすっかり白くなった髪の園長が、身を乗り出すようにして訊ねた。

「残念ながら事実です」

「ああ……まずいな」

「まずいとは？」

「今朝、小村さんがいないのに気づいて、捜していたんです。夕方までに見つからなければ、警察に届け出ようと話していたんですよ」

「家族には？」

「これから連絡、というタイミングでした」

「今朝ですか……実際にいなくなったのはいつですか？」

「昨夜から今朝の間としか分かりません」

「防犯カメラはありますか？」当然あるだろうと岩倉は読んでいた。こういう施設だから、安全のためにも必須のはずだ。

「それが、故障中でして……三日前から、システムエラーで、施設全体の防犯カメラがダウンしているんです。修理が遅れているんです。すみません」園長が頭を下げた。

「その辺の事情は後で伺います。小村さんは、一人で移動は難しいと聴いています」

「基本的に車椅子なので……夜中には出ないようにお願いしていたんですけどね」

「よく出歩いていたんですか？」

「入所直後、何度かそういうことがありました。ご自宅に帰りたいと仰られて……でも基本的に、ご自宅に戻るにはご家族のつき添いが必要ですから、なかなかご帰宅できなかったんです。夜中に急に帰りたいと言い出すこともありました」

「認知症などの症状はなかったと聴いていますが」

「はい、それはないです。ただ、ご自宅に対する愛着が特に強かったようで……お願いして、何とか外に出ないようにしていただきました。最近は、そういうこともなかったんですが」

「ここ、夜間に出入りはできるんですか？」

「鍵はかけます」管理部長が話を引き取った。「当直の職員もいます。でも、常に監視しているわけではないし、裏口は中から鍵を開けられるんですよ。そちらから出たのかもしれません」

「そんなに簡単に開けられるんですか？」つい厳しい口調になってしまう。こういう施設では、戸締りは非常に大事だと思うのだが。

「あまり厳重に施錠すると、閉じこめられたと感じて、嫌な思いをする方もいらっしゃいますので」言い訳するように管理部長が言った。「それに私どもでは、認知症の患者さんは受け入れておりませんので……お願いすればきちんと守ってもらえます。今まで、勝手に夜中に外へ出るような人はいませんでした」

「一人も？」岩倉は突っこんだ。

「一人も」

管理部長がそう言うなら、疑う必要はあるまい。岩倉は、昨夜から今朝にかけての様子に話を集中させた。

「昨夜は、実家へ帰りたいとは言っていませんでしたか？」

「なかったと聞いています」と管理部長。「最近は、そういうこともあまり仰らずに……消灯時間前にはもうお休みでしたね」

「ちなみに、携帯は持っていますか？」

「ええ」

「今、どこにありますか？　お部屋の方ですか？」

「いえ……ないと思いますけど、確認します」管理部長がスマートフォンを取り出し、誰かと話した。すぐに「やはり部屋にはないそうです」と言い切った。

岩倉は戸澤に視線を向けた。この男は今のやり取りの意味に気づいただろうか。スマートフォンがない――犯人が持ち去ったか、死体遺棄現場付近に落ちている可能性もある。すぐにGPSを使って探索すれば、手がかりになるかもしれない。

「小村さんの携帯の番号を教えて下さい」

管理部長は自分のスマートフォンを見て、小村の携帯の番号を教えてくれた。

「スマートフォンは頻繁に使っている様子でしたか？」

「そうですね。スポーツの結果を見たりとか……野球や相撲がお好きなんですよ」

「部屋にテレビはないんですか？」

「少し耳が遠くなられていて……テレビだとどうしても、音が大きくなって他のレジデンスの方にご迷惑をおかけするからと――それにテレビでは、スポーツの結果を全部報じるわけじゃないですからね」

「分かりました。部屋を見せていただくことは可能ですか？」

「ええ」

立ち上がり、岩倉は戸澤に目配せした。スマートフォン問題はピンときているかどうか……「電話を手配してくれ」と頼んでも、ぼうっとした表情を浮かべるだけだった。こいつは本当に、どこで刑事のイロハを教わってきたのだろう。今年三月に、交番勤務から所轄の刑事課勤務に異動になったのだが、交番時代にろくに仕事をしていなかったか、先輩がどうしようもない人間だったとしか思えない。刑事のノウハウはなかなか伝授されないものだが、交番勤務は違う。警察官としての基礎の基礎を先輩が叩きこむ場所、という意味合いもあるのだ。そこである程度、新人警官は選別される。交番は「小さな警察署」であり、ありとあらゆる事案に対応しなければならない。そこで仕事をしているうちに、警察の中でどの部署が向いているか、自然に分かってくるのだ。駄目な人間は希望の部署へは行けず、次第に振るい落とされていく。

「小村さんの携帯の番号を本部に教えて、追跡してもらってくれ。電源が入って生きていたら、どこにあるか分かるかもしれない。それが手がかりになる可能性もある」

小声で一気に捲《まく》し立てると、戸澤がようやく納得した表情でうなずいた。

「電話してきます」

「俺は小村さんの部屋を見てくる。後から来てくれ」

「了解です」

戸澤と別れ、管理部長の案内で小村の居室へ向かう。一階、管理室の奥にある部屋……十畳あるという話だったが、入ってみると、とてもそこまで広いとは思えない。ベッドとテーブル、一人がけのソファが二つ。普通のホテルの部屋という感じだった。室内にはドアがもう一つ。これがトイレと浴室への出入り口かもしれない。そこまで入れて十畳だったら、納得できる広さ――狭さだ。

小村は質素な暮らし……部屋には彼の人間性を感じさせるようなものはなかった。テーブルの上には小さな本立てが置かれ、小学校の教科書がある。他には相撲と野球の雑誌が一冊ずつ。ネットで結果を知るだけでは満足できず、雑誌も購入していたのだろう。

「教科書があるんですね」岩倉はテーブルに目を向けながら言った。

「先生でしたから、教育関係のことは気になるのかもしれませんね。いつも、最新の教科書を見ていると仰ってました」

「何か、そういう活動はしていませんでしたか？」

「活動とは？」管理部長が怪訝《けげん》そうな表情を浮かべる。

「こちらへ入る前、小村さんはボランティアで小学生向けの塾をやっていたそうです」

「ああ、聞いています」管理部長がうなずく。「でも、こんなところでは塾もできませんし……」

「基本的には寝て食べて、という生活ですか」

「でも、リハビリとかもありますので。小村さんは膝を悪くされていまして、体が固まらないようにと、毎日リハビリに参加されていましたよ。それで一汗かいて、ここのお風呂に入るのが一番の楽しみだと」

「部屋のお風呂ですか？」

「いいえ、大浴場があるんです。日本人はお風呂好きですから、うちでは温泉並みに大きなお風呂を用意したんですよ」

なるほど……食べて寝て、リハビリで少し汗をかいて大浴場に入る。空いた時間には好きなスポーツの結果をスマートフォンでチェックし、雑誌に目を通して――さして暇を持て余すでもなく、日々が過ぎていったのではないだろうか。歳を取り、仕事を辞めると時間を潰せないとも言うが、小村は自分の時間をしっかり楽しんでいたのかもしれない。

「小村さんを訪ねて来るような人は、いらっしゃいましたか？　ご家族以外に」

「昔の教え子の方とか、たまにいらっしゃいましたよ。コロナのせいで面会はガラス越しなんですけど、それでも近くで会いたいと……慕われていらっしゃったんですね。昔の生徒さんと言っても、もう五十歳、六十歳の人もいます」

岩倉はうなずいた。小村は八十七歳。教師になったのは六十年以上前――ほぼ六十五年前になるわけだ。その頃、小学六年生を担当していたら、児童と小村の年齢差はわずか十歳ほどである。七十を超えた教え子がここを訪ねてきても、おかしくはない。先生というとずっと年上の人を想像するのだが、実は意外に年齢が近かったりするものだ。

「慕われていたとはいえ、教え子が訪ねて来るのは珍しいですよね」

「そうだと思います。皆と直接会えないのが残念だ、とよく仰ってました」

「ガラス越しでは味気ないですね」

「でも、こういうご時世ですから……コロナも五類になって、そろそろ昔と同じ状態に戻すタイミングなんですけどね」言いながら、管理部長がマスクをかけ直した。不織布マスクの上にウレタンマスクをかける入念さ。老健施設などでは、何度もクラスターが起きて問題になったので、未だに気を遣っているわけだ。街では、マスクをしない人も増えたのに……こういうところで働く人の精神的なきつさは、いかほどのものだろう。

「何か、トラブルにはなっていませんでしたか？　昔の教え子と揉めるとか」

「いいえ、とんでもない」管理部長が驚いたように目を見開く。「教え子の方が来ると、いつも上機嫌でしたよ」

「ここだけの話ですが、ご家族とはどうですか？　この施設に入る時に面倒を見たのは、ご長男だったはずですが」

「何も問題はないですよ」管理部長が少し不機嫌になってきた。「ご長男は横浜でホテルのお仕事をしていますから、そんなに頻繁にはお出でになりませんけど……ホテル勤務というと、仕事の時間も不規則じゃないですか？」

「そうだと思います」

「でも、よく電話はかけてきたみたいです。メールも……雑誌を送ってくるのも、息子さんでした」

結局、これといったトラブルはなしか……それなのに小村は昨夜、勝手に施設を抜け出して殺された。何か、普段の暮らしぶりとこの事件が合わない。例えば自宅暮らしなら、窃盗犯に狙われ、結果的に殺されてしまうこともあるだろう。しかしここは、防犯カメラのシステムがダウンしているとはいえ、全体的に管理はきちんとした老健施設のようだ。誰が狙ったかは不明だが、二十四時間人がいることは分かっているだろうし、防犯カメラも気になるはずだ——故障を知らなければ。一般家庭を襲うよりもハードルは高いはずで、どうも腑に落ちない。

岩倉が一つだけ可能性として考えているのは、顔見知りとのトラブルだ。何かあって、夜中に会う必要に迫られた。それで裏口から抜け出し、問題の人物の車に乗ってどこかに行ったものの、そこで殺されてしまった——筋としては悪くない。

ただし、施設に入っていて、さらにコロナ禍のせいで世間との関係が途絶えがちになっていた小村に、どんな人間関係があるのだろう。やはり過去のトラブルに起因した犯行と考えるのが自然なのか……。

どうも釈然としない。

八十七歳の被害者。これまで岩倉が担当してきた事件では最高齢だ。小学校の教員を定年まで勤め、定年後も教育への情熱やみがたく、金にならないのに子どもたちに勉強を教えていた。そうして静かな余生に入ったと思ったら八十七歳で殺されてしまう……

人生の終盤に入って、こんな不幸に見舞われるなどと想像する人はいないだろう。

今回は妙に年齢のことを意識してしまう——午前中の面会のせいだと分かっている。まったく、おかしなものだ。自分の人生と事件が、何だかリンクしてしまったような感じがする。


特捜本部が設置され、第一回の捜査会議は午後八時から開かれた。殺人事件ということで、本部の捜査一課長・石本も参加している。何だか妙な気分……午前中には、彼の「名代」である宮下と会っていたのだ。

ちなみに理事官は、あまり現場に出ない。基本的に特捜本部を仕切るのは、所轄の刑事課長、そして本部の係長だが、どちらかというと本部の係長主導という感じだろうか……捜査一課は係ごとのユニットで動くのが普通で、特捜本部ができると一つの係がそのまま投入される。さらに複数の係を束ねる管理官がたまに現場に顔を出し、ここぞというときには捜査の最高責任者である一課長も会議に出て檄《げき》を飛ばすのだが、一課長の補佐役を務める理事官は、事務的な仕事や課内の雑務に追われて、本部を離れられないのが普通だ。大事件になると、理事官も特捜本部に顔を出すが、そんな事件は年に一回もない。そして今回はそこまでの事件ではないということか——宮下は顔を出していなかった。

捜査一課長が出席する会議の場合は、刑事たちは事前に特捜本部の置かれた会議室などで待機している。後からそこへ一課長が入っていくのが常だ。今回も、いきなり会議室前方のドアが開き、一課長の石本が入って来た。同時に、刑事課長の末永が「起立！」と大声で呼びかける。椅子を蹴る音が一斉に響き、刑事たちが立ち上がった。末永が緊張した口調で「石本捜査一課長に敬礼！」と命じた。こういうことにはあまり意味はないのだが、一種のセレモニーだから仕方がないと岩倉は割り切っている。「着席！」この捜査会議の仕切りを任された末永は、普段より緊張しているようだった。それはそうだろう……立川中央署で、捜査一課長を迎える会議など、滅多にあるものではない。

「まず、石本捜査一課長から訓示があります」

会議室の前方に設置された幹部席で一度座った石本がすぐ立ち上がり、スーツのボタンを留めた。刑事たちの顔をざっと見回した後、よく通る低い声で話し始める。

「午前中からフル回転でご苦労。今回の事件は、老健施設に入居している八十七歳の元小学校教諭が犠牲になったという、痛ましい事件だ。何歳になっても、日本に住む限り、安全に生活できる権利がある――それを守るのが警察の仕事だ。高齢者でも安心して暮らせる社会を守るという意味でも、今回の捜査は大きな意味を持っている。迅速な事件解決のために、普段にも増して諸君らには尽力してもらいたい。しばらくしんどい仕事が続くと思うが、ここは粘りどころだ。警視庁の意地を見せてくれ！」

締めのセリフに、「おう！」と声が揃う。石本はかすかに満足したような表情を浮かべ、「私からは以上だ」と告げて深く一礼した。

確かに一課長も、普段より気合いが入っている。特異事案だからということはあるはずだが、それ以外にも何か理由があるような感じだ。ただし、なかなか本音を読ませない人なので、どういうことかは分からない。

その後は実務的な話になった。現場からの報告による情報交換。とはいえ、刑事たちはこの会議が始まる前に会議室で顔を合わせて、ある程度は情報を伝えあっている。捜査会議では、どちらかというと情報の確認、そして整理という感じになる。

今回の会議でも、岩倉が知らない情報はなかった。いずれ、捜査会議のやり方も変わるかもしれないな、と想像する。こうやって担当刑事全員が一堂に会して会議をしなくても、オンラインで何とでもなる。聞き込みや張り込みの現場から署に戻って来るだけでも時間がかかることがあるので、オンライン捜査会議が普通になれば、大いに時間の節約になるだろう。セキュリティの問題などを解決するには、まだまだ時間がかかるだろうが。

岩倉はメモをとりながら、頭の中で情報を箇条書きした。

・小村は昨晩午後六時に夕食を済ませ、十時の消灯時間には部屋にいた＝既に寝ていたのが確認されている。その後、十二時、二時と職員が巡回した時も睡眠中。朝六時の起床時の巡回で、部屋にいないことが判明した。

・その後施設内、近所を捜索したが見つからず、警察に届け出ようとした矢先に、遺体発見の一報が入った。直後、岩倉が施設に到着。
・普段の生活でトラブルはない（施設、家族双方の聞き取りによる）。
・施設内では松葉杖をついて歩けるが、外へ出る時には基本的に車椅子を使用。ただし、誰か介助してくれる人間が必要だった。
・所持品は財布のみ。身元が分かるものは保険証と病院の診察券のみで、スマートフォンはやはり見つかっていない。

これらの事情を勘案すると、やはり午前二時から六時の間に、施設の外へ出てすぐに誰かと落ち合ったとしか考えられない。車椅子を使ったのも間違いない――施設内には残っていなかった――ものの、その車椅子はまだ見つかっていない。

手がかりになるかもしれないと期待したスマートフォンだが、電源が入っていないか処分されたようで、追跡はできていない。今のところ、手がかりは切れている――捜査は難渋しそうだ。

情報が少ないせいか、捜査会議は一時間ほどで終わってしまった。手がかりが多いと、その報告、そして刑事同士の意見のぶつかり合いもあって、長引くことも多いのだが。重大な事件の割に、イマイチ気合いが入らない。こういう時は取り残ししがちなんだよな……そして未解決事件になり、何年かしてから追跡捜査係に拾われることになる。そういうことは絶対に避けたいのだが、今のところは嫌な予感しかなかった。

会議が終わった後も、石本は捜査幹部たちと話している。明日の仕事の割り振りも決まり、そんなに相談することもないはずだが……摑まらないうちにさっさと逃げよう、と岩倉は席を立った。宮下と話した直後に一課長に摑まったら、異動の話の蒸し返しになるのは分かっている。

しかし石本は、めざとく岩倉の動きに気づいた。それは面倒臭い。

「ガンさん」

その場にいた刑事たちが緊張して一瞬立ち止まるような、大きな声。あれが苦手なんだよなと思いながら、岩倉は会議室の前方に向かった。石本も立ち上がり、幹部席のさらに奥の方へ向かう。内密の話なのかどうか、微妙なスタンスだった。

「ガンさん、宮下の話、聞いてくれたよな」石本が小声で話し出す。先ほどとは別人のよう……芸能人は、テレビ相手と紙メディア相手では態度がまったく変わると聞いたことがあるが、そんな感じかもしれない。

「聞きました。何か、すみません。わざわざ気を遣ってもらったみたいで」

「気を遣ってるというか、こっちはガンさんを新しい戦力として考えてるんだぜ」

「若い連中の指導係ですか」つい戸澤を思い出してしまう。本部の捜査一課へ来る連中は、さすがにもう少し選別されて優秀だと思うが、年々自分の感覚と若い連中の感覚がずれているのは意識している。本当に、教育係など務められるのだろうか。

「おう。ちゃんと肩書きも用意してるんだ。教授っていうのはどうだ?」

「それはちょっと……」岩倉は苦笑した。大学ではないのだし、そもそも離婚した妻の肩書が大学教授である。元妻と同じ肩書というのはひどく気が引ける。「それに、せっかく捜査一課に戻っても、捜査はしないで若手の指導をするということですか?」

「馬鹿言うな」石本が少しだけ声を張り上げる。「当然、一線で捜査もしてもらう。あんたの記憶力を生かさない手はないからな。その合間に、若手にしっかりノウハウを伝授して欲しいっていうことだ。教授が嫌でも、岩倉塾という名前は使うつもりでいるけどな」

「それだと、今回の被害者の小村さんと同じになってしまいます」

「そんなこと、気にするのか?」意外だとでも言いたげに、石本が目を見開く。「しかし、悪い話じゃないだろう。もう捜査一課に戻っても、あれこれ言われることもないだろうし。それにガンさんの場合は、六十五歳まで勤めることになるだろう?」

「まだ想像もできないですけどね」五十五歳になったばかり――そしてずっと、六十で辞めるとばかり思っていたのに、定年が五年先延ばしになるのはかなり大きい。今のところ体にはまったく異常がないのだが、六十を過ぎると、不調も出てくるだろう。そんな中で仕事を続け、仲間に迷惑をかけるわけにはいかない――もっとも、本当に体調が悪くなるかどうかは分からないのだが。煙草もやめたし、酒も最近は控えめだ。食生活はあまり褒められたものではないが、体を悪くするようなことは、できるだけ避けているつもりである。

「これから、警視庁も人材を確保していくのが大変になるかもしれない」

「それで、俺みたいなおっさんも長く働かそうというわけですか」つい皮肉を吐いてしまう。

「ガンさんは、捜査一課の貴重な財産だよ。ガンさんみたいな記憶力は、鍛えて身につくものじゃないと思うぜ。今まで警察は、ノウハウの伝達が弱かったと思うけど、そこをガンさんに頼みたい。マニュアル化じゃなくて、感覚の伝達だ。一対一、あるいは少人数のエリート教育」

「すぐには返事できません」岩倉は少し引いた。

「ガンさんさえOKしてくれれば、人事の発令はいつでも大丈夫だ」

　何だか気味が悪くなってきた。条件が良過ぎるのではないか？　定年が延長になっても、今まで通りの仕事ができるとは限らない。気力・体力の衰えは目立つはずで、六十歳を過ぎると、いわゆる「楽な」職場に移されるのではないかと、同期の間では話題になっている。普通に仕事をしながら「教授」というのは破格の待遇ではないだろうか。自分の経験と誇りに見合った仕事になるかどうか。

「ガンさん、少し気が抜けたんじゃないか」

「そんなこともありませんが」

「立川も悪くないだろう。しかしこういうところでマイペースで仕事をしていると、環境に馴染んでしまうんじゃないか？　また捜査一課できつい仕事はできないと思っても、不思議じゃないな」

「まだ老けこむ年齢じゃないですよ」岩倉は反論した。

「だったら、本気で考えてくれ。どんなに遅くても来年には……俺が捜査一課長でいる間に進めたいんだ」

「――考えます。遅くならないように返事します」

「頼むぞ」

石本が岩倉の肩を叩いた。こんな風にされるのも久しぶり……先輩がほとんどいなくなったせいだ。今は自分が、後輩に「頼むぞ」と言って肩を叩く役回りである。

妙に懐かしい感覚があったが、だからといってこの場で「イエス」の返事をするわけにはいかない。

もしかしたら自分は、本当にここでの暮らしを気に入っているのかもしれない。適度に忙しく、適度に暇。本部から離れているので余計な人間関係に煩《わずら》わされることもないし、サイバー犯罪対策課の勧誘もなくなったので、困ることは何もない。

石本は、自分のそういう心情を見抜いているのか？　そうかもしれない。豪快で乱暴なタイプだが、昔から人の心情を読むのは得意な男だった。

豪快さと繊細さ。相反する性格を備えていないと、捜査一課長にはなれないのかもしれない。

4

　捜査には動きがないまま、十一日、小村の葬儀が行われた。雨の中での家族葬——しかし岩倉は、長男の照英に無理に頼みこんで参列させてもらうことにした。葬儀というのはしばしば、捜査の手がかりになるものなのだ。家族葬ということだが、誰か関係者、もしかしたら犯人が来るかもしれない。

　これも勉強と、岩倉は戸澤を連れてきていた。しかし斎場で落ち合ってその姿を見た瞬間、絶句してしまう。ブラックスーツに黒いネクタイ——完全に関係者の格好なのだ。

「あのな……」斎場で怒る訳にもいかず、岩倉は何とか静かな声で諭《さと》した。「本物の喪服で来る必要はないんだ。俺たちはあくまで仕事なんだから」

「そうなんですか」ミスを理解した戸澤の表情が、一気に青褪める。

「もちろん、亡くなった方への敬意は必要だけど、普通に葬儀に参列するわけじゃないんだから」もちろん、警察官が被害者の葬儀に正式に参列することもある。ただそれは、非常に重大な事件に限られ、しかも焼香して手を合わせるのは幹部警察官だ。それこそ所轄を代表して署長とか。「俺たちがここでやるのは観察だ。何かおかしなことが起きないか、変な人がいないか、見ているだけでいい」

「すみません……」戸澤はすっかりしょげてしまった。分からないなら事前に聞けばいいのに。俺はそんなに、とっつきにくいオーラを出しているのだろうかと、岩倉は情けなくなった。

「まあ、赤いネクタイをしてこなかっただけましだよ」

「そんなことは考えていませんでした」

「いや、昔、今日と同じように斎場で監視をしている時に、よりによって黄色いネクタイで来た奴がいた。黄色というか金色かな。それはさすがにすぐに外させたけど」

ただし戸澤のネクタイは、よく見ると葬儀の場で定番の、光沢のあるノーマルな黒地ではない。細い斜線が無数に入っている、凝ったデザインだった。ブラックスーツでなければ、落ち着いた雰囲気を演出しそうなネクタイである。真面目なのだが微妙にずれている……どこかでぴしりと刑事として——いや、人間としての真っ当な線路にはめないと、いずれ大怪我しそうな予感がしてならない。

「家族葬でやるという話だけど、きた人を拒絶するわけにはいかないだろう」

「はい」

「できれば、家族以外の人から話を聴け。二人で手分けしよう」

「大丈夫ですかね」

「何が？」

「いや、自分一人で」

「そんなに自信ないのか？」

「あまりないです」

岩倉は呆れた。普通に話をして、情報を引き出すだけではないか。まともに話ができれば問題ないはずだ。今の時点では、小村の想い出話を聞くだけでもいい。その中に思わぬヒントが隠れていることもあるのだから。

「重要なポイントは一つだ。小村さんが、何かトラブルを抱えていなかったかどうか……最近でも、昔でも。そういうことを聴き出してくれ。質問は自分で工夫してな」岩倉は釘を刺した。事情聴取のやり方まで一々相談されたら、こちらの仕事ができない。しかしこいつは、こんなにコミュニケーション能力に欠けた人間だったのだろうか。

岩倉は焼香を済ませ、喪主でもある長男の照英に挨拶した。照英は恐縮しきっていたので、岩倉はわざと軽い口調で言った。

「警察を代表して、というわけではないですから。あくまで個人的に参列させていただきました」

「ご丁寧にありがとうございます」照英が深々と頭を下げた。

「ちなみに、ウェルネス立川中央とは……」照英が「連絡が遅い」と施設に抗議していたことを岩倉は聞いている。

「ああ」居心地悪そうに、照英が身を揺すった。「言ってもしょうがないですよね。父が帰って来るわけでもないですし、もう諦めました」

「向こうも反省している様子ですよ」

「それだったら……しょうがないですね」

その気になれば訴訟も起こせるかもしれないが……変に揉めると捜査に影響が出る恐れもあるので、岩倉はほっとした。

「ご家族以外にも、結構参列されている方がいるんですね」席は全て埋まっていて、「家族葬」という雰囲気ではなくなっていた。

「入り切れないで、外で待っている人も結構いるみたいです。申し訳ないです」

「昔の教え子の人たちでしょうか」

「そうみたいです。ありがたい話ですけど、申し訳ない……」照英が繰り返した。「後で謝ります」

「そこまで気を遣わなくても大丈夫じゃないでしょうか。出棺の時にお見送りができれば、皆さん、それで十分だと思います」

「そうですかねえ」照英が首を捻《ひね》る。

「お別れの挨拶ができれば……ということだと思いますよ。とにかく、あまり気を遣わない方がいいと思います。他にやることがたくさんあるはずですよね」

「ええ……すみません、警察の方に気を遣っていただいて」

「こちらこそ」岩倉はさっと一礼して引き下がった。こちらこそ、犯人を逮捕できなくて申し訳ない——その言葉を呑みこんだ。そんな風に謝るには、まだ早い。事件発生から三日しか経っていないのだ。

岩倉は斎場から出た。出入り口付近には、年齢も性別もバラバラの人たちが数十人、手持ち無沙汰に立っている。その中の一人が集まりから離れ、式場の端の方にある喫煙所に向かった。気づいた岩倉は、そっと後をつけた。四十歳ぐらいのでっぷりした男……黒いスーツはサイズが合っておらず、肩のあたりがはち切れそうだった。おそらくボタンを留めることもできないだろう。

近年、喫煙者への迫害は進む一方で、この葬儀場の喫煙場所にも屋根などなかった。結構強い雨が降っているので、男は傘を開いたまま煙草に火を点ける。時折強い風が吹き抜け、傘が裏返りそうになったが、あくまで煙草に集中している。

「すみません」岩倉は強めに声をかけた。そうでないと、呼びかける声が吹き消されそうだった。

男がちらりと岩倉の顔を見て、すぐにライターを差し出した。喫煙所ではよくあるライターの貸し借り……岩倉は首を横に振った。

「煙草じゃないんです」

「何か？」男が不機嫌な表情で訊ねる。

「警察です」岩倉はバッジを示した。「立川中央署の岩倉と申します。小村先生の葬儀にいらっしゃったんですか？」

「ええ……家族葬だとは聞いてたんですけど、最後のお別れぐらいはしたくて。密にならないように、外で待ってるんですよ」

それでも十分密になっているのだが——もう、こういう感覚も古くなってしまったか。

「何人ぐらい集まってるんですか？」

「中に入れた連中も入れると、百五十人ぐらい？」

「そんなに？　自然に集まったんですか」だとしたら、小村の人望は驚異的だ。何しろ教員を辞めてから、既に三十年近く経っている。

「俺たち、小村先生が最後に担任したクラスの人間なんですよ。今回の件があって連絡を取り合って、そこから他の学年にも広がったんです」

「失礼ですが、お名前は？」岩倉は訊ねた。

「捜査ですか」男が探るように言った。

「捜査というわけでもないですね。今日はお線香をあげにきたんです。それで、あなたのお名前は？」岩倉は質問を繰り返した。

「三木《みき》です」

「この辺の方ですか？」小村は現役時代、ずっと都内で教員をしていた。だからといって、教え子が卒業後もずっと都内に住んでいるとは限らないのだが。

「いや、大阪からです」

「そちらにお住まいですか？」

「今、単身赴任で。先生の葬式だから、今日は有休を取って来たんですよ」

「人気の先生だったんですね」

「いや、どうかな。人気者ってわけではない……」三木が苦笑した。「それより、こういう事件の捜査って、難しいんですか？」

「簡単な事件は一つもありませんよ」岩倉は話を元に引き戻した。「小村さん、現役時代はどんな先生だったんですか？」

「厳しかったなあ」三木がうなずく。「とにかく授業がきつかったです。六年の時の担任だったんだけど、中学受験の塾に通っていた奴が、塾よりきついって言ってましたから」

「教えるのが得意で好きだったんですかね。引退されてからも、ボランティアで子どもたちに教えていた」

「ああ、聞いてます」三木がかすかに笑った。「先生らしいなって思いましたよ。天性の先生って感じなんですよね。今は、子どもたちとの距離が近かったり、笑わせたりする甘い先生が人気かもしれないけど、小村先生の方がすごかったと思います。まあ、俺は大した生徒じゃなかったけど、うちのクラスも優秀な奴が多かったですからね。国家公務員になってる奴が二人、弁護士が一人、大学で教えているのが二人」

三木が指を折って言った。そのうちクラス全員の進路を語り出しそうだったので、岩倉は話の腰を折った。

「当時、何かトラブルはなかったですか？」

「トラブルって何ですか」三木が眉をひそめる。

「トラブルはトラブルです。学校では、いつも大小様々なトラブルが起きていると思いますが……厳しい先生だったら、尚更」

「何もないですよ。先生が体罰したりすることはなかったし、クラスの中のいじめもなかった。少なくとも、先生を恨んでいるような奴はいなかったと思います」

「そうですか？」

「まさか、教え子を疑ってるんですか？」

「現段階では、あらゆる可能性を否定しないようにしています」

「あまり……感心しない話ですね」三木がかすかな怒りを見せた。「疑われると、気分がよくない」

「疑っているわけじゃないですよ」岩倉はやんわりと訂正した。「あくまで情報収集です」

「ふうん」三木が激しく煙草を吸った。一気に灰が長くなり、灰皿に捨ててしまう。すぐに新しい煙草に火を点けた。

「卒業してから、小村さんと連絡は取り合っていたんですか？」

「年賀状ぐらいですね。同窓会とかで先生を呼びたかったんですけど、先生、同窓会には出ないんですよ」

「どうしてまた」そんなに信頼されている先生なら、生徒が卒業後も繫がりを持ちたいと思ってもおかしくないだろう。

「あまりにも教え子が多いので、真面目に同窓会に出席していると体を壊すからって。卒業式の時に、そんな話を聞きました」

冗談なのか？　岩倉は三木の顔をまじまじと見つめた。彼の表情は変わらない。

「本気で言ったんですか？」

「本気だと思いますよ。教え子はどれぐらいいるのかな……確かに、それぞれの代の同窓会に出席していたら大変ですよね」

「辞めた後も？」

「辞めても、まだ塾で教えていましたからね。結構お忙しかったみたいですよ」

「本当に教えることが好きだったんですね」学校の先生というのは、疲れるものではないだろうか。毎年同じようなことを教えながら、児童の様々な問題にも対処していかなくてはならない。心身が休まる暇はないだろう。そういえば、以前捜査で知り合った教員が「教員経験者の平均寿命は短いんですよ」と溜息混じりに漏らしていたのを思い出す。授業だけでなく、行事などで学校に縛りつけられる時間は長いし、子どものトラブル、それに付随して押し寄せる家族の抗議で、心も体もすり減っていく――。

「今回の事件、本当にショックでした。人に恨まれるなんて、考えられないですよ。強盗とかじゃないんですか？」

「今は施設に入られてますからね。そういうことは考えられません」誰かと会うために夜中に出て行った、あるいは連れ出された――その線は最初から揺らいでいない。

「何て言うか、こんな死に方ってないですよね」三木が溜息をつく。「九十歳近くなって事件に巻きこまれるなんて……犯人、捕まりますか？」

「全力で捜査しています」

実際には、今のところ捜査は行き詰まっている。有力な手がかりがなく、犯人に行き着くどころか、犯行当日の小村の動きすらはっきりしていないのだから。やはり、施設の防犯カメラがダウンしていたのが痛い。小村が出たと見られる裏口にも防犯カメラはあったのだ。そこに小村、あるいは彼を迎えに来た人の姿が映っていれば、大きな手がかりになったはずなのに。

岩倉はその後も喫煙所に立ち続け、時折やってくる人たちから話を聴いた。なかなか面倒な作業……雨が降り止む気配はないし、岩倉の噂が広まってしまったようで、煙たがられる。気楽に話をするためにとこの場所を選んだのだが、どうも失敗だったようだ。

しかし、辛うじて話ができた人間も何人かいた。そのうち一人は岩倉と同い年……ということは、小学校を卒業したのは四十三年も前になる。その頃小村は四十四歳。壮年期で、教員としては脂が乗り切った時期だっただろう。

藤田《ふじた》というこの男も、小村に対する恨みを持っている人などいるはずがないと、真っ向から否定した。

「性格からして、誰かとトラブルになるなんて、考えられないんですよ」

「と言いますと？」

「決して穏やかな人ではないです。授業は厳しかった。でも、誰かをえこひいきしたりとかは一切なかったんで……全員に厳しかったけど、できない子に対して感情的に怒るようなこともなかったです。分からなければ分かるまで教える、みたいな。トラブルなんて、ちょっと考えられないですね」

「粘り強い先生だったんですね」

「実はうちの親父も教員で、一時小村先生と同僚だったんですよ」

「あなたが小学生の頃ですか？」

「ええ」藤田がうなずく。「卒業してから親父がしみじみ言ってたんですけど、小村先生は塾で教えた方がよかったって」

「どういうことですか？」

「あれほど教え方が上手い先生はいないって……進学塾で教えていたら、生徒を難関校にどんどん送りこんで評判になってただろうって。ただ、その分、生徒指導にはそんなに熱心じゃなかったかな？　小学校だと、先生も子どもたちと遊んだりするじゃないですか。そういうことは全然なくて、俺たちとは一定の距離を置いてました。それなのにトラブルが何もなかったのは奇跡だっていうのが、親父の見立てでしたね」

「確かに小学校だと、先生が上手くコントロールしないと、学級崩壊もありますよね」

実際、娘の千夏が通っていた小学校のクラスが、一時学級崩壊しかけた。それを知った妻が、「だから公立は」と本当に嫌そうに言ったものである。あの一言が、夫婦仲に亀裂の入る最初のきっかけになったかもしれない。岩倉は基本的に、子どもは公立でいいと思っていた。様々な子どもが集まってくる公立の学校で学ぶことで、社会を生き抜くサバイバル能力が身につくはずだと……妻は正反対だった。何もわざわざ、泥沼に足を突っこまなくてもいいのではないか？

公立の学校を泥沼と言い切る妻の言語センスに呆れたものだ。もちろん、そういう認識そのものにも。

「結局小村先生は、勉強をきちんと教えることでクラスをまとめていたのかな。実際、小村先生が教えているクラスはどこの学校でも、学年で一番成績がよかったっていう話ですからね」

「教室が塾みたいなものかもしれませんね」

「そんな感じです」藤田が認める。「だからこそ、トラブルって言われても……」

「定年退職されてからは、本当に塾をやられていましたけど」

「そっちの方こそ、トラブルなんかないんじゃないですか？　勉強するために子どもたちが集まってくるんだから、目的は明確だし。塾で、子どもの生活態度が悪くてトラブルになる、なんて話は聞かないでしょう」

「確かに」それは岩倉も認めざるを得ない。

結局、小村の人生は完全にクリーンだったのだろうか。しかしそうだとすると、今回の事件はあまりにも唐突だ。街を歩いていていきなり暴漢に襲われることはあり得るだろう。家を放火されて、逃げきれぬまま焼け死ぬこともある。ところが小村は入所していた施設から抜け出し、どこかで殺された……あまり考えられないケースである。

嫌な予感は日々膨らむばかりだ。捜査一課への異動か、もうしばらく立川中央署にいるか……事件をしっかり解決しないと、それを選ぶ権利も自分にはないような気がする。


殺人事件を抱える特捜本部でも、最近は休みもなしにフル回転というわけにはいかない。今回も、週末は交代で休みになった。岩倉の休みは土曜日……普通なら実里と会うところだが、これだけ大きな事件を抱えている時には、地元を離れられない。何かあった時には、すぐに署や現場へ行けるようにしておかないと。

というわけで、今は都心の実家に住む実里に会いに行けない。昼間、家で雑用をこなした後で電話をかけると、嬉しいことにこちらに向かっているという。

「大丈夫なのか？」

「実は、母が入院したの」

「また？」思わず言ってしまった。実里の母親は去年から体調を崩しており、断続的に何回か入院していた。今度は何だろう？

「家で転んで、足を折ったのよ」

「それは……大丈夫なのか？」

「こういう時、大腿骨を折るとリハビリが大変なんだけど、右の脛《すね》だから、そこまで大変じゃないだろうって。でも、病院に入れるまでが大騒ぎだったわ。手術をして、また大騒ぎ。昨日ぐらいからようやく落ち着いたから、今日は休み……というか、ガンさんに慰めてもらわないと」

「申し訳ない。俺は何もできなかった」

「それは——何かしてもらったら、むしろ大変かも」実里が面白そうに言った。「ガンさんがうちの母親の面倒を見てたら、厄介なことになるでしょう」

「まあな」

実里は舞台を中心に活動する女優である。年齢は、岩倉よりも二十歳下。捜査一課で同僚だった大友鉄《おおともてつ》の紹介で知り合ったのだが、その関係は今も秘密になっている。交際し始めた頃、岩倉は別居していたとはいえ、妻との離婚は成立していなかった。それに、テレビなどで顔を売っているわけではないといっても、実里は芸能人である。二人で一緒に出かけることも避け、会うのは自宅で、というのが常だった。実里の家族にも、交際は秘密にしていた。

実際岩倉は、実里の母親——父親はだいぶ前に亡くなっていた——に会うのを避けていた。実里も「面倒臭い人よ」と言っていたし……実里の母親も元女優なのだ。七〇年代後半、高校生の時に街でスカウトされて映画デビューし、二十代前半には映画やテレビドラマ、雑誌のモデルなどで活躍した。二十五歳の時に、中堅の証券会社を経営する父親に見初《みそ》められて結婚。父親は二度目の結婚で、十五歳年上だった。要するにトロフィーワイフということで、結婚をきっかけに芸能界を引退したのだが、娘の実里を女優に育て上げたのはこの母親である。児童劇団に入れて演技の基礎を学ばせ、実際に舞台に立つようになると、まさにステージママとして、毎回観てダメ出しをしてきた。

実里もやりにくいのではないかと思うのだが、彼女はあまり気にしていなかった。「面倒臭い人」と言いながら、母娘仲はあまり悪くないようだ。だからこそ、体調を崩し始めた母親のために、実家に戻ってあれこれ面倒を見ている。それ故、最近の彼女は、女優としての活動を抑えがちだった。岩倉と会う機会も少なくなっている。

こういう時、彼女のために何か料理でも作れればいいのだが……基本的に岩倉は料理をしない。一応調理器具は揃えているのだが、料理をしても碌《ろく》な結果にはならないだろう。立川を出なければ、二人でゆっくり夕食を摂っても大丈夫なはずと考え、岩倉は実里を夕食に誘った。

「あ、じゃあ私、あそこのお蕎麦がいい。グリーンスプリングスの一階の」

「蕎麦なんかでいいのか？」

「軽くお酒を呑んで、最後に締めでお蕎麦」

「俺はいいけど……」

「ガンさんも、軽く呑んでも大丈夫でしょう？」

「酔っ払っても、気合いで醒ますよ」

実里が声を上げて笑った。転がるような心地よい笑い……まずこの声に惹かれたんだよな、と思い出す。

さて、店を予約しないと。この蕎麦屋は元々世田谷に本店があるのだが、人気店なのか、何ヶ所かに支店を出している。チェーンの蕎麦屋でもないのにこういうのは、珍しいのではないだろうか。そして実際、美味い。最初は岩倉も、仕事の移動の合間に素早く食べるために利用していたものの、そのうち、そういうつき合い方をしているともったいない店だと思うようになった。じっくり酒とつまみで腹を温め、最後に美味い蕎麦をたぐるような使い方が合っている。実里に紹介すると、彼女も一回で気に入った。元々、フレンチやイタリアンを好んで食べていたので、「君も歳取ったのかな」とからかうと、「あら、昔からお蕎麦は好きよ。あなたが連れていってくれなかっただけで」とあっさり切り返された。それに日本酒もぐいぐい呑む。劇団で芝居をしているうちに、かなり酒も鍛えられたらしい。劇団員というと、芝居が跳ねた後に安い居酒屋に集まって、酒が入れば侃々諤々《かんかんがくがく》——演技論を熱く語るようなイメージがあるのだが、実里に言わせれば「実際はもっとすごい」。未だに殴り合いも珍しくないそうだ。そんなに熱くなれるのは、ある意味羨ましくもある。自分の仕事に対する誇り、迷い、そういう感情が入り混じっての大喧嘩だろう。岩倉はもう、そういう時代をはるか昔に抜けてきてしまった——それが少しだけ悔しい。演劇の世界にいる人は、何歳になっても若々しい感覚が残っているのかもしれない。

さて……彼女は今夜、たっぷり蕎麦を食べて、泊まっていくだろう。ということは、夜までにシーツを洗濯しておかないと。

厳しい一週間だったにもかかわらず、岩倉は頬が緩んでいるのを意識していた。

「子ども返りって本当にあるのね」実里が呆れたように言った。

「お母さん？」

「入院したら、本当に子どもになっちゃって。そのうち、私のことを『ママ』って呼び始めるかも」

「まさか」

「頭はまだまだはっきりしてると思ってたんだけど、何度も入院してるから……精神的にも参ってくるわよね」

「まあ――普段大変なんだから、今日は呑んで、美味い蕎麦を食べよう。君も息抜きしないと」

この店は一階にあり、通路にテーブルを出してテラス席のようにしている。五月、今日は気候もよく、コロナ対策の意味でも外で飲食してもよかったのだが、土曜で人通りも多いので、結局中に落ち着くことにした。なるべく目立たないように……以前、実里がファンに気づかれて街中でサインをせがまれた記憶が鮮明に残っている。実里は愛想良く対応していたが、岩倉は困ってしまった。「マネージャーです」と言えるぐらいのユーモアのセンスと余裕があればいいのだが、それは無理だ。

店内は素っ気ない。白木のテーブルと茶色い木製の椅子が並んでいて、名店というより綺麗な町蕎麦という感じだ。ほぼ満員……ただ、隣のテーブルが空いているので、あまり人の目と耳を気にせず話ができる。板わさに卵焼き、蕎麦味噌と定番のつまみを頼み、二人とも最初から日本酒。岩倉は日本酒の銘柄に詳しくないので「できるだけ辛口を」という注文をつけて店員に頼んでしまった。運ばれてきた酒は確かに辛口——甘みをほとんど感じない味わいで、つまみによく合う。

「退院の見通しは？」

「まだ分からない。手術は成功したから、骨はくっつくと思うけど、リハビリも必要なのよね」

「とすると、リハビリ専門の病院に転院したりとか？」

「それは、今の病院の系列に行くと思うし、大丈夫なんだけど……」実里の声は暗い。

「君を頼りにしているのが困る？」

「困りはしないけど、子ども返りという感じで心配」

「お母さんだったら、手助けしてくれる人を雇うこともできると思うけど」

「それを嫌がるのよね」実里がグラスの日本酒をぐっと吞み干した。店員に視線を向け——店員は満面の笑みを浮かべ、尻を蹴飛ばされたような勢いで飛んできた——「同じものをお代わりで」と頼んだ。

「ちょっとペースが早いけど？」

「呑まないとやっていけませんよ、ガンさん」実里が寂しそうな笑みを浮かべる。「今の話だけど……お母さんが嫌がるのも分かるけど、このままだと君の活動に差し障るじゃないか。君を女優にしたのはお母さんなんだし、足を引っ張ることには抵抗感があると思うけどな」

「でも、私の口からは、そういうことは言いにくいわ」

「……だよな。でも、今は自宅での介護を助けてくれる制度もあるし、金さえ出せば人も雇えるだろう」

詳しいことは知らないが、証券会社の現職の社長のまま亡くなった実里の父は、かなりの遺産を妻と娘に残したという。自活している実里はともかく、母親の方は一生遊んで暮らせるぐらいの遺産だそうだ。それだけの金があるなら、二十四時間介護を引き受けてくれる人ぐらい、簡単に見つかりそうなものである。白金のマンションも４ＬＤＫで、部屋は余っているのだし。

「悩ましいわね」実里が頰を押さえた。「これから完全に元気になるとは思えないし、本当に子ども返りしたら、私もどうしたらいいか」

「やっぱり、誰か世話してくれる人を頼んだ方がいいと思う。それで君は、暇な時は実家にいれば、お母さんも安心するんじゃないかな」

「うん……」

実里が、新しく運ばれてきた酒を一口呑んだ。卵焼きを摘《つま》もうとして、箸を引っこめる。溜息をついて……こういうのは彼女らしくない。舞台では大きな動きと表情の変化を見せるのだが、普段はどちらかというと静かで淡々としているのだ。心配事を表に出すのは珍しい。

「何が心配なんだ？　仕事のこと？」

「ガンさんには言ってなかったけど、去年から舞台を二本、断っちゃった。そんなことないと思うけど、舞台のスケジュールにぶつけるみたいに、母親が体調を崩すのよ」

「それは……さすがに狙ってではないだろうな」

「そうよね。でも、そんな風に考えちゃう自分が嫌なの。母親には感謝しかしてないし……私をこの世界に入れてくれた人だから。元気で強引で若かった母親が衰えていくのを見るのは辛いわ」

「歳取った親の問題は、誰でも難しいよ。今担当している事件でも、被害者の息子さんがずっと後悔している。施設に入れたんだけど、自分の家に引き取ればよかったって言ってるんだ。施設にいなければ、事件に巻きこまれることもなかったって」

「そうか……」

「同居は、父親が断ったんだけどね」

「今さら環境を変えたくないっていう感じ？」

「そうそう」岩倉はうなずいた。「俺も、君には迷惑かけたくないな」

「私がガンさんの介護をするなんて考えてるの？」

「年齢差を考えれば、あり得ない話じゃない。君が六十歳になったら、俺は八十だぜ？　よろよろになってるよ」死んでいる可能性も低くない。「とにかく俺は、君の世話になろうなんて思ってない。貯金して、海が見える場所にある施設にでも入るよ」

「似合わないなあ」

「そうか？」

「そもそも、ガンさんがそんな年寄りになるなんて、想像もできない。ガンさんって、会った時から全然歳取ってないわよね」

「それは、昔から老けてたってことじゃないかな」

「そうかも」実里がようやく笑った。「でも、年齢なんて関係ないけどね。私も歳取っていくし」

「君こそ、年齢を感じさせない」

「あら、どうも。でもそろそろ、シニア向けの化粧品のＣＭがきてもおかしくないわよ」

「シニアって……」岩倉は苦笑した。

「商品の対象年齢よりも若い人を使うのがＣＭなのよ。雑誌なんかの特集も同じ」

「若いイメージを出したくて？」

「そう」

「だったら君も、蕎麦はどうかな。もっと若いイメージの飯の方が……」

「お蕎麦は好きだから」実里がぴしりと言って、メニューを取り上げる。一瞥《いちべつ》して「今日の締めは鴨南蛮」

「分かった。俺は湯葉とじそば」

「胃の具合でも悪いの？　何でそんなに、消化のいいものを？」

「おっさんになると、胃に優しいものを食べたくなるんだ」

「食べ物で老いを意識しなくても」

だったらそもそも、蕎麦屋に来なければいいのだが……岩倉は少し意地になった。

「湯葉とじそばの後で、二八のせいろだな」

「それはさすがに食べ過ぎじゃない？」実里が眉をひそめる。

「温かいのと冷たいの、この店では両方食べたいんだ。どっちも美味いから」

そして後で、膨満感に悩まされるだろう。しかしここは、若いところを見せておかないと。

彼女を笑わせるためにも。

5

実里は日曜の夜も岩倉の家に泊まり、月曜の朝に帰って行った。岩倉は日曜は仕事で家にいなかったのだが、実里は気にもせず、「とにかく寝かせて」。母親は入院中だから、実家でゆっくりしていてもいいはずなのに……できるだけ、厄介ごとから離れていたいのかもしれないと思い、岩倉は何も言わなかった。実際、月曜日の朝には、実里はすっきりした顔をしていたから、それでいい。

妻に対しては、こういう感覚はなかったな、と思う。自分に対して何をしてくれるかだけを考えていて――向こうも同じ感覚だっただろう。しかし実里に対しては、「できるだけ楽しんで欲しい」「何か自分にできることはないか」と思ってしまう。岩倉は元々、献身的な方ではないと自覚しており、他人に対してこんな気持ちになったのは初めてだった。彼女が二十歳も年下なので、子どもの面倒を見るような感覚もあるのだろうか。

朝方特捜本部に顔を出すと、ざわついた雰囲気になっていた。何か動きがあるには早い時間帯なのだが……そもそも、まだ刑事たちも揃っていない。週明けなので、朝の捜査会議を開催して、今日以降の動きを確認することになっているのだが。

「どうかしましたか？」いち早く出勤していた末永に訊ねた。

「出頭です」

「犯人が？」思わず目を見開いてしまう。

「署の当直に電話がかかってきて……今、自宅まで行っているんです。間もなく連行してくる予定です」末永が左腕を持ち上げて腕時計を見た。

「何者ですか？」

か。

「被害者の昔からの知り合いだと言ってるんですよ。本人も八十七歳」

「そんな人間が、一人でやったと？」これはいかにもおかしい。殺すことはできるかもしれないが、あの場所に遺体を遺棄するのは、八十七歳の人間には無理ではないだろうか。

同じ疑問を末永も感じているようで、二人とも黙りこんでしまう。

「共犯がいるのか」末永が顔を上げる。

「――あるいは嘘か」

「イタズラにしては、洒落《しゃれ》にならない感じですけどね」

末永と話して、岩倉は状況を確認した。

立川中央署に電話してきたのは、三嶋輝政《みしまてるまさ》、八十七歳。住所は立川市一番町。玉川上水を挟んで南北に広がる場所で、武蔵村山市との境に近い。最寄駅は西武拝島線の西武立川か武蔵砂川。そして遺体遺棄現場からも遠くない――それはあまり関係ないか。自宅で殺して、遺体を担いで現場まで行ったわけではあるまいし。

署に電話がかかってきたのは、今朝七時過ぎ。電話を受けたのは、当然当直の署員だった。交通課勤務の若い警官だったが、機転が利く人間で、様子がおかしいとすぐに気づき、その周辺にいた人全員にスピーカーフォンで聞かせた。さらに気の利く人間がいて、署の近くに住んでいる若い刑事課員に電話をかけて、すぐに事情を説明したという。その間も、若い交通課員は電話を切らさずに話を聞き続け、最終的には名前と住所、電話番号を聞き出すことに成功した。

若い刑事課員が出勤してくるのを待たず、当直の署員が現場へ急行、取り敢えず身柄を押さえているという。ただし逮捕できるまでの材料は揃っていないというので、全ては署へ連行してからの取り調べにかかっている。

「──当直の連中、上手くやってくれましたね」

「ああ。特に交通課の清水《しみず》はお手柄ですね。こいつは、刑事課に引っ張ってもいいかな」

岩倉は密かに苦笑してしまった。こういう話は、警察では日常茶飯事である。警察の仕事は部署によって軽重があるわけではないのに、何故か本部では捜査一課、所轄では刑事課が一番偉いとされる風潮がある。だから優秀な人間がいたら、他の部署に取られる前に引っ張ってしまえ──よくある会話だ。

「それでガンさん、取り敢えずの事情聴取をお願いできませんか」末永が頼みこんだ。

「捜査一課にやらせたらどうですか？　取り調べ担当の人間もいるんだし」

捜査一課の各係には、容疑者の取り調べを専門に担当する刑事がいる。容疑者が逮捕されれば、本当に取り調べしかせず、周辺捜査や証言の裏取りなどは他の刑事が担当する。そうやってずっと対峙することで、容疑者と信頼関係を築いていくわけだ。

「今日、捜査会議は九時からでしょう？　電話してきた人間は、間もなくこっちへ来ます──八時過ぎには。取り調べ担当が来るまで、時間が無駄になりますから」

「分かりました。でも、若い連中に経験を積ませるのもありかと思いますけどね」

「そうやって人を育てるのが大事なのは分かってますけど、今は余裕がありません。私も、手札の中で、一番強いカードを切るしかないので」

「それはどうも」強いカードと言われても、あまりピンとこない――自分はやはり、トランプの札ではないのだから。


今回の事件では、どことなく調子がずれたままである。岩倉がこれまで経験した事件の中で最高齢の犠牲者――そして、最高齢の容疑者と対峙することになる。

三嶋輝政は、少し耳が遠いようだった。補聴器を使うほどではないのかもしれないが、同じ質問を何度も繰り返して確認しなければならない。本当に聞こえないのか、念のために聞き返しているのかは分からなかった。

やりにくい――しかし岩倉はこの男に対する事情聴取に力を入れざるを得なかった。それは、本人が「遺棄した」過程を説明していくうちに決まったことだった。三嶋は、「犯人しか知り得ない事実」を知っている。

「遺体を、フェンス越しに上水の方に遺棄したんですね?」

「ええ」

「どうやってですか？　小村さんは、体重六十二キロありました。そんなに軽いわけじゃないですよ」

「ああ、だから、ぐっと押し上げて……フェンスの上に乗った後は、押して向こうに転がした。その時に、シャツの背中が破れた」

本当にそんなことができたかどうかは別にして、これは「犯人しか知り得ない事実」である。小村の着ていたポロシャツは、背中の部分が三十センチも裂けていた。そして、フェンスの上部に引っかかっていた繊維を分析したところ、ポロシャツと同じものだと断定されたのである。フェンスの上から遺体を遺棄したというのは想像でも言えるだろうが、その際にポロシャツが破れたというのは、犯人でないと分からないことだ。

「どうしてあそこに遺棄したんですか？」

「流れてどこかへ行くかと思ってね」

「上水はそんなに深くないし、流れも遅いですよ」実際、事件発覚当時の水深は五十センチほどだった。深さ十センチの水溜まりでも人は水死すると言われている——実際にそれで死亡したケースもある——が、水深五十センチは、遺体をきれいに下流へ押し流すほどの流れではない。「遺体を捨てるなら、多摩川まで行けばよかったじゃないですか」

「多摩川は遠い。最近は、車を運転するのも面倒だ」

「遺体は車で運んだんですか？」

「あんなもの、担いでいけるかね」三嶋が馬鹿にしたように言った。

それでも、何故玉川上水か、という疑問は残る。西へ進めばすぐに、深い山なのだ。

そこで穴を掘って遺体を埋めてしまう方が、発見される恐れは低くなるはずだ。

ところどころ説明が曖昧なのは、本人の記憶が怪しいせいかもしれない。岩倉は午前中いっぱいかけて話を引き出し、その間に鑑識が三嶋の所有する軽自動車の中を調べた。簡易的に検査した結果、血痕を発見——その血液型が、小村のそれと一致した。これは決定的な証拠になる。殺害場所と自供した自宅も調べており、今後さらに強い証拠が見つかりそうだ。

昼飯を飛ばして、午後一時。岩倉は逮捕を宣告するに至った。しかしその前に、確認しておきたいことがある。

「三嶋さん、何か持病はありますか？」

「八十七にもなって、病気がないわけがない」何故か自慢げに三嶋が言った。

「お薬は？　いつも飲んでいるものはありますか？」

「血圧の薬だ」

「その薬はお持ちですか？」

「ああ」

「確認させて下さい」

「何で」

ここから話は核心に入る。岩倉は一つ深呼吸して、肝心なことを告げた。

「三嶋さん、あなたは今から、小村春吉さん殺害の容疑で逮捕されます。逮捕されると、最長で二十日以上も身柄を拘束される——その間に、いつも服用している薬がなくなると困るでしょう」

「医者に怒られるだろうな」三嶋はまだ、逮捕という事実を重く見ていないようだ。

「薬はこちらで預かって、服用する時にお渡しします。それに、途中でなくなれば手配しますが、そのためには事前に控えておく必要があるんです」さらに言えば、自殺防止のためである。留置場で、毒薬を呷《あお》られたらたまったものではない。荷物は全て預かるのだが、身につけて隠し持っている可能性もある。全て出させないと……。

「面倒臭いな」

「お願いします」何で俺がこんなことをしなければならないのかと思いながら、岩倉は頭を下げた。どうも三嶋には反省が足りないというか、何のために出頭してきたのか分からない。普通、出頭してきた犯人はしょげかえり、無口になるものだ。それなのに三嶋は、小村殺害、そして死体遺棄の様子をすらすらと喋った。

　三嶋が小型のショルダーバッグに手を突っこむ。岩倉は念のために身構えた。ここに凶器を隠しているとは思えないが……戸澤は、こちらの様子を見もしないでパソコンのキーボードを叩いている。勉強のためにと記録係で入れたのだが、あまりにも用心が足りない。この辺についても、後で厳しく言ってやらないと。岩倉は、最近は後輩たちにあまりやかましく言わないようにしているのだが、戸澤はあまりにもひどい。面倒だが、手取り足取り教えていくしかあるまい。

三嶋が薬を取り出したので、それを戸澤に渡し、薬の名前を控えるように指示する。

「それで、三嶋さん……あなたは間もなく逮捕されます。逮捕状が用意され次第、です。自宅以外の場所で暮らしながら取り調べを受けるのは大変ですが、体調は大丈夫ですか」

「ああ、何でもないよ」

「では、今後は私とは別の刑事が取り調べを担当しますが、捜査にご協力をお願いします」

「そのつもりだよ」

「体調が悪かったら、その都度言って下さい。体優先ですから」

「警察はずいぶん優しいんだね」

「それはそうです」岩倉はうなずいた。「取り調べも、適切に行わないとまずいので。ですので、警察への協力、よろしくお願いします」

「ああ」

岩倉はさっと頭を下げた。逮捕状を示して逮捕する役目は、捜査一課の後輩刑事に譲ろう。せっかく本部から出張ってきているのだから。

その前に、一つだけ確かめておきたいことがあった。

「三嶋さん、一つ確認させていただいていいですか？」

「もう、散々話してきたけどね」

「今まで聞かなかったことです。どうして小村さんを殺したんですか」最大のポイント――動機。

「それは言えない」

「どうしてですか？」岩倉は思わず突っこんだ。「事実関係については認めたじゃないですか」

「言えない」三嶋が繰り返す。顔は引き攣《つ》っていて、血の気が引いていた。

「いや、しかし」あまりにも頑なな態度に、岩倉も適切な質問を失ってしまった。

「言えないものは言えないんだ。いくら六十年以上前からの知り合いだと言っても――」

「はい？」

「いや、何でもない」三嶋が腕組みをした。しかしすぐに戸澤に視線を向け「薬を返してくれ！」と怒鳴った。

まるで自宅にいるような態度ではないか。

第二章　迷走

1

岩倉は取り調べを本番の担当・捜査一課の浜田《はまだ》にバトンタッチした。まだ三十代のようだが、話しただけでしっかりしている——そしてプライドが高そうなのが分かった。取り調べ担当にも様々なタイプがいる。情に訴えて相手の心を揺さぶる人間。言い訳できないような固い証拠を揃えて容疑者を追いこむ人間。浜田の場合、後者のような感じがした。

「記録係はどうしますか？　今までの流れで、所轄の若手にやってもらう手もありますが」浜田が遠慮がちに申し出た。若手——戸澤のことだ。

「あんたが爆発しないためには、代えた方がいいと思う」

「はい？」

「うちの若いのは、ちょっと経験不足でね」岩倉は肩をすくめた。「いつも記録係に入る人間がいるだろう？　その人に任せた方がいいよ」

「そうですか……それで、何か注意点は？　高齢ですが、頭ははっきりしてますか？」

「それは大丈夫だ。ただ、少し耳が遠いから、でかい声でゆっくり話した方がいい」

「了解です——そういう相手の取り調べなら、経験ありますよ」

「それと、一点だけ」岩倉は人差し指を立てた。

「耳が遠いだけじゃないんですか？　それなら二点になりますが」

なるほど……浜田はこういうタイプか。相手のちょっとしたミスや勘違いに突っこんで、精神的にダメージを与える攻撃が得意技——気をつけないと、「違法な取り調べだ」と言われかねないやり方である。

「分かった。それじゃ、二点」岩倉は指一本からVサインに変更した。一々面倒だが、ここは相手のペースに合わせてやろう。

「動機について聴いたら、急に態度が変わったんだ」

「それまでは、普通に喋ってたんですか？」

「ああ。動機についての話題を出した時だけ、急に態度が変わる。妙に頑なんだ」

「変ですね」浜田が首を傾げる。「そこだけ話さない理由って、ちょっと見当がつかないな」

「それともう一つ」

「三つになりますよ」浜田がうんざりした表情を浮かべる。

「単なる追加情報だ……三嶋は、小村さんと六十年以上前から知り合いだと言っている」

「つまり、二十代の頃からですか？」

「そうなるな」

「古い友人同士が揉めてこんな事件になった——そういう筋書きですかね」浜田が顎を撫でながら、納得したように言った。

「そんなところだと思うけど、頭に入れておいてくれ」

「分かりました。じゃあ、ここからは任せて下さい」

浜田を取調室に送り出し、岩倉は捜査本部の片隅に置かれたコーヒーマシンで自分の分を淹《い》れた。ずっと取り調べを続けて昼も抜いてしまったし、何より喉が渇いている。会議室には弁当が用意されていて、当然それは食べていいのだが、今日は何だか、弁当という気分にならなかった。かといって、グリーンスプリングスまで歩くと時間がかかる。コンビニ飯で済ませるにしても、そのコンビニも少し離れている。署の食堂のお世話になるか……。

ブラックのコーヒーを飲んでいるうちに、猛烈な空腹——エネルギー切れを感じた。仕方ない。時間がもったいないから、今日の昼は特捜弁当だ。

特捜本部の弁当は、大抵幕の内である。栄養バランスが取れていて、誰からも嫌われないようにということなのだろうが、今日の弁当の栄養バランスは最悪だった。メーンは生姜焼きで、コロッケと小さなエビフライ二本もついている。カロリーと油分が過剰で、中年以降の胃には辛い。いっそ、揚げ物の衣を剝がして食べてやろうかと思ったが、そんなことをしたらコロッケは崩壊してしまうだろう。それでは、作った人に申し訳ない。

会議室の片隅で、一人ぼそぼそと弁当を食べる。六十年前という言葉が、頭の中でしきりに舞っていた。

そそくさと弁当を食べ終え、腕組みをして目を閉じる。

被害者と加害者、二人とも立川市出身という共通項がある。そして立川で六十年前といえば……目を開けると、目の前に末永がいた。

「お疲れですか」末永が訊ねる。

「いや……ちょっと情報を整理していただけです」

「詳細は、夜の捜査会議で報告してもらうとして、何か分かりましたか？」

「まだ穴だらけなんだけど、一つ気になることがありましてね」岩倉は六十年前というキーワードを告げた。「戸澤、どういうことか分かるか？　六十年前の立川で何があったか」

「いえ……さすがに古過ぎます」

「むしろ七十年前――正確には六十六年前になるんだけど、砂川事件があった」

「砂川事件……警察学校で教わった……ような記憶があります」

「戦後の公安事件史の中では、エポックメーキングなものだ」岩倉はうなずいた。「砂川事件の前段として、砂川闘争というのがあった。立川基地——米軍立川基地の拡張に反対して、砂川町——今の立川市で起こった住民運動だ。一九五五年に拡張が通告されると、すぐに地元で反対運動が起きて、労組や社会党も闘争を支援して、大きなうねりになった。五六年十月には、砂川町の芋畑で農民と警察が衝突して、千人が負傷している。その翌年の六月二十七日に強制測量が行われて、七月八日にはデモ隊の一部が基地内に立ち入った。その件に関して、九月に学生ら二十三人が検挙され、そのうち七人が起訴された——これが砂川事件だ。裁判としてもいろいろ難しいことがあった事件だよ」

戸澤は言葉もない。口をぽかりと開けて、岩倉をぼうっと見るだけだった。末永はニヤニヤしている。

「何驚いてるんだよ」末永が戸澤をからかう。

「いや……こんなにはっきり、日付まで出てくるなんて。しかも岩倉さんの専門じゃないですよね」

「重大事件は、刑事事件だろうが公安事件だろうが覚えておかないと……とにかくこの事件は、学生が多く参加して、その後の学生運動にも大きな影響を与えている。『闘争の父』とも言われているそうだから、公安事件史の中では極めて重要なものなんだ」

「六十六年前というと、小村さんは二十一歳ですか」末永が言った。

「そうですね。当時は大学生じゃないですか？　砂川闘争に参加していてもおかしくはない——ただし、それほど熱心な参加者ではなかったでしょうね。無事に大学を卒業して、先生になっているんだから。逮捕でもされていたら、教員試験に受からないんじゃないかな」

「当時、どこまで厳しくチェックされていたかは分かりませんけどね」

「三嶋とは、砂川闘争を通じての知り合いだった可能性もあります。念のために、三嶋の人生を全部ひっくり返しておく必要はありますね」

「六十年以上前に揉めた恨みをずっと引きずっている？　いや……さすがにそれはどうかな」

「俺も、ちょっと無理がある想像だとは思いますよ。でも、どうせ三嶋の人生を丸裸にするんだから、ついでに調べてみる価値はあるんじゃないですか。公安に聞くのが一番早いでしょうね。逮捕されていれば、記録は残っているはずです」

「だったらそれは、私の方で確認しましょう。正式に依頼した方が、話が早い」

「裏から手を回すようなことじゃないですね」岩倉はうなずいた。「よろしくお願いします」

「夜の捜査会議でも、三嶋の人生を調べ上げる捜査をプッシュしておきますよ。それはガンさん、中心になってやって下さいね」

「命令とあらば」

「ただ、私としてはちょっと……納得し難い感じですけどね。いくら何でも古過ぎるんじゃないかな」

「それは、俺も同じように考えてますよ。六十年以上前じゃ……恨みを引きずるにしても、限界があるんじゃないですかね。ただ、三嶋が六十年以上前からの知り合いだと言ったのには、何か理由があるはずです。それを探ります」

「よろしくお願いしますよ。犯人逮捕で捜査が終わりじゃないですからね」

「むしろ始まりかもしれない」

岩倉は弁当がらを片づけ、残ったコーヒーを飲み干した。戸澤はまだ、唖然とした表情を浮かべている。

「どうした」

「いや、驚いて……どうやったらそんな記憶力が身につくんですか？　何か特別な訓練でもあるんですか？」

「ないよ」

「だったらどうして……」

「俺は事件のことを考えるのが好きなんだ。特に未解決事件――そういうことをしているうちに、自然に事件について覚えてしまうようになった。君だって、新聞ぐらい、読むだろう？」

「ええ」

「俺は一度読めば、だいたい内容は覚えるよ。それに古い事件は、捜査資料や新聞、雑誌の記事でも調べられる」

「よくそんな時間がありますね。忙しいのに」

「刑事の仕事なんて、そんなに忙しくないさ。特に本部の捜査一課は……順番に出動するから、待機中は何もすることがない。そういう時に、古い事件をひっくり返して調べておくんだ」とは言っても、岩倉にとってこれは趣味のようなものだが。

「勉強になります！」大声で言って、戸澤が勢いよく頭を下げる。

「大袈裟だよ」岩倉は苦笑した。「趣味みたいなものだから。仕事じゃなくて趣味なら、苦しまないで一生懸命になるだろう？　そういうことだよ」

「事件が趣味ですか」

「変わってるのは認める」岩倉はピシリと言った。「でも、批判は受け入れない」

別に誰に迷惑をかけているわけではないし——少なくとも、今のところは。


夜の捜査会議は、午後八時から行われた。容疑者を逮捕したということで、会議の場は自然に温まっている。捜査の節目だから捜査一課長も臨席するのではないかと想像していたが、来ていなかった。

最初に岩倉が、三嶋を連行、自供させた経緯を説明する。しかしあくまでコンパクトにまとめた。この件については、やはり「本番」の取り調べ担当である浜田がしっかり報告すべきである。

浜田はこういう報告も慣れているようで、非常に分かりやすく説明してくれた。しかし浜田自身の表情は冴えない。

「やはり年齢のこともあって、長時間の取り調べはきついかもしれません。話はするのですが、集中力が途切れがちで……明日以降は、その辺を勘案して取り調べを続けていきます」

「動機については？」末永が突っこむ。

「確認しましたが、それに関しては黙秘です」

「ガンさん、砂川闘争のことを説明して下さい」

末永が話を振ったので、岩倉は立ち上がった。先ほど末永と話してから、さらに情報が集まってきている。

「三嶋は、六十年以上前から小村さんと知り合いだったと供述しました。気になって調べたんですが、三嶋は砂川闘争に関与して逮捕されていたことが分かりました。ただし、不起訴になっています」

会議室の中に軽いどよめきが流れた。別に驚くほどのことではないが……公安は、とにかくデータ偏重主義なのだ。というより、データを捨てない。どんな細かいことでもデータとして残しておく。そのために、他の部署に比べてデジタル化をいち早く進めていたぐらいだ。通常、逮捕されても起訴されなかった人間に関してはデータを残しておかない、あるいは何年か経ったら破棄してしまうものだが、公安はまず廃棄することがない。そうやって「監視対象」のリストとデータはどんどん長くなっていくのだが、さすがに六十年以上前の逮捕者のデータは残っていないのではと、岩倉は思っていた。その頃のものはデジタル化されていない可能性もあり、どこかに埋もれてしまっているのでは……しかし実際には、データはすぐに提供された。末永が雑談で聞き出したところによると、資料関係を統括する公安四課が中心になってデジタル化を進め、戦後の逮捕者名簿はほぼ完成しているのだという。

「三嶋は当時、東都大《とうとだい》文学部の学生で、砂川闘争に参加していました。砂川事件で逮捕されましたが、勾留満期で釈放され、その後に嫌疑不十分で不起訴となっています。ご存じの方も多いと思いますが、砂川事件は、反対派がアメリカ軍基地の境界柵を壊して敷地内に侵入したとして、学生や労組の構成員が逮捕された事件です。積極的に敷地内に押し入ったと認定された人間が起訴されましたが、三嶋は『押されてたまたま敷地内に入ってしまった』と認定されて、逮捕されたものの不起訴処分になった――当時の担当刑事のメモにそう残っていました。不起訴が決まった後、三嶋がどうなったかまでは分かっていません」

それも当然だろう。当時は六〇年安保――いわゆる政治の季節より前である。その頃は、学生たちの政治活動がどんなふうに転がっていくか、公安にもよく分かっていなかったのではないだろうか。追跡調査が行われていなかったとしても、怠慢とは言えまい。

いや、そもそも不起訴になって裁判にかけられなかった人間をいつまでも追い回したら問題だ。

「現在、三嶋に関して分かっている情報はこれぐらいで、さらなる情報収集が必要です。それに加えて、被害者の小村さんについても、もっと調べる必要がある——三嶋は、小村さんと六十年以上前からの知り合いだったと言っています。ただし通っていた高校、大学は別で、実際に接点があったかどうか、今のところは分かっていません。そこで気になるのが、砂川闘争です。都内の多くの学生が参加していて、しかも二人にとっては自分の地元が大揺れしていた問題——自分たちに近い問題でした。二人が一緒に砂川闘争に参加していてもおかしくないわけで、それをはっきりさせるためには、三嶋を叩くと同時に、小村さんの周辺捜査がさらに必要です」

岩倉は、何人かが溜息をつくのを聞いた。六十年以上前の出来事が今に関係しているわけがない、いや、そもそも六十年も前の話を今になって掘り出せるわけがないとでも考えているのだろう。

六十年——生で調べられるぎりぎりの過去、という感じかもしれない。しかし不可能ではないはずだ——岩倉は自分にそう言い聞かせていた。

被害者・加害者の周辺捜査のやり方は様々だ。今回は時間との戦いにもなる。勾留期限は限られているから、起訴までに、必要な情報を全て集めなければならない。そのためには、効率のいい捜査が必要になってくる。ただ闇雲に動き回っているだけでは、絶対に上手くいかない。

　そこで末永は、特捜本部に参加している刑事たちの多くを、周辺捜査に割り振った。それも、現段階で当たるべきと分かっている人間の担当を、早くも決めてしまう。

「課長、そういう事務的な仕事なら俺がやりますよ」明日以降の仕事を指示された後、岩倉は同情してつい言ってしまった。二十人ほどの刑事を効率的に動かすためには、調整にかなり時間がかかる。特捜本部全体の面倒を見なければならない末永には、そんな余裕はないはずだ。

「いや、これぐらいは……勤怠システムを特捜用にアレンジしてますから、簡単です」

　課長が確認できる課員の出勤簿。そこに捜査一課の刑事たちの名前を臨時に追加して、担当表を作ったのだろう。

「大変だったら、いつでも言って下さいよ」

「しかしガンさんには、明日以降の仕切りをお願いしますから」

「俺も現場には出ますよ」

「もちろん……ガンさんは横浜をお願いします。小村さんの息子さん」

「了解です」そして末永は、戸澤を相棒につけた。あくまで教育係の役目を負わせるわけか……面倒だが仕方がない。誰かがやらないと、若手はいつまでも育たないのだ。

　ふと、自分が若手の頃はどう見られていたのだろうと思う。面倒臭い奴と思われていたのか、御し易いタイプと判断されていたのか。

そんな時代は、もう三十年も前だ。

時の流れの速さに啞然とする。


小村の息子、照英の自宅は、東急東横線の妙蓮寺駅から歩いて十分ほどのところにあった。昨夜連絡を取ったところ、今日は休みになっているというので、自宅を訪ねたのだ。勤務中だったら、今日の事情聴取は難しかっただろう。ホテルの仕事を抜け出して警察官と話をするのは、かなり面倒なはずだ。

この辺は鉄道路線が縦横に走っているところなのだが、それぞれの路線からは微妙に遠い、空白地帯のようになってしまっている。その分、夜は静かで、落ち着いて眠れるだろう。自宅は築十年ほどだろうか。それなりに汚れも出てきているものの、まだ新しい感じはあった。そしてデザイン性を求めたというよりは、空間効率を優先して作られたようだった。ほぼ立方体の二階建て。

家に入った瞬間、照英に謝られた。

「すみません、今日は一人なので、お茶も出せませんが」

「とんでもないです。ご家族は？」

「妻も働いているんですよ。妙蓮寺の駅前にある歯医者で、事務の仕事をしています」

子どもは大学に入ったばかり、という事情を思い出した。何となく申し訳なく思う。

自分たちが訪ねて来なければ、一人でゆったり休日を楽しんでいたはず——いや、父親の遺品整理に必死になっているかもしれない。いかにも男一人の休日という感じで、髪はボサボサだし、髭も伸びたままだ。上下ジャージの格好も、岩倉が一人で過ごす休日と同じようなものである。そういえば自分たちは、年齢も近い……。

リビングルームに通され、岩倉たちは二人がけのソファに座った。照英は冷蔵庫を開け、小さなお茶のペットボトルを二本取り出して、二人の前のテーブルに置いた。今日は初夏の陽気で、歩いて来るだけで喉が渇いたのでありがたいが……岩倉は手を出さなかった。訪ねた先で出されたお茶やコーヒーに絶対に手をつけないわけではないが、飲むのは肝心な話を聞き終えてからにしている。そうしないと気が緩んでしまいそうなのだ。やはり喉が渇いているのか、戸澤がすぐにペットボトルを手に取る。注意すべきか迷ったが、結局何も言わなかった。今はできるだけ早く、話をルートに乗せるのが優先だ。

照英がようやく座り、マグカップを口元に持って行った。一口飲んで「ああ」と溜息を漏らし、カップをゆっくりとテーブルに戻す。

「お休みのところ、申し訳ありません。もう仕事に戻られてるんですか？」

「ええ、土曜からです」

早い——通常、親が亡くなった時の忌引は一週間ほどではないだろうか。もちろん、それぞれの仕事場で事情が違うだろうが。

「週末もお仕事だったんですか？」

「バンケットの方が……大きな宴会が入りましてね」照英はバンケット部門の上位の責任者だと聞いている。「コロナで、ホテルの宴会もずっとなかったんですけど、このところようやく……久しぶりなので、張り切らざるを得ないんです」

「大変でしたね」

「まあ、よく潰れなかったと思います……あ、先日は葬儀の方、参列していただいてありがとうございました」

「慕われていたんですね。家族葬なのに、あんなに教え子の方が集まるんですから」

「ちょっと意外でした。子どもに人気、という感じの教員ではなかったので」

「厳しかったのが、後になって染みてくるということもあるんじゃないでしょうか。自分を育ててくれたのは、その厳しさだと……それで、今日は犯人の話なんです」

この件は、昨日既に照英に通告されていた。容疑者が出頭してきて逮捕された。事実関係に間違いはないようだが、まだ辻褄が合わない点も多い。今日はその関係でお話を伺いたい――。

昨日の段階で、照英の反応が鈍いのが気になっていた。事件発生から一週間で犯人を逮捕したのだから、もっと激しい反応を示すのが普通……少なくとも岩倉が見てきた被害者家族の反応は、だいたいそうだった。時には、ぎょっとするような反応もあったが。後で聞

泣き出すのは予想できるが、いきなり大声で笑い始めた人間には本当に驚いた。後で聞

くと「ざまあみろと思った」ということだが、よく考えてみると、どうして笑ったのか自分でも分からなかったと言う。もちろん、照英のように「分かりました」と言うだけの薄い反応しか示さない家族もいる。

「昨日から引っかかっていることがありまして……確認なんですが、犯人の三嶋輝政という人間をご存じではないですか？」

「いえ」照英が静かに首を横に振った。「昨日言われて、あれこれ考えたんですけど、まったく知らない人です」

「三嶋輝政本人は、小村さんと六十年以上前からの知り合いだったと言っているんです。本人は、どうしてこんなことをやったのかを話していないんですが、その辺にヒントがあるかもしれないと思って、調べています」

「……という話でしたよね」照英がうなずいたが、表情は怪訝なままだった。「散々考えたんですけど、少なくとも私には思い当たる節はありません」

「ご友人がいなかったということもないと思うんですが」

「でも私の知る限り、父は知り合いを家に連れてくるようなことはなかったです。外で一緒に呑むようなこともなかったと思います。後で教えられたんですけど、小学校でも先生は本当に忙しくて、毎日何時間も残業していたそうです。実際、酒の匂いをさせて帰って来ることもなかったですから、本当に外で呑むようなことはなかったんじゃないかな」

「お父さん、大学は城東大《じょうとうだい》ですよね」

「ええ」

「社会学部」

「そうです」

「犯人の三嶋は、東都大文学部の出身です。同じ東京出身ですけど、高校も中学も違う。どこで接点ができたか、ご存じですか？」

「いやあ」照英が後頭部を撫でた。「まったく分からないです。考えてみれば、父親が家で誰かの話をするようなことは全然なかったですね。教え子たちのことも……でも後で、結構錚々《そうそう》たる人たちがいたんだって分かりました」

「そうなんですか？」

「プロ野球選手の光井悟《みついさとし》とか」

「あの光井悟ですか」岩倉は思わず身を乗り出した。岩倉自身は真面目に野球をやったことはないが、子どもの頃は父親につきあってよくナイター中継を見ていた。その頃――五十年近く前に東京スターズの看板選手だった光井は、当時打撃タイトルを総なめにする名選手だった。特に覚えているのは、「三冠王確実」と言われたシーズンの活躍である。その年、九月に入った時点でホームラン四十一本、打点百十五、打率三割二分五厘と打ちまくっていた。しかしある試合で、大きな外野フライを追って背走、最後は外野フェンスに激突して大怪我を負った――倒れた光井をテレビの画面で観て、自分も

だった。

　光井は膝を骨折する重傷を負い、そのシーズンの残り試合を全て欠場した。ホームランと打点はリーグトップの成績をキープしたが、打率はライバルチームの選手に抜かれてしまった。そして膝の怪我は治りきらずに、結局翌年には一軍での出場はなく、三十歳で引退――打撃部門の通算成績を全て塗り替えるのでは、と言われた選手の突然の終幕だった。

「光井悟が教え子ですか……すごいですね」

「まだ教員になったばかりの頃に教えたそうです。あと、演歌歌手の榊美智留《さかきみちる》とか」

　紅白に何度も出た歌手のはずだ。最近はテレビの歌番組も少なくなってしまったし、岩倉は演歌に興味がないので、どうしているかは分からないが。

「最近テレビでよく見ますけど、東都大の教授の友田茂《ともだしげる》さんとか」

「分かります……何なんですかね？　教え子に有名人が多いことには、何か理由でもあるんでしょうか」葬儀でも、優秀な教え子が多いという話は聞いていた。

「東京の学校ですから、田舎の学校よりは有名人が出る確率は高いと思いますけど……そういうのも、全部後から知ったんですよ。父は、自分の口からは絶対に言わないんです」

「自慢するのが嫌だったんでしょうか」

「そうかもしれません。『俺が育てた』って言うのを嫌うタイプなんだと思います」

それは理解できる。謙虚な人間はどこにでも——警察にもいるもので、自分の教え子や後輩がどれだけ優秀な人間に育っても、自分の手柄を自慢したりはしない。

「しかし、友だちのことは話してもおかしくないと思いますけどね」

「何というか……父は、家族に対しても距離を置くようなタイプなんです。余計なことは言わない、昔っぽい感じかもしれません」

「一つ、問題があります」

岩倉が人差し指を立てると、照英が厳しい表情になった。今のはまずかった……それでなくても緊張状態にある照英を、さらに緊張させてしまったかもしれない。

「容疑者の三嶋は、東都大の学生だった頃に逮捕されています」

「逮捕……」照英はピンときていないようだった。それはそうだろう、自分が生まれる前の話なのだから。

「立川で、砂川闘争というのがありまして」

「聞いたことはありますけど、どういうものなんですか？」

こんなことは都民——少なくとも立川市民にとっては常識ではないかと思ったが、考えてみれば照英は、立川に住んだことはなかったはずだ。小村が教員を定年退職して、立川に家を建てたのは二十七年前。その頃照英は、とうに家を出て独立していたはずだ。

「米軍基地の拡張に反対する市民運動です。その後の学生運動の、ルーツのようなものですよ」

「ああ、そんなことがあったんですね」

「それこそ六十年以上前のことですから、私も生では知りませんが、かなり激しい運動だったのは間違いありません。闘争と呼ばれるぐらいだったので」

「それは分かりますが……」

「小村さんも、この砂川闘争に参加していた可能性はないですか?」

「え?」照英がぽかんと口を開けた。「父が、その、学生運動のようなことを?」

「どうでしょう。そういう話を聞いたことはないですか?」

「ないです。いや、まさか……」照英が首を横に振った。「父は、学生運動みたいなものを嫌ってましたから。自分でそんなことに参加していたとは考えられません」

「そうですか……でも、余計なことは喋らない、ということでしたよね?」

「それはそうなんですけど、テレビでそういうニュースを見て、本気で怒っていたことがありました。あさま山荘事件とか、連続企業爆破事件とか。『あいつらは馬鹿だ』って珍しく怒ってたので、よく覚えてます」

彼の年齢だと、七〇年代初頭から中盤にかけてのあの頃は小学校高学年ぐらいか……だったら記憶も鮮明だろう。常に無口で、家では余計なことは言わない父親が、急に感情むき出しで怒りを吐き出したら、はっきり覚えていても不思議ではない。

「その様子だと、砂川闘争に参加するような人には思えない、ということですね」

「ええ」照英が思い切りうなずく。

「そこで嫌な思いをして、市民運動が嫌いになる人もいると思いますが」

「そう言われましても……」

沈黙。岩倉は早くも攻め手を失った。しかしそこで、すぐに思いつく。

「ご実家の方、調べさせていただいています」

「ええ」

「まだ終わっていないのですが、日記のようなものはありますか？」

「いや、どうかな……そう言えば、本棚にものすごく古いノートが何冊もありましたけど、それは日記だったかもしれない。今もあるかどうかは分かりませんけど」

事件発生後、小村の自宅も捜索対象になった。とはいえ、施設に入ったからといって、家の中を完全に整理するつもりはなかったようで、部屋にはまだ生活の匂いが濃厚に残っていた――要するに、何も片づいていない。自宅を調べていた刑事たちは相当難儀していて「いつまでかかるか分からない」とこぼしているのだが、その作業も昨日の犯人逮捕でストップしている。しかしあそこには、何かヒントがありそうだ……。

「ご自宅の方は、今後も調べさせていただきます。日記のようなものが出てくれば、過去の事情が分かるかもしれません」

「それは構いませんが、どうかな」照英が首を捻った。「家をご覧になったならお分かりかと思いますが、父は古いものをあまり残しておかないんです。年度できっちり終わる、みたいな感じで整理していました」

となると、自宅にも手がかりはないか……目の前で急に、何枚も扉が閉まってしまった感じである。

しかし岩倉はなおも粘った。それでようやく、手がかりをつないでいくことができてほっとする。

2

都内へ戻る——行き先は東急大井町線の中延《なかのぶ》駅。ここに、照英が唯一知っている小村の友人が住んでいるという。教員時代の同僚、大崎彦一《おおさきひこいち》。今は何をしているか分からない、住所も知らないという話だったが、特捜本部に連絡すると、すぐに調べ上げてくれた。そして岩倉たちは、そのまま都内へ戻って来たのである。

駅を出て歩き出したところで、ペットボトルの件を思い出した。結局岩倉は手をつけないままで、まだ喉は渇いている。

「人の家や会社で聞き込みをしている時、飲み物を出されても飲まない方がいい——最初は」

「そうなんですか？」とんでもないことを指摘されたとでも言うように、戸澤が目を見開く。

「飲んじゃ駄目ってことはないけど、飲むと一息ついて、互いに気が緩んでしまう。飲むなら、大事な話が一段落してからの方がいい」

「分かりました」

戸澤が手帳を取り出し、歩きながら書きつけ始めた。こんなことぐらい、メモしないで覚えてくれよ、と思った。戸澤がクソ真面目なタイプなのか、単に記憶力が悪いのかは分からない。

駅から歩いて五分ほどでたどり着いたのは、六階建てのマンションだった。郵便受けで確認すると、ワンフロアに二部屋の造りである。敷地面積から見た限り、それぞれの部屋は1LDK、あるいは2DKだろう。ファミリー向けというより、二人暮らしの新婚家庭向け、という感じだった。築年数は結構経っている——平成の初期頃によく見たデザインだった。

そして最上階の部屋にだけ、一人しか名前がない。それが問題の人物、大崎彦一の部屋だった。

ホールに戻り、インタフォンで部屋を呼び出す。すぐに反応があった。

「はい」

「大崎さんでいらっしゃいますか？」

「大崎です——荷物なら宅配ボックスにお願いします」

いきなり何だ？　向こうからはこちらが見えているはずで、宅配のドライバーとは思われていないだろう。そして自宅にいるのに宅配ボックス指定……コロナ禍が広がった後、マンションに住む住人は、在宅していても荷物を宅配ボックスに入れるように頼むことが増えたという。しかし今、世間は既にコロナ禍前に戻ってしまった感じだ。岩倉はまだマスクを常用しているが。自分を守るためというより、相手を不安にさせないためだ。

「警察です。警視庁立川中央署の岩倉と申します」

「警察？　警察が何の用ですか」

「以前教員をされていた、小村春吉さんをご存じですよね？」

「小村……ええ」大崎の声が揺らぐ。「小村が何か」

「亡くなったんですが、その件で」

「死んだ？」急に大崎の声が甲高くなった。それまでは、年齢なりにしわがれた低い声だったのだが。「聞いてないぞ。どういうことですか」

「殺されました」いつまでもインタフォンで話しているわけにはいかないと心配になりながら、岩倉は言った。

「何だって？」

「殺されました」岩倉は低い声で繰り返した。

「まさか……」

「その件で、ちょっとお伺いしたいことがあります。上げてもらえますか？」

「ちょっと待って……いや、警察手帳か何かを見せてもらえるか？　本当に警察かどうか、分からない」

「今は手帳ではなくバッジですが、どうぞ」岩倉はバッジを取り出し、自分の顔の横に掲げた。バッジの存在を知らないぐらいだから、こうやって見比べて納得したかどうかは分からない。

しかし大崎はオートロックを解除してくれた。最上階へ上がるまでの間、岩倉は戸澤に忠告した。

「だいぶ警戒しているようだから、気をつけてくれ」

「バッジまで示してるんですけどね」

「そもそも普通の人は、警察のバッジを見る機会もないから、本物かどうか分からないよ。それに最近、金持ちの高齢者を狙った侵入盗や強盗が多いから、警戒するのも当然だと思う。防犯意識が高い人なんだろう」

「……ですかね」戸澤は納得していないようだったが、こんなところで言い合いしていても時間の無駄だ。

最上階には、やはり一戸しかなかった。このフロアだけ特別ということだろうが……ドア横のインタフォンを鳴らしたが、返事はない。何か変だ——少し間を置いてもう一度鳴らしても、やはり無反応。ここへ上がってくるまでの短い時間に何かあったのだろうか？　しかし三度目を鳴らそうとインタフォンに手を伸ばした瞬間、ドアが開き、スマートフォンを手にした老人が顔を見せる。

「大崎さんですか？」八十代後半の人にしては背が高いのだが、さすがに背中はかなり曲がっている。

「今、立川中央署に電話して確認させてもらったよ」大崎がスマートフォンを振った。「確かに岩倉という刑事はいる——失礼なことをしましたかと聞かれたが、あなた、そういう人なのか？」

「そういうことはないように気をつけています」余計なことを言ったのは誰だ？　後でつきとめて、締め上げてやろう。「ご用心されているようで、何よりです。オートロックのマンションだからといって、安心なわけではないですからね」

「そうだね」

「大崎さんは……このマンションのオーナーなんですか」

「親から土地を引き継いだだけですよ。私が稼いだわけじゃない」

そして悠々自適の老後を送っているわけか……同じ公務員でも老後は様々だ、と岩倉はしみじみ思った。自分はどうなることか。

「入れていただいてよろしいですか？　立ち話できるようなことではありません」

「そりゃそうだ。どうぞ」大崎がドアを大きく開く。

二人はすぐに、リビングルームに通された。二十畳ぐらいありそうな広い部屋で、余計なものはなく片づいている。テレビがかなり大音量でかかっており、大崎はすぐにリモコンを取り上げて消した。二人がソファに座ると、大崎が「しかし、まいったな」と言いながら一人がけのソファに腰を下ろす。

「小村が殺されたって……いつですか」

「先週の月曜日です。五月八日」

「全然気がつかなかった。もう新聞を定期購読するのもやめたし、テレビのニュースもほとんど見ないんでね」

「暗いニュースが多いですからね」岩倉は相槌を打った。

「でもあいつ、施設に入ってたんじゃないか？　奥さんを亡くして、一人暮らしがしんどいけど、息子の世話にもなりたくないって」

「今でも連絡を取り合っておられたんですか？」

「年賀状でね。あいつ、近況報告を事細かく書いてくるんだよ。あの小さな年賀はがきにびっしりね。はがきが黒く見えるぐらいに」大崎が苦笑いする。「昔からまめな人間なんですよ」

その年賀状は後で見せてもらおうと思った。何か手がかりがあるかもしれない。

「まさか、施設で殺されたのか？」

「いえ、何らかの理由で外に出た、あるいは誘い出されて……ということだと思います。犯人は昨日逮捕しました」

「ああ、そうなんだ。それは一安心……ところで、葬式は？」

「先週、終わりました。私も参列しましたが、教え子の方がたくさん来られてましたよ」

「それは不思議だな。あいつ、子どもに人気があるタイプじゃないのに。厳しいんだよ」

「小村さんとは、どこで一緒だったんですか？」

「二人とも二つめの小学校の時に……あれは、ええと、昭和三十八年かな？　私が五年生、あいつが六年生の担当だった」

「それからずっと、親しくされているんですね」

「そう言っていいかねえ」大崎が首を捻った。「同じ小学校で一緒だったのは五年ぐらいだったかな？　その後は一度も一緒にならなかった。でも手紙や電話のやり取りは続けていたし、年に一回ぐらいは会って飯を食っていた。あいつはあまり、そういうことをするタイプじゃないんだけど」

　この辺の話は、照英の証言と合致している。小村にとって、大崎は数少ない友人ということだろう。

「友人が少なかったという話は聞いています」

「クソ真面目なんだよねえ。家にいても授業の準備で、家族もほったらかし、友だちとも会わない……そもそも友だちはほとんどいなかったけどね」

「大崎さんは、どうしてそんなに長く友人でいられたんですか？」

「まあ、気が合ったとしか言いようがないね。そういうこと、あるでしょう？　別に共通の趣味があるわけでもない、性格も全然違うのに、妙に気の合う人間もいる」

「ええ」

「俺にとってあいつは、そういう人間だったんですよ。性格は本当に正反対だったけどね。あいつはとにかく指導第一、子どもの成績を上げることしか考えていなかった。小学校の先生っていうのは、アイデンティティの保ち方が難しいんだよ。分かる？」

「自分の仕事を数値化しにくいですよね」岩倉は話を合わせた。

「ただし、子どもは指標になる。そのクラスの成績が全体によければ、先生が頑張った証明になるからね……特に小学校の場合は。結局あいつは、自分が認められたいがために、頑張って授業をやってたんじゃないかな。いや、別に悪口じゃないですよ。それで子どもの成績も上がって……成績がよくなれば、将来の可能性はぐっと広がるわけですから、悪いことじゃない。まあ、私はそこまで熱心になれなかったけどね。子どもが好きで先生になっただけで、子どもと一緒に遊んじまう口だったから」

　小学校の教諭としてはどちらもありではないだろうか。敢えて言えば小村が高学年の担任向け、大崎が低学年向けという感じだろうか。

「逮捕された容疑者は、小村さんと六十年以上前からの知り合いだったと言っています。三嶋輝政という人間なんですが、ご存じないですか？　小村さんとも同い年です」

「三嶋、三嶋……」大崎が顎に拳を当て、うつむいて考えこんだ。「いや、私の知っている中で、三嶋という人間はいないな」

「こういう人間なんですが」

岩倉はスマートフォンで三嶋の顔写真を示した。大崎が首を捻って画面を覗きこむ。

「この爺さんが犯人？」

爺さんと言っても、大崎とも同い年なのだが……岩倉は苦笑を嚙み殺して「そうです」と認めた。

「やっぱり知らない顔だな……小村の知り合いなのかい？」

「本人の弁によれば」

「知り合いというのは、友だち？」

「まだそこまでのことは分かっていません。それで、小村さんの交友関係を調べているんです」

「なるほどね」大崎がうなずいた。「まあ、あいつも、友だちが俺だけってことはないと思うけど……人殺しをするような人間と友人同士だったとも思えない」

「そうですか……一つ、ご存じだったら教えて下さい」

「分かることなら」

「小村さん、立川の砂川闘争に関わっていませんでしたか？」

「砂川闘争？」

「米軍基地の拡張に反対した闘争です」

「そんなことは知ってる」大崎が怒ったように言った。「我々の年代で、あの闘争を知らない人間はいないよ。日本のあらゆる市民運動の始祖みたいなものだ」

「小村さんが、砂川闘争に参加していたという話があるんですが、ご存じないですか」

それまで勢いよく喋っていた大崎が、一瞬きょとんとした表情を浮かべた。まるで、突然外国語で話しかけられたように。

「どうですか？」岩倉はすぐにプッシュし直した。

「いや……知らないな」

「学生時代ではないかと思うんですけど」

「知らない――分からない。少なくとも俺は聞いてないな」大崎が言った。「しかし、あいつは基本的に、ああいうこと――学生運動なんかには興味を持ってなかったぞ。七〇年安保の時の学生たちに対しても、えらく批判的だったからな」

「ええ」

「あいつの教え子が大学へ入って学生運動を始めて、逮捕されたことがある。その時は、釈放されるとすぐに会いに行って『親御さんに心配かけるな』と長々と説教したそうだ。基本的に、教え子が卒業してしまえば接触しようとしなかったのに、あの時だけは特別だったんだろうね」

「学生運動が嫌いだったという話は聞いています。しかしそれは、ご本人が砂川闘争に参加していたことの反動ではないですか？　砂川闘争の頃に学生だったら、参加してい

ても おかしくないと思います」

「あのね、あなた、何歳だい？」

「五十五ですが」一体何を言い出すのかと戸惑いながら岩倉は答えた。

「だったら、六〇年安保どころか七〇年安保も知らないだろう」知らないことが大変な罪であるかのように指摘する。

「そうなりますね」

「どういうイメージを持ってる？　学生は皆反体制派で、全員が講義をサボってデモや集会に出ていた？　もしもそういうイメージがあるなら、今日から改めて欲しい。あんなことをやっていたのは、ごく一部の学生だけだ。マスコミが大騒ぎして、情報が増幅されただけなんだよ。ましてや六十年以上前の砂川闘争に参加していた人なんか、本当に少数派だった」

「肝に銘じておきます」ある意味、この人もいかにも先生らしい……相手が間違っていると思えば、容赦なく訂正に入る。「――しかし、はっきりしたことは分からないですよね？　小村さんから話を聞いていないだけで、事実がどうだったかは……」

「それはそうだけど、俺が知っている小村は、ああいう市民運動にかかわるような人間じゃなかった」

それはあくまで、大崎の個人的な感覚……もちろん、大崎は小村をよく知っていただろう。自分よりもよほど、彼の事情に詳しいはずだ。小村が話さなかったことに関しても、彼の性格から分析して正確に推測する――。

「誰か他に、小村さんと親しい人を知りませんか？　学校の同僚でも、あるいは教え子でも」

「そう言われても、すぐにはピンとこないな」

「思い出したら、連絡をいただけますか？　犯人と小村さんの関係を、正しく把握しておきたいんです。そうしないと、動機が分からないので」

「そうかい……ま、ちょっと考えてみるけど、思いつくかどうか、何とも言えないな」

「そこを一つ、よろしくお願いします。それともう一つ、いいですか」

「あんた、若いのに図々しいね」

「すみません」岩倉は思わず苦笑してしまった。「若い」などと言われるのは何十年ぶりだろう。今回はそれだけ、高齢者ばかりを相手にしているとも言える。彼らから見れば、自分はまだまだ若造だろう。「お願いというのは、小村さんの年賀状を見せていただきたいんです」

「ちょっと待ってくれ」大崎がテーブルに手をついて立ち上がった。

これは時間がかかりそう……しかし大崎は、テレビ台の引き出しに手を突っこむと、半透明のハガキフォルダを取り出した。ソファに戻ると、フォルダをパラパラとめくって、すぐに当該の年賀状を見つけ出す。

「この歳になると、年賀状を交換する人間もどんどん少なくなってきてね……教え子の中にも、亡くなる人間が出てくるし」

「そうなりますか……」

「ほら」大崎が年賀状を渡してくれた。「持っていっていいよ。後で確実に返してくれれば」

「いえ、ここで写真を撮っていきます」岩倉はスマートフォンを取り出し、すぐに写真を撮影すると、年賀状を戸澤に渡した。ここでミスすると意味がなくなるので、今回はきちんと指示した。

「念のために君も撮影してくれ。バックアップだ」

「分かりました」

戸澤がバッグに手を突っこみ、一眼レフカメラを取り出した。こんな本格的なカメラを持ち歩いているのか……今は、スマートフォンがあれば、大抵の写真撮影は済んでしまうのだが。そもそも戸澤の年齢だと、物心ついた頃にはスマートフォンが普及していたはずで、カメラというものに馴染んでいる人の方が珍しいだろう。もしかしたらカメラ愛好家かもしれないが。

「ありがとうございます」岩倉は礼を言って年賀状を返した。

「これでまた、年賀状をくれる人が減るわけだ」大崎が溜息をついた。「歳を取るっていうのはね、自分に関係ある人がどんどん少なくなっていくってことなんだよ」

小村は老眼ではなかったのだろうか。

3

立川中央署へ戻る途中、岩倉はスマートフォンで撮影した年賀状の文面を読み取ろうとして、早々に諦めた。あまりにも字が細かく、拡大してもきちんと判読できない。老眼だったら、こんな細かい字は書けないのではないか。

「どう思った？　あの二人がどこで接点を持ったと思う？」岩倉は戸澤に話を振った。

「何とも言えません。三嶋もどんな人間なのか、まだ分かってないですよね？　三嶋サイドからのアプローチも必要かと」

お、まともなことを言うじゃないか。少し驚いて、岩倉は「そうだな」と同意した。しかしその後、話は上手く転がらない。やはり戸澤は、簡単には「相棒」にならないと思う。岩倉はこれまで多くの人間と組んできたが、上手くいったのは、先輩後輩問わず、お喋りな人間だった。時にうるさく感じることもあるが、言葉のラリーを続けていくうちに、何か重要なヒントに気づくことは珍しくなかった。

最近では、南大田署時代に組まされた新人刑事の伊東《いとう》彩香《あやか》が「当たり」だった。鼻っ柱が強く、少し生意気なところはあったが、何より積極的なのがよかった。今は捜査一課の特殊班で、立てこもりや誘拐事件などの、それこそ特殊な事件を担当している。しかし最近話したところだと、そろそろ別の部署へ異動したいと考えているようだ。具体的には、同じ捜査一課でも殺人事件などの捜査を担当する強行犯係か、窃盗事件を担当する捜査三課。最近は誘拐事件などはほとんどなく、毎日のように繰り返される訓練の成果を活かす機会はほとんどないという。これでは自分の将来のためにならない――真面目過ぎる故の悩みだと、岩倉は心配になった。基本的には私生活無視で仕事のことばかり。彩香も三十を過ぎているのだから、そろそろ結婚を考えるべきなのだが……今はそれを言っただけでセクハラになってしまう。しかし実際、警視庁の女性警察官のキャリア形成は難しい。せっかく昇任試験に合格して階級が上がっても、結婚や出産でその機会を上手く活かせない。それは主に、子育てに非協力的な夫のせいなのだが、警視庁という典型的な男社会が、女性にマイナスの雰囲気を醸成してしまっているのも間違いないだろう。

いずれにせよ、女性の管理職を増やすためには、まだまだ壁がたくさんありそうだ。まあ、彩香は要領がいいから、そのうち涼しい顔で「結婚しました」と報告してくる可能性もある。その時どんな顔をしようかと考えると、結構悩ましい。岩倉としては、娘の千夏が結婚の話をしてくる時の予行演習のつもりでもいるのだが……いや、そう考えるのもセクハラか。

立川中央署に戻って、午後二時。昼飯を食べ損ねてしまったので、二人は署の食堂で遅めのランチにした。グリーンスプリングスができて多少便利になったとは言っても、立川中央署付近はやはりまだ食の砂漠地帯だ。署の食堂を利用する署員は未だにたくさんいる。

ランチタイムが終わっているので、食べられるものは限られている。戸澤はカレーの大盛りを頼んだが、岩倉はきつねうどんにした。ここの食堂の料理はどれも盛りが良い――良過ぎて、岩倉はずっと、ゆるやかな体重増加に悩まされている。最近は意識して食べる量を減らしていた。

しかし戸澤は若い。大盛りのカレーライスを食べる様は、食事というより何かの工事のようだった。パワーショベルが、瓦礫をどんどん片づけていく感じ……。

食事を終えると、特捜本部の置かれた会議室に戻り、パソコンで年賀状の内容を確認する。さすがに画面が大きいとよく見える――おおよそ年賀状らしくないのだが、小村は横向きに箇条書きにしていた。書いているうちにスペースが足りなくなってきたのか、下の方はぐっと文字が小さくなっている。

・コロナ禍の中、不便な生活が続きますが、普通の生活を取り戻すまであと一息かと思います。

・当方、施設暮らしは二年目に入りました。きちんと食事を摂っているせいか、体重が増えました。足は依然として痛みますが、幸い他には悪いところもなく、元気に暮らしています。

・楽しみといえば野球、そして相撲を観るぐらいですが、語る仲間がいないのが寂しい限りです。
・貴殿もそろそろ、メールを始められてはいかがでしょうか。こちらは暇を持て余しているので、いつでも連絡いただいて大丈夫です。スマートフォンが宝の持ち腐れになりますよ。貴殿なら、すぐに要領を覚えられると思います。何でしたら、私がご教示します。

そして最後に自分のメールアドレスと施設の住所を書き記している。

メールか……そう言えば、大崎はスマートフォンを持っていた。ただし、決して使いこなしてはいなかったのではないだろうか。年賀状を出してきた時も、スマートフォンで撮影するという発想はなかったようだし。

分かったことは、小村は自分の生活環境に必ずしも満足していなかったということだ。誰かとつながりたがっている――それも、メールなどで頻繁に。実際は、小村のスマートフォンは見つかっていないので、どんな人とどんなやり取りをしていたかは分かっていないのだが。

しかし年賀状を見ると、諦めていないことも分かった。

大崎は、歳を取ることを「自分に関係ある人がどんどん少なくなっていく」と表現したが、小村は依然として人とのつながりを保ちたいと強く願っていたのだろう。家族と離れ、老健施設で一人きり……気持ちが折れないように、旧友とのつながりをさらに濃くしたいと思っていたのかもしれない。

この分だと、他にもつながりを保っていた友人がいるかもしれない。照英が知らないだけで、意外と濃い人づき合いをしていた可能性もある。教え子とはつながっていないという話だったが、実際には逮捕された教え子を叱りに行ったぐらいだし、ゼロとは言えないだろう。

「どう思う？」岩倉は、年賀状を読み続けている戸澤に話を振った。「他にも知り合いがいそうじゃないか？」

「そう、ですね」戸澤の反応は鈍い。

「友だちが欲しくてしょうがない感じ、しないか？　もしかしたら三嶋もそうかもしれない。古い友だちとの関係を復活させた結果、揉めたということもあり得るんじゃないかな」

「どうですかね……」

戸澤が首を捻ったので、岩倉は少しだけ自信をなくしていた。そんなに外れたことは言っていないつもりだが、若い戸澤にはピンとこないのだろうか。

「ちょっと課長に報告する」

岩倉は立ち上がり、刑事課に向かった。刑事課長の末永は、特捜本部の面倒だけを見ていればいいわけではない。管内では窃盗事件も起きるし、知能犯係が内偵を進めている特殊詐欺の捜査も大詰めだ。それら全ての指揮を執らねばならないのだから、所轄の刑事課長の忙しさは並大抵ではない。

　末永は書類に目を通していた。眼鏡をかけているのは、最近老眼が進んできたせいだろう。真剣な表情――どうやら読み終えたようで、眼鏡を外すと判子を押す。それから鼻梁を摘んできつく目を閉じた。かなり疲れている。警察官の仕事の九割は書類仕事だという昔ながらのジョークがある――実際には八割ぐらいだろうか。しかし所轄の刑事課長の場合は、書類仕事が全体の九十五パーセントだ。残り五パーセントは打ち合わせ。

　岩倉は、コーヒーメーカーを確認した。まだ二杯分ぐらいは残っている。カップを二つ取り出し、それぞれにコーヒーを満たして、末永のところへ持っていった。

「ちょっとブレイクしたらどうですか」

「ああ……すみません。ガンさんにコーヒーを淹れてもらうなんて、バチが当たりそうですね」

「カップに注いだだけですよ。俺も飲みたかったので」岩倉はコーヒーを一口飲んだ。かなり煮詰まって濃くなっているのだが、昼食の後、口の中を洗い流すにはちょうどいい。「何か、いい報告はありましたか？」

「まだ入ってないですね」

「こっちも中途半端な感じです。知り合いは見つかりそうですが、小村さんの過去を知っているかどうかは……俺が会ってきた教員時代の友人は、小村さんが砂川闘争に参加していたとは考えられない、と言っています」

「そうですか」末永の表情は暗かった。

「ただし、その件を直接確認したことはないそうです。小村さんの性格からして、そういうことをやるとは思えないと」

「観察みたいなことですか……完全に否定ではないですね」

「そうなんです。だから、相当手を広げて調べないと、情報は出てこないと思います。ただし、息子さんが想像していたよりは、小村さんには知り合いが多いようですね」

「だとすると、時間がかかりそうですね」

「三嶋の方はどうですか？　もう丸裸になりましたか？」

「いや、それがなかなか面倒な人間で」末永がパソコンのキーボードを叩いた。すぐに、刑事課共用のプリンターが紙を吐き出し始める。末永は立つのも面倒臭そうな感じだったので、岩倉はすぐに紙を取りに行った。摑み上げた瞬間に、三嶋関連のメモだと分かる。岩倉は、空いている係長席に腰を下ろしてメモに目を通し始めた。

・一九三六年四月、立川町（当時）に生まれる。実家は電気店（戦前はラジオ店）。
・一九五五年、大学進学。
・一九五六年、砂川事件で逮捕。不起訴となるも、大学は退学。家業の電気店を手伝うようになる。

・その後電気店を継ぐが経営は思わしくなく、一九六三年に店を畳み、本人は九州へ渡って炭鉱で働き始める。しかし三井三池炭鉱炭じん爆発事件に巻きこまれ、そこでの仕事もやめて各地を転々としながら働き、立川にいた家族に仕送りをしていた。
・一九七一年に立川に戻り、家業の電気店を再開する。一九七三年に結婚。妻は二〇一二年に病気で亡くなり、家族は娘夫婦と孫一人。しかし娘夫婦と孫は、夫の実家である山梨に住んでいる（夫の実家の商売のため）。三嶋自身は、今も立川で一人暮らし。
・娘夫婦とは連絡が取れている。

「娘さんたちは今、どうしてるんですか？」

「先ほど、こっちに着きました。総合支援課立ち会いで、うちの刑事が事情を説明しています」

　かつての「被害者支援課」は「総合支援課」に衣替えし、今は加害者家族の支援活動まで行っている。岩倉にとっては、かつて立川中央署の刑事課長で自分の上司だった三浦亮子《みうらりょうこ》が現在の支援課の責任者というぐらいの関係しかなく、縁遠い部署だった。

「八十七歳でもいろいろですね」岩倉はつい言った。

「何がですか？」

「施設に入っている人もいれば、元気で一人暮らししている人もいる」しかも人を殺す。

「まあ、そうですね。それよりガンさん、三嶋の調査の方に入ってもらえますか？」

「構いませんけど、何かありました？」

「いや、何もないからですよ」末永が渋い表情で言った。「三嶋が非協力的なせいもありますが、本人に関する情報が集まってきていないんですよ。今の経歴も、本当に簡単なものでしょう？」

「しかし、小村さんとの関係を明らかにするためには、小村さん側の調査も必要ですよ」

「それはそうなんですけど、三嶋の調査の方が難儀しそうなんです。そっちをお願いできますか？」

「まあ……課長命令ならやりますよ」岩倉はうなずいた。「でも、一ついいですか？」

「何ですか」末永が不安そうに訊ねる。

「一人で自由に動いていいですか？　戸澤がどうも……ちょっと反応が鈍くて、扱いにくい」

「またとない実地訓練のチャンスなんですけどね」

「それは、もう少し楽な事件の時でいいですか？」岩倉も引かなかった。「今回はシビアな事件なのに……ストレスが溜まって困ります」

「若手の指導もガンさんの仕事ですよ」急に末永が頑なになった。

「それは分かりますけど、時と場合によるでしょう」

「困ったな……」末永が両手で頰を張った。パン、と乾いた音が、人気《ひとけ》のない刑事課の部屋に響く。

「そんなに困る話ですか？　できない若手は昔からいたし、そういう人間は容赦なくふるい落としてきたじゃないですか」そうやって刑事のクオリティは保たれてきたのだ。

「いや、頼まれてるもので」

「頼まれてる？」何かコネの話だろうか？　だとすると厄介なことになる。「誰に」

「中野中央署長」

「ああ……もしかしたら、戸澤署長の家族ですか？」

「長男なんですよ」渋い表情で末永が言った。「本人の希望というより、戸澤署長の希望で警察官になったそうです。ここへ来る時に、署長に『よろしく』とみっちり言われて……実は、昔の上司なんですよ」

「悪いコネですね。署長の息子だろうが、使い物にならないと分かったら、はっきりそう言うべきじゃないですか」

「ガンさんの立場だったら思い切って言えるかもしれないけど、私の場合はそうもいかない」末永が、情けない表情を浮かべる。

今の発言は、末永に対して申し訳なかった……所轄の課長は典型的な中間管理職である。上からは圧力をかけられ、下からは突き上げられる。しかも今回は、「君、頼むよ」と、できない人間を押しつけられたわけだ。彼自身が悪いわけでもないので、同情すべき点は多い。

しかし、戸澤署長も何を考えているのだろう。確か交通畑を歩いてきた人だが、岩倉は直接面識がないので、どんな人かは分からない。そんなに息子が可愛ければ、自分の下に置いて面倒を見ればいいのに。もっとも、署長の息子が同じ署にいたら、署員はやりにくいだろう。それを避けるために、自分の手元には置かず、多摩地区の大規模署である立川中央署に送りこんだのかもしれない。

二世、三世の警察官は多い。中には、「戦前に曽祖父が警察官だった」などという人もいるぐらいで、「警察一族」は珍しくもないのだ。特に遺伝的能力が必要とされるわけでもないのに、これはどういうことなのかと、岩倉は以前から不思議に思っていた。もしかしたら「実」を取るということなのか？　危険そうに思われている警察官の仕事だが、実際にはそうそう危ないことはないし、一方で他の公務員に比べて給料はいい。子どもにも美味しい思いをさせてやろうと考える親が多いのかもしれない。

何だかやりにくい。戸澤とはできるだけ距離を置くことにしよう。

岩倉は、三嶋の家族の話を聞いておくことにした。山梨から上京してきたのは、娘夫婦。二人とも五十歳ぐらいで、取るものも取り敢えず出てきた感じ……夫の方は靴下もなしで、スニーカーの踵《かかと》を潰して履いている。妻の方は髪がすっかり乱れていた。それもおかしな話だ……この二人には、昨日のうちに連絡をしておいた。身支度を整える時間は十分あったはずなのに、まるで話を聞いてすぐに飛び出してきたようだ。

岩倉は、二人に事情を説明している同僚の女性刑事、平沼多佳子《ひらぬまたかこ》に目配せして、部屋の外に誘い出した。小声で「三嶋の周辺を調べるように命令された」と告げる。

「ああ――はい」それで全て事情を読んだようで、多佳子が素早くうなずく。戸澤とさほど年齢が変わらない――まだ二十八歳になったばかりだと思う――のに、打てば響くような聡明さがあり、岩倉はそこを買っていた。

「ちょっと一緒に話を聞かせてくれ」

「分かりました。といっても、あまり情報が出てこないんですけど」

「君が引っ張り出せないなら、本当に知らないのかもしれない。それと一つだけ、俺のリクエストで確認してくれないか？」岩倉は砂川闘争の件を話した。

「昨日の件ですね？　分かりました。確認してみます」

「ところで、支援課の人間が入ってるんだろう？　誰だ？」

「柿谷《かきや》さんです」

「そうか……」少しだけ嫌な気分になる。柿谷晶《あきら》は、扱いにくい強硬派という噂がある。捜査一課から総合支援課に異動した女性刑事なのだが、彼女自身が犯罪加害者家族という経歴の持ち主だ。プロの格闘家だった兄が人を殺して逮捕された時、彼女は警視庁の採用試験を受けている最中だったのだが、さすがに辞退しようとした――しかし結局「受け続けるように」と言われて考えを翻《ひるがえ》し、警視庁の職員になったという。その背景には、被害者支援課を総合支援課に衣替えするために、自身も加害者家族である柿谷の経験が役にたつのではないかという狙いがあったようだ。誰が考えたのか知らないが、それが正しいのかどうか……晶は激しやすい性格で、支援課の方針を捜査部署に押しつけては煙たがられている。

普通の会議室を事情聴取用に使っているので、取調室のような閉塞感はない。それでも娘夫婦は緊張しきっていて、多佳子の質問に対しては、辛うじて切れ切れに答えるだけだった。

二人と多佳子のやり取りを聞いているうちに、部屋の片隅にいる晶の存在が気になってくる。女性にしては背が高く、少し伸ばした髪を後ろで一本にまとめている。目つきが険しく、少しでも気に食わないことがあればすぐに喧嘩をふっかけてきそうな感じだった。今のところ、多佳子の事情聴取では、二人は不必要なショックを受けてはいないようだが。

話が一段落したところで、晶が急に割って入ってきた。とは言っても、こちらのやり方に文句をつけるのではなく、自分のトートバッグからペットボトルを二本取り出して、娘夫婦の前に置いたのだ。ミネラルウォーター。

「どうぞ。水を飲むと、少し楽になります」きつい目つきに合わない、柔らかい声だった。二人が同時にペットボトルを摑み、合図でもあったように揃って蓋《ふた》を捻り取る。しかし二人とも、そこで動きが止まってしまった。急に遠慮する気になったのかもしれない……晶も無理に勧めなかった。しかしこれが一瞬のブレイクになったと判断したのか、多佳子が質問をぶつける。

「三嶋さんですが、六十年以上前に逮捕されたことがあります。ご存じですか？」

夫婦が顔を見合わせた。知らないな……と岩倉は予想したが、それに反して娘の朗子《あきこ》が静かにうなずいた。

「ご存じなんですか？」多佳子も答えは「ノー」だと予想していたようで、少し声がうわずっている。

「その話は、聞いたことがあります」実際に答えたのは夫の真一《しんいち》だった。「ただし、詳しいことは知りません」

「確認しなかったんですか？」

「聞きにくい話ですから。それに、裁判にならなかったんでしょう？　ということは、前科はつかなかったんですよね？　だったら問題はないはずです」

ただし前科はつかなくても、逮捕された「前歴」にはなる。とはいえどちらも正式に法律で定義されたものではない。確かに世間に知られさえしなければ、問題になるようなことではないのだ。

「実際にどうだったかは？」多佳子が念押しする。

「分かりません。調べることでもないですし、なにぶん古い話でしょう？　学生運動のようなことだと聞きましたけど、そういうの、誰でもやるものじゃないんですか？　昔の大学生だったら……違います？」

「そういうことをやる大学生も、やらない大学生もいると思います」多佳子が曖昧に言って、朗子に視線を向けた。「奥さんは何か聞いていますよね？」

「それは……」

「義父《ちち》にしても、大したことはない話だと思っていたんじゃないでしょうか」真一が割って入る。「たまたま酔っ払った時に言ったことですから。それに本人も、そのことで悩んでいるとか、後悔しているような様子ではなかったです。若い頃のやんちゃ、ぐらいに思ってたんじゃないですか」

「奥さんもそういう感想ですか」

「はい、まあ……」

「ええ、同じです」

何だかやりにくい。妻が話そうとする度に、夫が割りこんでくるのだ。まるで、妻には話をさせないとでも決めているように。確かに、実父を逮捕された妻の方が衝撃は大きいだろうが。

その後も事情聴取は進んだが、これは、という情報はなかった。いや、岩倉が部屋に入る前に、既に重要な話は出ていたのかもしれない。事情聴取を打ち切った多佳子が、これからどうするか、二人に訊ねた。

「義父にはいつ会えますか？」またも真一が話す。

「早くても明後日になると思います。それまでこちらにいられますか？」

「いえ、仕事がありますし、子どもも向こうで一人きりなので、一度帰ります。明後日に出直しますけど、何時ぐらいに来ればいいですか？」

「それは明日、私の方から連絡します。それとこちら……」多佳子がメモを渡した。「当番弁護士がつきました。その方の連絡先です。今後、その当番弁護士に任せても構いませんし、新たに弁護士を選任することもできます。この弁護士と相談して、いろいろ決めるのがいいと思います」

「お手数おかけしまして」メモを受け取りながら、真一が深々と頭を下げる。朗子は軽く一礼しただけだった。

「取り敢えず、下までお送りします」

多佳子が立ち上がる。岩倉は彼女に向かって、右手の親指を下に向けて見せた。後でここで話がしたい——多佳子がさっとうなずく。

さて、彼女が戻って来るまでここで待機……しかし、晶と二人きりになってしまったことで、妙に居心地が悪くなった。ちょっとどこかで時間を潰してくるか。

立ち上がろうとしたところで、「彼女は優秀ですね」と晶がぽつりと言った。

「平沼が？」

「ええ」晶がうなずく。「微妙な立場にある人のことを慮《おもんぱか》って、丁寧な事情聴取でした」

「そうやって査定でもしてる？」

「数字として査定できれば楽なんですけど、もっと感覚的な問題ですから……きちんとできている人はいいですけど、無神経な人には注意します。そういう人って、だいたい支援課の研修を真面目に受けてないんですよね」

おっと、やはり噂通りに攻撃的なタイプか……自分の役目を果たそうとしているだけとも言えるが、こういう態度にかちんとくる人もいるだろう。

「まあ、若い連中は優しいからね。研修を受けなくても、相手を慮って穏やかに話ができるんだよな。俺みたいなオッサンは、そういうことは苦手だけど」

「オッサンと言っても、岩倉さんも定年まではまだまだ間があると思いますが」

おっと、俺のことを認識しているわけか……まあ、互いに捜査一課出身者だから、一緒に仕事をしたことはなくても、噂ぐらいは聞いているのかもしれない。

「そうなんだよ。定年が延長になって、六十五歳まで働くことになりそうだ。嫌なジイさんにならないように気をつけるよ」

「学ぶのに遅過ぎることはありません」晶が真顔で言った。

そんな風に言われると、反応しにくい。余計なことを言うと説教を食らいそうだから、ここは黙っておこう。あとは多佳子が早く帰って来るのを祈るだけだった。

幸い多佳子は、すぐに戻って来た。晶が手帳を見ながら、多佳子と一言二言話す。多佳子はうなずきながら黙って話を聞いていた。表情が変わらないところを見ると、厳しい叱責や注意ではないようだ。

晶が出ていくと、多佳子が頰を膨らませて肩を二度、上下させた。ゆっくり息を吐いて緊張を解《ほぐ》すと、椅子に腰を下ろす。ペットボトルのお茶を、一気に半分ほど飲んだ。

「どうせ報告書も作るだろうし、夜の捜査会議でも話すんだろうけど、その前に俺に話してくれないか？　家族のことも頭に入れておきたい。三嶋のヒストリーを作るんだ」

「今、どこまで分かってますか？」

「あちこちで働いて、立川に戻ってきて、元々実家の商売だった電気店を再興したところまでは分かってる」

「その商売は、十年前まで自分で続けていたそうです。元々細々とやっていただけで、奥さんが亡くなったのがきっかけになって、やる気がなくなったようですね」

「その後は？」

「娘婿の真一さんが、立川の建設会社で働いていたんですけど、そこを辞めて電気店を継ぎました」

「生活には困ってなかったんだろうな」

「そういう感じですね」多佳子がうなずく。

「しかし、どうして娘夫婦が山梨に？　八十過ぎの人を一人で立川に置いておくのは……心配じゃなかったかな」

「それなんですけど、ご本人たちの話では、向こうに引っ越したのは、真一さんの実家の商売を継ぐためだと。向こうでお兄さんが店を引き継いだんですけど、急に病気で亡くなって、ご両親の体調も悪くて……諸々の事情が重なって店を潰すわけにはいかないということで、急遽《きゅうきょ》戻ったそうです」

「そちらの商売は？」

「酒屋だそうです。明治時代から続いていて、老舗と言っていいんでしょうね。取引先も多いので、潰れてしまうと影響が大きいとか」

「なるほど」

そういう事情なら、真一が故郷へ戻るのも分かる。しかし三嶋の扱いは……いや、無理矢理縁のない山梨へ連れて行く方が大変だろう。八十代後半になって、ゼロから人生をやり直すのは厳しいと思う。

「真一さんの実家は甲府なので、立川から遠くはないんですよね」

「確かにな」特急で一時間強、車でも一時間半ぐらいだろうか。何かあったらすぐに駆けつけられる距離だ。

「引っ越したのは？」

「一年前です……ええと、訂正です」多佳子が自分の手帳を覗きこんだ。「一年前に山梨に引っ越した時は、三嶋も一緒だったそうです。でも、三嶋がどうしても立川に帰りたいと言って、一人でこちらに戻って来た」

「自宅は処分してなかったんだな？」その家は岩倉も見ていた。

「ええ。最初から戻ってくるつもりだったのかもしれませんね」

「戻って来たのは……」

「二ヶ月前——三月です」

「何か分かったら、また教えてくれるか？　俺はしばらく、三嶋の身辺調査を担当する」

「また戸澤君とコンビですか」

「いや……」嫌なことを思い出させる。

「彼も、本当は警察官になりたくなかったそうですよ。お父さんに言われて仕方なく……趣味がギターだって知ってます？」

「初耳だ」彼女はよく事情を知っているものだと思う。年齢の近い先輩後輩だからだろうか。

「あまり忙しくない民間企業に入って、余暇にバンド活動をやりたかったそうです。それを、お父さん——戸澤署長に、無理矢理警察の試験を受けさせられて」

「自分の人生ぐらい、自分で決めてもいいのにな」

「まあ……でも、戸澤君みたいなタイプって、どこでも上手くいかない感じがします」

「だな」岩倉はうなずいた。「基本的なコミュニケーション能力に欠けている感じだ」

「今までお疲れ様でした」多佳子がさっと頭を下げる。

「次の指導役は君かもしれない。先輩なんだから」

途端に多佳子が、嫌そうな表情を浮かべた。

4

三嶋の情報は、じわじわと集まり始めた——主に想い出話が。

三嶋は一時は立川を離れていたものの、この街で暮らしていた歳月は長い。自分で店をやっていた頃は、隣近所とも普通につき合っていたようだ。

すぐ隣に住む藤宮里子《ふじみやさとこ》という八十歳になる女性は、実に六十年来の顔見知りだという。

「うちの初めてのカラーテレビも、三嶋さんのところで買ったんですよ」

カラーテレビ……いったいいつの話だ？　日本の一般家庭にカラーテレビが普及し始めたのは、いつ頃だろう。

「三嶋さんは、一時立川を離れてましたよね？」

「酷い目に遭ったからねえ」里子は本気で同情している様子だった。

「逮捕のことですか？」

「あれ、人違いか警察の勘違いか何かなんでしょう？　何も問題はなかったということよね？」

「結果的にそうなります」

「あれですっかり、調子が狂っちゃったのよね。お店の方にも警察の人が何度も来て、近所の人が噂して……ほら、ここ、砂川事件の現場に近いでしょう？　だから学生さんたちを匿《かくま》っているんじゃないかとか……そんなはず、ないのにねえ」

「三嶋さんは、そういう——政治的な一面があったからこそ運動に参加していたはずですけど、ご家族は関係ないですよね」

「戦前から、この辺で真面目に商売をしてきて、三嶋さんを大学にまでやって。あの頃は、まだ大学へ行く人も少なかったですから、この辺では話題になったんですよ。小学生だった私まで聞かされていたぐらいですから。それがあんなことにねえ」

「逮捕をきっかけに、お店の経営は傾いた感じなんですか」

「この辺も、あの頃は今よりずっと田舎だったから」里子がうなずく。「人の噂はあっという間に広がるし、村八分みたいにされてね。お客さんが一気に減って、大変だったんですよ。三嶋さんは釈放されたけど、大学も辞めちゃったし」

三嶋が大学を辞めた経緯は正確には分かっていない。大学でも、そんなに古い記録は残していなかったのだ。三嶋の「辞めざるを得なかった」という証言があるだけだ。

「ちなみに三嶋さんは、どんな人ですか？」

「昔は——あんな事件がある前は、元気なお兄さんっていう感じでしたよ。高校ではサッカーをやっていて、なかなかいい選手だったみたいだし。でも事件の後は、家に籠りがちになってましたね。外へ出るのは本屋に行く時ぐらいで」

「でも、実家の商売を継いだんですよね」

「しょうがなく、だったんでしょうね」里子が両手で腕を擦《さす》った。まるで真冬に、自分の体を抱きしめて温めるような感じである。「お父さんが倒れて、仕方なくですよ。でも、結局お店は潰しちゃって」

「その後、九州の炭鉱の方で働いていたと聞いています」

「その頃のことはよく知らないんだけど、当時は炭鉱の仕事は儲かるって言われてましたよ。でも、事故があったそうでねえ。本当に三嶋さん、ついてないわ」

「その後に、こちらに戻って来たんですね」

「あちこちで働いていたみたいだけど、結局お父さんが亡くなったのをきっかけに……詳しいことは知らないけど、お父さんの保険金が出て、それでお店を再開したそうですよ」

近所の噂は怖いものだ……それにしても三嶋も、よく立川に戻って来たものである。近所の目もあって、ここにい辛くなったのは間違いないだろうが、帰る気になったのはどうしてだろう？　あるいは立川を離れた原因は父親との確執だったとか……父親が死んだことで、実家へ戻る決心がついたのかもしれない。

「その後は、普通に商売をしてたんですね？　結婚もして」

「ええ。奥さんは、大阪で働いている頃に知り合った人だそうでしたけど、愛想のいい人でしたよ。お店は、奥さんで持ってるようなものでしたね」

里子はよく話してくれた。しかしこれまで特捜本部が摑んでいた情報が分厚くなっただけである。新情報はない。

とはいえ、ここで諦めるわけにはいかない。岩倉はひたすら近所の聞き込みを続けた。その結果、微妙に三嶋の本音に迫れるかもしれない情報が入って来た。

それを教えてくれたのは、九十歳近い男性、船田誠《ふなだまこと》だった。耳は少し遠くなっているものの元気で、自宅の脇にある小さな畑を耕すのが楽しみだという。実際、会いに行った時、彼はその畑で雑草取りをしていた。そのまま、初夏のような陽射しを気にする様子もなく、外で話をする。

幸いにというべきだろうか、船田は三嶋の高校の先輩だった。サッカー部で二学年上――ということは、三嶋にとっては一生頭が上がらない相手だろう。

「あいつね、本当は東体大《とうたいだい》に行きたがってたの」船田が打ち明けた。

「サッカーで、ですか？」

「そうそう。あいつの代は全国大会に行ったし、あいつもなかなかいい選手でね……あの頃にしては背が高くてさ、ヘディングが強い、いいディフェンダーだった。東体大でもそれに目をつけて、話が進んでたらしいけど、親父さんが大反対してね」

「普通の大学へ行けと？」

「そうそう」船田が、がくがくとうなずく。「東体大へ行っても、体育の先生になるしかないだろうから、他へ……いや、先生になるようには勧めていたそうだけど、本人はあまりその気になれなくて、腐ってましたよ。それでも父親には逆らえないってね」

ここでも教員なのか？　大学は違うとはいえ、同じように教員を目指す人間同士として、後の加害者と被害者には何か接点があったのだろうか。

「今回殺された小村さんをご存じですか？」

「いや、私は知らない」

「立川の生まれなんですけど……教員を定年後に、出身地に戻ってきて、実家を建て替えて住んでいました」

「住所は？」

告げると、船田が納得したようにうなずく。

「小学校、中学校は違う通学区だからね。高校も別ってことでしょう」

「三嶋さんが、面識があったと言っているんですが」

「でも、その小村という人は、うちの高校の生徒ではなかった」

「ええ」

「じゃあ、大学の知り合いじゃないかな。砂川闘争の仲間とか」

「その件、何かご存じなんですか」岩倉はつい意気ごんで訊ねた。

「ただの勘だよ」

船田がシャツの胸ポケットから煙草とライターを取り出した。長年吸い慣れた人間に特有の流れるような動きで煙草をくわえ、火を点ける。九十歳近くになっても煙草を吸っているのは驚きだった。岩倉が凝視しているのに気づいたのか、船田が「灰皿はあるよ」と言い訳するように言った。そして実際、ズボンのポケットから携帯灰皿を取り出す。

「煙草を吸い続けていて、ご家族は何も言わないんですか？」

「もう諦めてるんじゃないかな」船田がさらりと言った。「取り敢えず大きな病気にもならないで八十九歳まで生きたんだから、後はどうでもいいよ。どうせすぐ死ぬんだから」

反応に困る発言だ。年取った人は、自分の年齢に関してよく自虐的なジョークを飛ばすものだが、岩倉はいつも反応に困ってしまう。合わせて笑うべきなのか、「いやいや、お若いですよ」とやんわり否定すべきなのか。

「三嶋さんは、どうして砂川闘争に参加したんでしょうか」

「大学で、そういうことをやってる連中がいて、仲良くなったっていう話だったな。思い切り後悔してたけど」

「そうですか？」

「逮捕はされるわ、大学は辞めるわ……教員になるどころじゃなくて、やりたくもない商売をやらざるを得なくなったんだから、あいつにすれば踏んだり蹴ったりじゃないかな。そもそも店を継ぐことだけは勘弁して欲しいっていうことで、教員になるために大学へ行くことを納得させたんだから」

「では、小村さんとどういう関係だったかは……三嶋さんは、六十年来の知り合いだと言っていたのですが」

「そもそも私は、小村という人を知らないのでね……しかし三嶋も、とんでもないことをしでかしたね。店を婿さんに任せて大人しくしていると思ったら、こんなことになるとは」

「三嶋さんと最後に会ったのはいつですか？」

「結構前になるな」首を捻ってから、船田が煙草をふかした。「お互いに、外へ出るのも面倒な年齢になってるから」

「船田さんはお元気じゃないですか」

「いやいや、元気なのはこの畑でだけだよ。野菜は裏切らないけど、他のことはね……」

いかにも何かあったような物言いだが、実際には何もないだろうと岩倉は想像した。この話し好き——放っておくといつまでも喋りそうだ——は暇故かもしれないが、こちらがつき合える時間には限界がある。

三嶋が複雑にこじれた青年時代を送って来たことは分かったが、それが六十年後の事件に結びつくとは、やはり思えない。

これは悪い筋ではないかと、岩倉は急に気持ちが引くのを感じた。

特捜本部へ戻ると、小村の身辺調査をしている刑事たちが、額を寄せ合うようにして情報を交換していた。近くで聞いていると、どうも上手くいっていないようだ。三嶋との接点が見つからない。小村が砂川闘争に参加していたかどうかも、はっきりしないままだった。

　そこで岩倉は、ある手段を思いついた。以前、末永が入手してくれたリスト——砂川事件の遺跡のようなものである。それを取り出し、じっと眺めているうちに、パッと考えが浮かぶ。

「ああ、諸君」諸君という呼びかけは変かと思ったが、それで刑事たちが一斉にこちらを向いた。「小村さんの過去をひっくり返すのに苦労している？」

「そうなんですよ」所轄の後輩、倉持泰人《くらもちやすと》が深刻な表情でうなずいた。三十五歳の倉持は、ずっと本部の捜査一課勤務を希望しているのに叶わず、所轄を転々としている。仕事は普通にできる人間なので、捜査一課で「お試し」的に仕事をさせてみてもいいと思うのだが……もしかしたら岩倉が知らないだけで、性格に難があるのかもしれない。

「一つ、オッサンからヒントをあげよう」岩倉は倉持にメモを渡した。「そいつは、砂川事件で逮捕、あるいは警察に事情聴取を受けた人のリストだ。もう亡くなっている人もいるだろうし、そうでなくても高齢だから話を聴くのは難しいかもしれない。しかし、当時の関係者だったら、二人の関係を知っているかもしれない」

　おお、と驚きの声が上がった。そんなに驚く話かよと思ったが、このメモは岩倉が抱えこんでいて、他の刑事には見せなかった。いわば「初耳」で、驚くのは当然かもしれない。

「この他にも長いリストがあるはずだ。公安に頼んでそういうリストを手に入れれば、話を聴ける人は増える」

「やってみます」倉持がうなずく。「取り敢えず、課長に報告して相談します」

「そうしろよ。ああ、お前の考えだって言っておいた方がいいぞ」

「何でですか？　ガンさんのアイディアじゃないですか」

「俺はもう、点数を稼いで喜ぶような年齢じゃないからさ。それに、このリストを早くお前たちに渡さなかったのは俺の失敗だ。さっさとかかってくれ」

刑事たちは言われた通り、すぐに作業に入った。電話をかけ始める者、リストをコピーする者……これで上手く話がつながるといいのだが。

そこへ、浜田が疲れた表情を浮かべてやって来た。既に午後五時、一日の取り調べは終えなければならない時間帯である。

「上手くいってないって顔だな」岩倉は声をかけた。

「ええ……」浜田が立ったまま、コーヒーを一口飲んだ。「肝心の話になると、やっぱりぼかすんですよ。動機がどうしても分からない」

「そんなに自分を追いこむなよ。動機が分からなくても、事実関係ははっきりしてるんだから、起訴は問題ないだろう。それに俺たちが、ちゃんと周辺捜査をしてるから。いずれ二人の関係もはっきりさせるさ。そうすれば動機も自然に分かる」

「ありがたい話ですけどね」

浜田が椅子を引いて座った。岩倉は、先ほど若い刑事たちに指示した話を繰り返した。

「まともに話が聴けるといいんですけどね。その頃逮捕された人って、当時学生だったとしても、今は八十代後半とかでしょう？　三嶋はしっかりしている方だと思いますけど、それでも話が滞りがちですからね」

「それも大変だな」

「集中力が持たないんですよ。一時間話して十分休憩にしないと、話が続かないんです。やりにくくてしょうがない」

「分かるけど、お前も取り調べのプロなんだから」

「それは返上したくなってきましたよ」浜田が溜息をついた。「こんな高齢者を調べたことはないですし」

「被害者ならともかく、加害者っていうのはな……異例の事件なのは間違いないよ。でも、ここはお前に頑張ってもらうしかないんだ」

「そうなりますよね」浜田がコーヒーを飲み干した。それで気合いが入るわけでもなく、もう一度溜息……しかし側面のサポート以外に、岩倉に助けてやれる方法はないのだ。

5

倉持たちに渡したリストの仕事が、岩倉にも回って来た。末永の判断……これまでの周辺調査では、三嶋と小村の関係がまだ分からないので、昔の人間関係を頼って一気に調べようという方針に転換したのだ。となると、とにかく人を集めて絨毯爆撃方式でやるのが早い。

何だか今回の捜査は落ち着かない。指示が頻繁に変わるので、一直線に進んでいる感じがしない。自分で言っているせいもあるが……。これが立川中央署で最後の事件になる可能性もあるのだから、綺麗な形で仕上げたい。そのためにもまずは、二人の関係をしっかり把握しておく必要がある。

それにしても、今回は三嶋が出頭してきた時点で、作戦を間違ったかもしれない。あの時、何もすぐに三嶋を逮捕しなくてもよかったのだ。逮捕すれば、警察の動きは勾留期限に縛られてしまう。任意で調べて、もっと状況がはっきりしたところで逮捕、でもよかった。八十七歳という高齢だから、そんなに簡単に逃げ出したりはできないはずである。

逮捕ということになった時に、反対の声を上げておけばよかった。いつもの岩倉だったら「ちょっと待った」と声を出して捜査の方針を急展開させていたかもしれない。咄《とっ》嗟《さ》にそれを思いつかなかったのは、自分の異動、それに実里の実家の問題に意識が向いていて、集中力が欠落していたからかもしれない。

しっかりしろよ、と自分に言い聞かせながら、岩倉は特捜本部を出た。何とか希望を押し通して、今回も一人。戸澤が何となく寂しそうにしているのが気になったが、今は彼の面倒を見ている気持ちの余裕がない。

公安は今回の件については協力的で、当時の捜査資料をさらに提供してくれた。逮捕者、取り調べを受けた人間のリスト……現在の連絡先を探し、接触できそうな人に順次話を聴いていく。岩倉は、近く——とはいっても清瀬だ——に住む篠田《しのだ》浩平《こうへい》という人間に会いに行った。小村たちより一歳年下。ということは、今年八十六歳……まともに話ができるだろうかと心配しながら、車を運転する。多摩地区は広く、鉄道路線も網の目のように広がっているわけではないので、行きにくい場所がある。何度か電車を乗り換えねばならないのが面倒で、今日は覆面パトカーで乗り出してきたのだ。

一時間ほどのドライブの間、ずっとこの事件の「肝」について考えていた。被害者も加害者も八十七歳……もしかしたら日本では最年長の加害者になるかもしれない。週刊誌などは、その一点だけに目をつけて、面白おかしく取り上げているが、肝心のところに踏みこんでいるわけではない。やはり、八十歳を過ぎた人について調べるのは、いかに敏腕な記者とて苦労するだろう。警察でも追いきれていないのだから。

六十年前の因縁。人間は恨みや悔しさを忘れない生き物だとはいえ、いくら何でも六十年は長過ぎるのではないだろうか。確かに二人の人生は、真逆を行っていたように思える。教員として多くの児童を育て上げ、定年後も子どもたちに教えることでアイデンティティを保持し続けた小村。逮捕され、大学を辞めて家業も潰し、その後も細々と生きてきた三嶋。その二人が知り合いだった——しかし今のところ、六十年前どころか

「最近の」接点も見つかっていない。接点がなければ、犯行に及ぶこともないわけで、その辺がどうにも納得できなかった。

岩倉の頭の中には、最初から小さな疑念があった。何か最近の出来事が、三嶋を犯行に走らせたのではないか？　しかし三嶋と小村の接点が、今のところ見つかっていない。

篠田浩平も家族と離れ、老健施設に入っていた。面会を取りつけるのには一苦労……まず施設に電話連絡を入れたのだが「家族の許可をとって欲しい」と言われた。家族に電話すると「施設がいいと言うならいい」。何度も電話をかけ直し、ようやく調整が終わった時には、げっそり疲れていた。

しかし、これもしょうがないのかもしれない。篠田は砂川事件で逮捕はされなかったものの、厳しい取り調べを受けていた。それが影響したのかどうか分からないが、生涯結婚せずに独身を通したらしい。経済的には、親が経営していたアパートを引き継ぎ、さらに株を上手く運用していたらしく裕福だったが、人間関係には恵まれなかったようだ。八十歳の時に脳梗塞で倒れたが、面倒を見たのは当時五十歳の姪一人。他の親族は全て亡くなるか疎遠になっており、唯一連絡が取れていた人間……しかしこの姪も、病院を探して入れただけだった。幸い、ひどい後遺症はなく退院できたのだが、やはり一人暮らしは心配になったようで、自ら進んで老健施設に入所したのである。今は、この姪との関係もほぼ切れてしまっているようだ。唯一の親族なのに。

ふと、自分の人生はどうなるだろうと考えてしまう。岩倉も五十五になった。今のところは体調はいいが、いつ何があるかは分からない。六十五歳までは働けるから、その年齢までは、何があってもあまり心配はいらないだろう。昼間は誰かと一緒にいる可能性が高いから、もしも急に倒れても助けてもらえるはずだ。問題はそこから先である。岩倉は、実里に面倒を見てもらいたいとはまったく思っていなかった。彼女はやはり、女優として舞台に立っている時が一番輝いている。やる気がある限りずっと芝居に出続けて欲しいし、新しいことにチャレンジするなら積極的に応援もしたい。長年、アメリカで舞台に立ちたいと願い続けていて、コロナ禍の直前に渡米したのだが、結局アメリカの演劇界も動きはほぼストップしてしまい、夢が叶ったとは言い難い。「いつかまた」と言っていたから、チャンスがあればもう一度ニューヨークへ行って、向こうの舞台に立とうとするだろう。自分はそれを邪魔せず、せいぜい客席から密かに応援するのみ……何しろ自分が八十歳になっても、実里はまだ六十歳である。その年齢でも芝居を続けている人はいくらでもいるし、彼女もそういう道を歩むのではないかと岩倉は想像していた。

かといって、娘の千夏にも頼りたくない。まだ大学三年生の娘の人生は、これからである。就職はどうするのか、将来結婚を考えているような相手はいるのか——そういう話は敢えて避けているが、基本的に娘には、自分の人生を好きに歩んで欲しい。父親の世話で人生を無駄にして欲しくはなかった。

結局、元気なうちに、将来お世話になる老健施設を探しておくのがベストかもしれない。何とかいい部屋をキープしておいて、いずれはそこに入って最後の日を迎える。しかし、「いい部屋」は当然高く、今後十年働き続けても、それに見合うだけの金を稼げるとは思えない。

まあ、孤独死しても岩倉としては何ともないのだが、誰かに迷惑をかけるかもしれないと考えると辛くなる。せっかくだから、今日の老健施設の入居条件がどんな感じか、調べておこうか。そこへ入らないとしても、相場のようなものは分かるかもしれない。

しかし岩倉は、篠田とのやり取りでエネルギーをすっかり吸い取られてしまった。陽光が燦々と入りこむ面会室に車椅子で現れたのは予想の範囲内——脳梗塞の後遺症もあり、最近は自分の足で歩くのも大変になっているようだ——だったが、とにかく耳が遠い。しっかり話ができるかどうか心配で、岩倉はスマートフォンの録音アプリを立ち上げた。

「何でそんな古い話を？」

「当時逮捕された三嶋さんという人のことを調べています」

「三嶋？」

「三嶋輝政。当時、東都大文学部の学生でした」

「三嶋？」篠田が繰り返す。声は先ほどよりも大きくなっていた。「ああ、三嶋さん」

「思い出しましたか？」

「いたね」篠田がうなずく。まるで首の骨が折れたかのような激しさで、体調が心配になる。

「親しかったですか？」

「いやあ、そんなことはない。違う大学だったしな」

「同じ活動をやっている人間同士としてのつながりはなかったんですか？」

「あの頃は、そんなちゃんとした組織があったわけじゃないから。そういうのは、六〇年安保以降だね」

篠田の記憶ははっきりしているようだ。やはり耳が遠いだけ……しかし、手が細かく震えているのが気になる。これも脳梗塞の後遺症なのか、別の病気なのか。ちゃんと話ができるかどうか、この時点では分からなかった。

「三嶋さんとは、よく話しましたか？」

「ああ、彼は議論好きでしたよ。私より先輩で、いつもちょっと威張ってたな。まあ、哲学史が専攻だったから、理屈っぽくなったのかもしれないけど」

記憶はやはり鮮明だ。岩倉はうなずき、質問を続けた。

「当時、小村春吉さんという人も活動に参加していたのはご存じですか？　城東大社会学部の学生さんでした」

「ああ、小村さんね」今度は先ほどよりも反応がいい。篠田は、三嶋よりも小村と仲がよかったのかもしれない。「小村さんは、すごかったね。時代が違っていたら、学生運動全体のリーダーになっていたかもしれない。それぐらい、馬力のある人だった」

小村が闘争に参加していた？　初耳だった。

「そんな人だったんですか」

「彼は、人集めの天才なんですよ」

「人集め？」

「昔から、市民運動は参加者をいかに集めるかが大事だった。小村さんは、そういうのが抜群に上手かったね。人たらしというか、勧誘に関して、抜群の才能を発揮する。バイタリティのある人だ」

「そうなんですね」

「時代が違ったら……六〇年安保や七〇年安保の時に学生だったら、中心になって活動していただろうね」

「でも、大学を卒業してからは普通に教員になっています」

「そうそう、あの人、小学校の先生になったんだ。もしかしたら、小学生をオルグして、市民運動に送り出そうとしたのかもしれないね」

この人は何を言っているのだ？　岩倉が黙っていると、篠田が慌てたように「冗談だよ」と釈明した。

「そうですか……それでは、三嶋さんは、小村さんが連れてきたんですか？」

「そうだね。ある日いきなり、勉強会に連れてきた」

「勉強会というのは？」

そんなことも知らないのかとでも言いたげに、篠田が目を見開いた。

「我々が、デモとか集会とかばかりやってたと思ってる？　それも大事だけど、理論的な勉強も大事なんですよ。自分たちが何かに反対している時は、その理由をしっかり客観的に分析して、勉強しないといけない。勝つためには、相手のこともよく研究しないといけないし。もちろん、純粋なマル経の勉強会もあったのだが」

マル経か……懐かしい。岩倉が大学生になったのは、ソ連の崩壊直前で、大学ではまだマルクス主義経済学の講座があったが、今はどうだろう。社会主義国が崩壊したことは、マルクス主義経済学の失敗・敗北そのものを意味し、そんなことを学ぼうとする学生はいなくなってしまったのではないだろうか。

「勉強会は、大学に関係なく行われていたんですね」

「そう。大学はあくまで枠組みの一つでね。私たちは、もっと大きな目標のために手を組んでいた。人を増やすのは基本中の基本で、小村さんはそういうことが抜群に上手かった。あれだね、女の子に声をかけるやつ……何て言ったっけ？」

「ナンパですか？」

「そうそう、ナンパだ、ナンパ」篠田が嬉しそうに笑った。「彼は真面目だからそんなことはしなかったと思うけど、ナンパに精を出しても成功しただろうね」

「小村さんが三嶋さんを連れてきたのは間違いないですか」

「間違いない」自信たっぷりに篠田が言った。「皆の前で、同じ立川出身の……と紹介したからよく覚えてるよ。やはり、立川は砂川闘争の地元だからね。問題意識の高い若者も多かったんだろう」

「親しい様子でしたか？　同い年なんですが、友人関係のような」

「いや、それはないな。ほぼ初対面だと言っていた」

なるほど……少し想像と違ったが、やはり小村と三嶋は顔見知りだったのだ。顔見知りというか、リクルーターと活動家。

ちょっと意外な感じがした。三嶋は逮捕されているぐらいだから、より熱心な活動家だと思っていたのだ。しかし実際には小村が先に砂川闘争に参加し、三嶋を引き入れた――想像とは逆である。三嶋が先に参加していて、後から小村を勧誘したのかと思っていたのだが。

「三嶋さんは逮捕されました」

「そうね」篠田がさらりと言った。「でもあれじゃない？　起訴はされなかったんだから、問題ないでしょう」

「警察としては、その件については申し上げることはありません。あくまで結果です――その件をきっかけに、三嶋さんは活動を離れたんですね」

「砂川事件は、権力の横暴だよ」篠田の口調が急に尖った。未だに、往時の怒りの感覚を忘れていないのかもしれない。「米軍の敷地に入って、適用された法律は……何だったかな、日本の法律じゃなかった」

「日本国とアメリカ合衆国との間の安全保障条約第三条に基く行政協定に伴う刑事特別法、ですね」岩倉は一気に喋った。

「そうそう、我々はこの事件に関しては、刑事特別法って呼んでたけどね」

「長いですからね」そして当時は、この特別法を適用するしかなかったのは事実である。しかも一審の東京地裁では米軍の駐留が憲法違反であり、それ故起訴された人間は全員無罪との判決が出た。憲法判断が絡む事件だけに、検察側は東京高裁を飛ばして一気に最高裁に跳躍上告して、最高裁では一転して「違憲かどうかの法的判断を下すことはできない」として原判決を破棄、地裁に差し戻した。「結局、昭和三十六年の地裁での再審理で、罰金刑の有罪判決が出て、最高裁は二年後に上告棄却の判決を言い渡し、有罪判決が確定しました」

「あなた、法律家でもないのに、ずいぶん詳しく知ってるね」

「戦後事件史の中でも特に重大な事件ですから……ちなみに、三嶋さんが逮捕された後、小村さんはどうしたんですか？　依然として活動を続けていたんですか」

「いや、すぐやめた」篠田が少し悔しそうに言った。「うちのグループでも逮捕者が出て、その衝撃はかなりのものだったんだよ。まだまだ逮捕者が出るという噂もあったからね。学生なんて、弱いものだよ……あっさり権力に負けたんだ」

「空中分解ということですか？」

「ああ。一番がっくりしてたのは小村さんだと思うけどね。グループを盛り上げたのは小村さんなんだから。ただ、気持ちの切り替えも早い人だった。さっさと砂川闘争からは引いて、本来の目標――教員になるための準備を始めたんだ」

「そして実際に、教員になった」

「らしいね。その辺の詳しい経緯《いきさつ》は知らないんだけど……グループが活動停止してからは、小村さんにはまったく会わなかったから」

「そんなものですか？」

「俺も熱が引いたのかな」篠田が額に手を当てた。「ああいうのって、一種の熱病なんですよ。罹患するとすぐ重症化するけど、ひょんなことで急に治って熱は引いてしまう。そうすると、何であんなことしてたのかなって不思議に思うんですよね。六〇年安保の連中も、七〇年安保の連中も同じじゃないかな。若い頃に特有の熱病でしょう」

そんな風に簡単にまとめて欲しくないのだが……それで死んだ人もいるし、人生が狂ってしまった人もいる。岩倉にすれば、自分の悪行を隠すための、篠田の言い訳に過ぎない感じがした。三嶋が「六十年以上前から知り合い」と言っただけで後の証言を拒んでいるのも、やはり彼が昔の活動を悔いているからだろうか。

いずれにせよ、岩倉には縁遠い世界である。岩倉が学生の頃も、大学には学生運動の名残りのようなものがかすかに残っていた。ゲリラ的に立て看板が出現することはよくあったし、勧誘も盛んだった。一年生の時、ゴールデンウィーク明けの講義に、突然数人の学生――マスクとサングラスで顔を隠していた――が乱入して、ビラをバラまいていったのには驚かされた。ただし驚いたのは大学に入ったばかりの岩倉たちだけで、教授は何事もなかったかのように講義を続けていたが。

「小村さんの行動についてどう思いました？」

「まあ……」篠田が染みの目立つ頬を人差し指で掻いた。「皆同じですよ。俺も同じ。特に話し合うこともなく、それきり集まらなかった。解散、って感じだったね。皆、人生がありますからね」

そして一人だけ――三嶋だけが、人生をドブに捨ててしまったようなものだ。三嶋のその後についてどう思うか、篠田に突っこんで聞いてみたくなったが、やめにした。人生の最終盤に入っている男に対して、「若い頃のあんたは間違っていた」と責めることに、何の意味があるのだろう。

篠田と別れて車に戻った瞬間、スマートフォンが鳴った。末永からのメッセージ……スマートフォンが支給されてから、出先の刑事に連絡を取る時にはまずメッセージを入れて、というやり方が暗黙の了解になった。重要な聞き込みをしている時に呼び出しの電話が鳴ったら、集中力が削がれてしまう。それならメッセージだけ入れておいて、後で連絡する方がいい。

今日は暑い……岩倉はエンジンをかけてエアコンの温度設定を低くしてから、末永のスマートフォンに電話を入れた。

「お呼びでしたか」

「聞き込み、終わりましたか」

「ええ」岩倉は、予想外だった聞き込みの結果を報告した。砂川闘争には、最初小村が参加して、後から三嶋を引きずりこんだ――。

「逆パターンを想像してましたよ」

「俺も同じです」岩倉は認めた。「もちろん、これだけで確定とは言えませんが、もしも本当なら、今回の事件の動機につながるかもしれません。三嶋は、砂川闘争に参加したことで、人生が狂ってしまった。そこに引きこんだ小村さんに対する恨みをずっと抱いていた――筋としてはおかしくはないでしょう」

「おかしくはないですが、六十年以上ですからねえ……」

「課長のその感覚は、正しいと思いますよ」

「はい？」

「理屈が通ればそれでいい、ということではないと思います。警察の捜査って、そういうものでしょう」

「ガンさんは、何が動機だと思っているんですか？」

「今のところは、この六十数年前の出来事しかないです。でも、何か出てくるとは思っていますよ――ところで、今の呼び出しの用件は何ですか？」

「ああ、失礼――その近くで、もう一人話を聞けそうな人が見つかったんですよ。近くといっても埼玉ですけど」

「すぐに会えそうですか?」確かに近い。県境はすぐそこなのだ。

「大丈夫だと思います。自宅住まいで、電話で摑まえた刑事の話だと、きちんと話せそうですから」

「分かりました。すぐに転進します」

岩倉は、末永が告げた住所をナビに打ちこんだ。これも、初めて見る人には驚かれる一種の特技だ。住所や電話番号、関係者の生年月日などを、メモも取らずに、聞いた側から覚えてしまう。「どうして」と聞かれると説明できないのだが……まあ、脳科学者が興味を持つのも当然かもしれない。岩倉としては最近「インデックス」を作る能力に長《た》けているのではないかと想像している。人間は思ったよりも物事を覚えられるものだが、思い出すきっかけが摑めないので忘れてしまう。岩倉の場合、無意識のうちに「目次」を作っているのかもしれない。それによって、思い出すきっかけになる。

しかし、こんなことを科学的に分析されたらたまらないし、後輩に伝授することもできない。もったいないような気もするが、記憶力がよければ刑事として大成できるわけでもないのだ。今はむしろ、聞いた話をパソコンやスマートフォンに素早く記録して、いつでも利用できるようにしておく方がいいかもしれない。特別なノウハウなしで、誰でも記憶力を「拡張」できるようになるわけだし。

「十年後ね」岩倉はついつぶやいてしまった。定年延長を素直に受け入れれば、自分が辞めるのは十年後。この十年のＡＩによる恩恵を考えると、この先十年はもっと大きな進化があり、捜査の手法はさらに変わっていくかもしれない。一方でこちらはどんどん歳を取り、そういう技術を使いこなす能力が衰えていくだろう。当てにしている記憶力だって、いつまで今と同じレベルをキープできるか。時代遅れのジイさんになって、後輩たちの前で恥をかくのも避けたい。だからといって、あと五年で引退したらその後どうするか……退職後は、未解決事件をまとめて本を書きたいとずっと思っていたし、知り合いにも公言していたのだが、最近は本当にそんなことがしたいのかどうか、分からなくなってきた。あまりにも非活動的で、体も心も衰えてしまうのではないだろうか。

まあ、今はそんなことを考えても仕方がない。とにかく捜査優先だ。行先は県境を越えて隣町の所沢——西所沢だった。ナビは二十五分後の到着を示している。糸の切れた凧のような動き……自分はこれを、三十年以上繰り返してきた。

第三章　停滞

1

夜の捜査会議の前に立川中央署に戻った岩倉は、他の刑事たちと情報のすり合わせをした。六十年前の砂川闘争に関して、様々な情報が集まっている。既に「時効」あるいは「歴史上の出来事」のような感覚なのか、証言を渋る人間はほとんどいなかったようだ。

証言内容は、岩倉が篠田から聞き出したものとほぼ同じだった。先に小村が砂川闘争に加わり、その後三嶋を「リクルート」した。しかし砂川事件で大量の摘発者が出た後、小村たちのグループは「自然解散」し、活動はストップしてしまった――。

刑事たちと話している間に、特捜本部に見慣れぬ人間が一人いるのに気づいた。前方の幹部席に座り、末永と何か打ち合わせをしている。昔からの知り合いというより、今日が初対面のような他人行儀な感じがする。しかし急いですり合わせをしないといけないので、必死になって互いに話を合わせている感じ……捜査会議の出だしに、末永がこの男を紹介した。

「砂川事件がクローズアップされてきたので、今日はオブザーバーとして、公安四課の船井《ふない》管理官に来ていただいた。船井管理官は、戦後の公安事件のデータ化を進めておられる、公安事件史のエキスパートだ。何か分からないことが出てきたら、今日はその場で解決しよう」

そう言う末永の口調は、どこか引けていた。末永は、刑事部の人間にいがちな「公安嫌い」であり、本当は力を借りるのは嫌なのかもしれない。岩倉はあまり気にならないのだが……立っている者は親でも使え、と常に考えている。

「では、順番に聞き込みの報告を」

促され、最初の刑事が立ち上がった。この特捜本部では、報告は「五十音順に行う」ことが最初に決められている。今立ち上がった刑事は「浅野《あさの》」だった。

順次報告が進む。捜査会議の前に他の刑事と話をして、全体の傾向を摑んでおいたので、既視感のある報告だった。

五十音順で、次が岩倉。話がダブってしまうなと思いながら、報告を終える。その後も同じような感じの話が続く……十人が話して、報告は終了になった。そこでまた、末永と船井が何か相談し始める。最後に船井がうなずくと、スーツの前ボタンを留めながらゆっくりと立ち上がる。

「公安四課の船井です」よく通る低い声だった。公安四課は、各種情報の整理やデータベース化を担当する部署で、大人数での捜査会議などをする機会はあまりないはずだが、この管理官は喋り慣れている感じがする。「今回、以前うちが扱った事案に関係があるかもしれないということで、公安部長の特別な指示を受けて、捜査会議に参加させていただきました。よろしくお願いします」

会議室の中に、緊張した雰囲気が走る。慇懃《いんぎん》無礼とも言える態度だが「公安部長」という言葉は重い。

「今までの報告で、被害者の小村さんが先に砂川闘争に参加し、後から容疑者の三嶋を誘ったということが分かったと思う。以前の捜査資料をひっくり返してみたが、当時は二人の関係までは詳しく調べていなかったようだ。『青連同《せいれんどう》』と名乗っていたこのグループの主体は、東都大の学生たちだった。小村さんは別の大学——城東大の学生だったが、青連同の中では中核メンバーになっていたらしい。残念ながら当時は、組織としての実態を解明するまでには至らなかった。全体を把握していたのは、当時のリーダーだけと見られている。リーダーは東都大文学部に籍を置いていた玉岡安春《たまおかやすはる》という人物だが、一九七九年に既に死亡している。今まで、特捜の皆さんはアトランダムに聞き取り調査を行ってきたようだが、こちらで当時の幹部名簿を用意した。健在な人間が何人かいるので、そこから当たっていけば、さらに詳しい情報が分かるかもしれない」

いつもの捜査会議のように、「おう」と声が揃った。船井が少したじろいだように、身を震わせる。公安では、こんな風に全員で気合いを入れるようなことはないのかもしれない。

「これから明日の聞き込みの割り振りをする。捜査会議は以上だ。お疲れ！」

末永が宣言すると、ほっとした雰囲気が流れる。今日の捜査は、少し非効率的……手当たり次第に当たる感じになっていたので、現場の刑事たちには戸惑いもあっただろう。

さて、明日は誰に話を聴くことになるか、と思いながら帰り支度をしていると、船井管理官がこちらへやって来た。岩倉の前で立ち止まると、軽く一礼して「お久しぶりです、ガンさん」と笑みを浮かべる。

「ええと……」面識がある？　てっきり、今日が初対面だと思っていたのだが。

「やっぱり覚えてませんか」船井の表情が苦笑に変わる。「所轄——渋谷中央署の時ですよ。煙草を奢ってもらいました」

「ああ」それで記憶が一気につながった。「あの時の船井君か」

岩倉が警察官になって最初に赴任した所轄・渋谷中央署。刑事課にいた岩倉は、ある朝、緊急招集された。放火事件発生、直ちに現場へ向かえ——慌てて家を飛び出し、現場と言われたマンションへ行くと、まさに犯人が捕まったところだった。近くの民家が放火され、全焼。そこへ火事を見物するために戻って来た犯人が、当直の署員に確保されたのだった。犯人を取り押さえたのが、まさに船井である。大立ち回りで肩を負傷していたが、助け起こした岩倉に向かって放った最初の一言が、「煙草、ありませんか」

だった。怪我しているのに何だ、と呆れたものだが、一本渡した煙草に火を点けて深々と吸うと、船井はあっという間に元気を取り戻した。煙草が強壮剤になるはずもないのに……その後も、署内で顔を合わせると会釈するぐらいの仲にはなったが、岩倉はすぐに本部に異動してしまったので、関係はそこで途切れた。

「相変わらずで？」岩倉は煙草を口元に持っていく振りをした。

「いや。やめました」

「そりゃすごい。結構なヘビースモーカーだったのに」

「嫁さんに負けました。子どもが二人、私立の大学に入ったんで、家計は火の車です。一年前にとうとう禁煙しました」

「煙草は、金、かかるからなあ」自分の娘も私大で、と言おうとしてやめにした。千夏の学費は確かに自分が出しているが、離婚したことにまで話が及んでしまうかもしれない。船井とはそんなことを気楽に話し合う仲ではないのだ――そもそも、話すのは数十年ぶりだし。

「ちょっと、いいですか」船井が返事を待たずに椅子を引いてきて、岩倉の前に座った。

「今回の件、ガンさん、どう思います？」

「どう、とは？」

「砂川闘争が事件の根っこにあるんじゃないかっていう考え方」

「ああ」公安の専門家に言われて、急に居心地が悪くなった。「それ、俺が言い出しっぺなんだ」

「そんな古い話に引っかかるのは、さすがガンさんですね」

「言い出した人間としては申し訳ないけど、俺自身、この説はちょっと疑わしいと思ってる」

「ですよね」船井がやけに力をこめてうなずいた。「いくら何でも六十年以上前の事件……被害者も加害者も八十七歳……ちょっとあり得ない感じです」

「でも、潰しておかないとな」岩倉はそう言って自分を納得させた。

「それはそうですね」船井がうなずいた。「しかし、容疑者が八十七歳っていうのは、日本最高齢じゃないですか」

「俺もそう思った」岩倉はうなずいた。「ただし、ちょっと思い出してみたら、八十九歳の容疑者がいた」

「八十九歳？」船井が目を見開く。「それはちょっと……すごいな」

「川崎の老人ホームの事件だよ。二〇一〇年五月……意外に、そういうことは多いんだよ。この時は、八十九歳の入所者が、八十五歳の別の入所者を刺し殺した。動機は、同じ施設に入っている女性を巡ってのトラブル」

「恋愛が動機なんですか？」船井が目を見開く。「そんなこと、あるんですかね」

「人間、何歳になっても枯れないんじゃないかな」自分が実里と出会ったのは四十代後半。妻と揉めて別居し、もう自分の人生に女性は入ってこない——必要ないだろうと思っていたのに、その気持ちはあっさり覆《くつがえ》された。とはいえ、八十歳を超えても恋愛沙汰で揉めるというのは、さすがに岩倉の常識を超えている。他県で起きた事件なので、それほど詳しくは調べなかったのだが、この事件は公判を傍聴してみたかった。

「相変わらずすごい記憶力ですね、ガンさん」船井が心底感心したように言った。「昔と変わらないなあ。俺なんか最近、物忘れがひどいんですよ」

「それは俺も同じだよ。短期記憶と長期記憶の違いみたいなものがあるらしい」

「そうなんですか……でも、記憶力が衰えていないのは間違いないでしょう。何でその能力を昇任試験に生かさなかったんですか？　記憶力がよければ、筆記なんか簡単に突破できそうだけど」

「興味がなかったんだ。お前みたいに出世して、人の上に立つ人間も必要だけど、俺の場合は……そういう考えは一切なかったな」妻はそれを気に入らなかったようだが。親が大学教授、自分も学究として大学に残っていた割には世俗的な出世に興味があるタイプだったのだ。警察の中で出世しないと、自分に釣り合わないとでも思っていたのだろう。その辺の意識の違いが、離婚の原因の一つだと思う。

「まあ、ガンさんのおかげで捜査一課の現場は助かったでしょうけど……ガンさん、一課長になる器だと思ったけどなあ」

「とんでもない」岩倉は顔の前で思い切り手を振った。「俺には絶対無理だよ」

「何でですか？」

「人望がない。性格が悪いんだ」

笑っていいのかどうか、船井は真剣に困っている様子だった。後輩を困らせるような人間は、間違いなく性格が悪いのだが。

その晩遅くに帰って、岩倉は寝られなくなってしまった。夕食後にコーヒーを二杯飲んだせいかと思ったが、頭にある考えが染みついているからだとすぐに分かる。

眠れぬままベッドから抜け出し、冷蔵庫の扉を開ける。睡眠薬代わりにビールでも飲むかと考えたが、炭酸のきつい刺激が喉を引っ掻く感覚は欲しくない。かといって、日本酒やウィスキーという気分でもなかった……と考えただけでぞっとする。最近、昔のように酒が呑みたくなくなってきたのだ。呑むと翌朝に残るというわけではなく、ただ単純に酒が欲しくない。いよいよこれは老化の始まりかと思ったのだが、冷静に分析してみれば、コロナ禍のせいである。元々岩倉は、基本的に家で呑む習慣はなかった。呑むなら外で、というのが長年のパターンだったのだが、コロナ禍で外で自由に呑めなくなり、自然と酒から遠ざかってしまったのだ。

まさか、コロナ禍でこんな影響を受けるとは。

代わりというわけではないが、お茶でも飲んでおくか……お湯を沸かし、実里が自分用に置いてあるカモミールティーを用意する。何というか、味があるようなないような不思議な飲み物である。実里はこれが好きなのだが、岩倉は積極的に飲むわけではない。

ダイニングテーブルにつき、小さな灯りの下でお茶を味わう。ごくごく薄い黄色のお茶で、香りもほとんどない。味わいはマイルドで、お茶特有の刺々《とげとげ》しい感じがまったくなかった。まあ、これはこれで悪くない——特に、眠れない夜には。

この件は駄目だ。

六十年前の事件をひっくり返して人間関係を探っても、何か出てくるとは思えない。仮に三嶋と小村が六十年以上前からの知り合いだったとしても、今回の事件の直接の動機は最近の出来事ではないだろうか。

例えば、小村がボランティアでやっていた塾……そこに三嶋が関係している可能性はないだろうか。もしも「小村塾」の生徒名簿が見つかったら、何か動機が摑めるかもしれない。いや、それもおかしいか。三嶋が塾に関係しているとは思えない。

それでも、小村の所持品をひっくり返して調べる価値はある。六十年以上前の事件を調べ直すことが無意味だとは言わないが、より直接犯行につながる材料を探さないと。このままでは、取り調べ担当の浜田のフォローができない。

よし、明日はこの件を末永に進言しよう。他の刑事たちは、砂川事件について詳しく調べれば動機が分かると思って安心している気配があるが、ここで少し別の方向へ行ってみてもいいだろう。捜査では常に、全員が同じ方向を向く必要はないのだ。疑問があれば即座に反対の意見を出す——岩倉はずっとそうやってきた。最近の若い刑事たちは、これができないようで、ただ黙っているだけなのだが……危険な兆候である。ベテランの捜査員だって、読みを間違うことはある。そして、それに引っ張られて全員が同じ方を向いてしまったら、その先に待っているのは誤認逮捕、冤罪だ。少し立ち止まって、これまでの捜査のあり方を考え直してみることも大事なのだ。

カモミールティーを飲み干し、流しでカップを濯《すす》ぐ。これで眠れるかどうか……カフェインは入っていないので、少なくとも今まで以上に目が冴えてしまうことはないと思うが。


末永は、岩倉の提案を了承はしたが、微妙な表情を見せた。

「ガンさん……今回は何だか揺れてませんか？　方針が定まらない」

「まあ——難しい事件だということにしてもらえますか」

「それはそうですけど、いつものガンさんらしくないですよ」

「それは申し訳ない」岩倉は素直に頭を下げた。

「そちらに人は割けませんよ。もう手一杯ですから」

「分かってます」とはいえ、この件がどれだけ大変になるかと想像しただけでうんざりしてしまう。小村は自宅から施設に移り住んでいるが、自宅の荷物を全て処分したわけではない。もしかしたらゴミ屋敷のように、どこに何があるか分からない状態で残されているかもしれない。

「とはいえ、一人でやっていたらいつまでかかるか分からないですよね」

「でかい一軒家ですからね」

末永がパソコンのキーボードを叩いた。すぐにうなずき、「今日は平沼が空いてますね。使ってもいいですよ」と言った。

「助かります」

「ただし今日一日ですよ。平沼も、本来はここで電話番だから」

特捜本部が開設されると、電話番・連絡係として若い刑事が交代で部屋に詰めることが多い。幹部の数には限りがあるので、刑事たちから報告の電話を受けたり、指示を出したり、その他雑用とやることは意外に多い。若い刑事にやらせるのは、捜査の流れを摑んでもらうためだ。

「申し訳ない。夕方にはフリーにしますから」

「いやいや、内輪でそんなことを言われても」末永が苦笑する。

そこへ多佳子が出勤してきた。空いていたテーブルに巨大なトートバッグを置くと、「おはようございます」と元気な声で挨拶する。

「平沼、今日はガンさんを手伝ってくれないか？」

「いいですけど、何ですか？」

「小村さんの家をもう一度ひっくり返す。ガンさんが、気になることがあるんだってさ」

「了解です」

「予備のマスクはあるか？」岩倉は訊ねた。

「ありますけど、何か？」

「かなり散らかっていると思う。埃《ほこり》で体調を崩したくなければ、ダブルマスクにした方がいいんじゃないかな」

家に行った瞬間、岩倉は勘が外れたことを悟った。最近、どうも読みが上手くいかないのだが……老化というわけではあるまい。

「誰かがちゃんと掃除しましたね、ここ」多佳子が指摘した。通常の不織布のマスク一枚をかけているだけ。岩倉は不織布のマスクの上にナイロンマスクをかけて押さえつけていたのだが、無意味だと悟ってナイロンマスクを外す。それだけでだいぶ呼吸が楽になった。

「息子さんだろうな」

「ですね」多佳子がスマートフォンを取り出す。「他に掃除する人もいないでしょうし……でも、大変ですよね」

「まあな」

「それで、何を探せばいいですか？　取り敢えず全部見て、何か怪しいものを探すパターンですか？」

「いや、欲しいのは名簿なんだ」

「名簿？」

「小村さんは、ボランティアで塾をやっていただろう？　そこに通っていた人たちから話を聴くべきだと思うんだ」

「捜査の方針転換ということですか？」多佳子が目を見開く。

「そういうわけじゃない。砂川事件絡みのことは、まだ調べているし——ただ、何か可能性のあることは全部潰しておかないといけないと思ってさ」

「でも、月謝も取らないのに名簿がいるんですかね」多佳子が首を傾げる。

「無料の塾でも、何かあった時の連絡用として、名簿ぐらいは必要じゃないかな。相手は子どもなんだから」

「分かりました。じゃあ、始めますか」

二階建ての一軒家はかなり広い。一階はキッチンと広いリビングルーム、それに八畳の和室と四畳半の書斎があった。二階にも三部屋。そのうち一室が小村の寝室のようだった。残る二部屋のうち一室は物置で、もう一部屋は空……かつては何かに使われていたのかもしれないが、家も、様々に変化していくものだ。

二人はまず、書斎に入った。やはり元教員というべきか、教育関係の本が多い。他には歴史関係の本……この辺は趣味なのか、社会を教えるためなのか。

調べ始めて数分と経たないうちに、多佳子が音を上げた。

「ガンさん、窓開けていいですか？」

「ああ」

「やっぱりちょっと……埃っぽいですね」

「危ないと思ったらダブルマスクにしておけよ。コロナも怖いけど、埃のせいで気管支炎にでもなったら馬鹿馬鹿しい」

「窓を開けて、ダブルマスクにしますよ」

他の部屋を調べてもらってもいいと思った。書斎の壁の両側は本棚で、奥の壁には大きいデスクが置かれている。部屋の中央には一人がけのソファが向かい合って二脚置かれており、二人で歩き回るにはかなり狭いのだ。しかしまずは、この部屋を徹底して、しかも素早く調べたい。

多佳子が窓を全開にした。五月の爽やかな風が入ってきて、岩倉もほっとする。むしろ少し風が強いぐらいで、気をつけないと書類が飛んでしまいそうだが。

多佳子が、デスクの引き出しを全部引っ張り出して、部屋の中央に持ってきた。二人ともソファに腰かけ、引き出しの中身を検《あらた》める。整理されているとはいっても、引き出しの中はやはり雑多……書類の類はなかった。

早々に引き出しを調べ終え、今度は本棚に移る。本だけではなく、スクラップなども置いてある。一々全部開いて調べていくうちに、手がガサガサになり、スクラップのページで指を切ってしまった。今回は指紋がついても問題ないだろうと素手でやっていたのだが、手を守るために手袋が必要だった。

「ガンさん、結構血、出てませんか？」多佳子が気づいて声をかけてくれた。

「大したことないよ」

「手袋しないから……絆創膏《ばんそうこう》ありますけど、貼っておきます？」

「助かる」

絆創膏というのは、あくまで傷を外気に触れさせないためのものである。しかし貼ると、痛みが引くような感じがするから不思議だ。ハンカチで血を拭い、絆創膏をきつく貼りつける。さらに薄い布製の手袋をはめた。紙は捲《めく》りにくくなるのだが、手を怪我するよりはましだろう。

左右に分かれて、本棚をチェックしていく。岩倉はすぐに、ノートを何冊か見つけた。同じメーカーの同じブランド……几帳面さが窺える。照英は「日記があるかもしれない」と言っていたが、日記ではなかった——ぱらぱらと開くとすぐに、これが探していた名簿だと気づく。

「あったぞ」

ノートは全部で四冊。二人でソファに腰かけ、チェックを始める。非常に分かりやすい……どのノートも同じスタイルで書かれていた。左端の日付は、通い始めた日だろう。名前、住所、電話番号。右端の日付は、やめた日ではないだろうか。小学生向けの塾だったというから、中学入学のタイミングで辞めるのは普通だと思う。

個人情報は基本的に一行できっちり書かれているのだが、その下に他の情報を書きこむスペースが確保されていた。得意科目、苦手な科目、学習態度……そういうことが細かく書きこまれており、一ページで二人掲載が基本だった。

「分かりやすいですね」

「それにしてもまめな人だ。小学校の先生でも、ここまで細かく書きこむかな」

「生徒指導がない分、小村さんの方が情報量は少ないですけどね……これ、何ですかね」

多佳子がノートを広げて岩倉に示した。気づいたことを書きこむ欄の最後に、赤字で「S」と記してある。

「ここだけか？」

「いえ、他にも」

岩倉は、自分が担当しているノートをチェックした。パラパラと開いていくと、ところどころで赤い「S」が見つかる。規則性はないようだった。

「全部女の子じゃないですか？　性別が分からない名前もありますけど」

「できのいい子じゃないかな。スペシャルのSとか。だいたい、学校だと女子の方が勉強できるじゃないか」

「警察も、採用試験の点数順に素直に採用したら、女性だらけになるって言いますよね」

「それは事実だな」

二人はそれから無言でノートを調べ続けた。四冊のノートに書かれた名前は、合計で約百五十人。退職してから二十五年ほどここで私塾をやっていたわけだが、まったく途切れずに生徒がいたようだ。無料で教えてくれるというなら、親としてもありがたかっただろう。

「これでＯＫだ」岩倉はノートをまとめた。これは一度持ち帰って、コピーを取って戻そう――いや、息子の照英に許可を取れば、このまま押収しても問題はあるまい。

岩倉は照英に電話を入れた。今日は仕事をしているという照英は「ちょっと待って下さい」の言葉を残して電話から遠ざかってしまったが、一分ほどして戻ってきた。

「お待たせしまして、すみません」

「実は今、小村さんの家にいます」

「はい」

「小村さんがやっていた塾の名簿を見つけたんですが、これを持ち出していいですか？」

「構いませんけど、それが何か関係あるんですか？」照英は怪訝そうだった。

「何でも調べます。二十年以上、途切れずに生徒さんがいたんですね」

「その辺、私はあまり知らないんですよ。父が退職した頃には、私はもう家を出ていたので」

「塾のこと、まったくご存じないんですか？」

「まったくということはないですけど……たまに里帰りした時には、様子を見ることもありましたよ」

「どこでやってたんですか？」

「二階の部屋を使ってました。一室を、完全に塾用にしていたんですよ。長テーブルを置いて、子どもたちは畳に直に座って。昔の寺子屋みたいなものですかね」

「どんなお子さんたちが来ていたんですか？」

「こういうことは言っていいかどうか」照英が躊躇《ためら》った。「表に出さないでもらえますか？」

「そういう希望なら、守ります」

「要するに、家計が厳しい家の子を預かってたんです。だから無料なんですよ」

「そういうことですか……」確かに、子どもを学習塾などに通わせたくても、経済的な問題で叶わない人もいるだろう。小村はそういう家族を救済していたのか。

「親父が言ってたことがありますよ。昔は、どんなに頭がよくても、家の事情で進学できなかった子どもがたくさんいた。今になってもそういう子どもがいるのは我々世代の責任だから、少しでも役に立ちたいと……学んだことは誰にも奪えないから、絶対将来役に立つ、という考えだったんですよ」

「それで自分の時間を使って――持ち出しもあったんじゃないですか」

「だと思います。時々子どもたちにご飯を食べさせたりもしていましたから。お袋が大変だったと思いますけど、褒めるべきことなんでしょうね」

「簡単にできることではないと思いますよ」根っからの教育者ということなのだろう。確かに小村が子どもの頃には、貧富の差は今より激しかっただろう。というより日本全体が貧しく、しかも戦争があった。学びたくても学べない子どもは周りにたくさんいたはずで、その辺が小村の原体験になっていたのかもしれない。「ちなみに、生徒さんの名簿をご覧になったことはありますか？」

「ないですね」

「一部の生徒さんに、赤いSマークがついているんですけど、何か心当たりはありますか？」

「赤いS？　いえ……まったく分からないですね」

「そうですか。ちなみに、塾では何かトラブルはなかったですか？」

「別に聞いてませんけど――それが何か問題なんですか？　犯人は捕まってるし、容疑は認めているという話ですよね」

その辺の情報は、支援課がしっかり伝えているようだ。以前は、捜査が進行中には、警察から被害者家族に情報が伝えられることはあまりなかった――せいぜい逮捕時と起訴した時ぐらいだ――のだが、今は重大事件だと支援課が間に入って情報を教える。被害者家族には、捜査の状況を知る権利があるという考えだが、やり過ぎるとどうだろう。日々変わる捜査の状況を一々伝えられたら、聞く方は混乱してしまうだろう。

「起訴されるまでは、手を広げて情報収集するんです。それが警察のやり方ですので」

「そうですか……ちょっと複雑な気分です。複雑というか、あまりいい気分ではないですね」

「どういうことですか？」

「犯人を恨む気持ちはあります。厳罰に処して欲しいと思います。その一方で、なるべく早く忘れたいという気持ちもあるんです。考えるだけで辛いんですよ」

「分かります――今後は、なるべくお話を聞かないで済むように気をつけます」

何だか今回の事件は上手くいかない。捜査の方向性がぶれてしまうこともそうだし、遺族に対する思いやりも足りない――何だか新人時代に戻ってしまったような気分だった。

2

ノートは重要な証拠品なので、このまま使うわけにはいかない。岩倉は特捜本部に戻り、多佳子の手を借りて捜査用の名簿を作った。百五十人分なので、結構時間がかかる。全てのページをコピーしてノートを再現する――終わった時には、午後も半ばになっていた。本当は表計算ソフトのファイルにしたいところだが、その時間がない。

「これを当たっていきたいんだ」

「そうくると思いました」多佳子が軽い調子で言った。面倒臭い事務作業の後でも、気持ちは折れていないのが頼もしい。

「取り敢えず、一人ずつ潰していこうか」岩倉は遠慮がちに言った。こういう作業は一気にやりたいのだが、明日の土曜日、多佳子が休みなのは分かっている。仕事を引っ張って、休みを潰してしまったら申し訳ない。

「大丈夫です」

「取り敢えず、今日だけ手伝ってくれ」

「あ、明日もいいですよ。休みは別の日へ動かしてもらいますし」

「課長が許可してくれればな」

「大丈夫だと思いますよ」多佳子が急に声をひそめる。「課長、休みについては寛大というか、フレキシブルじゃないですか」

「そうかな？」岩倉はほとんど、休暇の希望を出さない。特にコロナ禍になってからは……実里とどこかに旅行に行こうと思っても、以前のように簡単にはできなくなってしまった。それに彼女は、しばらくアメリカに滞在していた——一人だと、どこかへ出かける気にはなれない。

「今時の課長って感じですけど、ワークライフバランス、大事ですよね」

「とにかくこれからやってみて、その結果で決めようか」

「どう考えても、今日だけで終わるとは思えませんけど……どうします？　電話で済ませるか、直接会うか」

「まず電話して、重要な情報が出そうだったら会いに行く——その判断は君に任せるよ」多佳子なら、判断ミスをするとは思えない。

「じゃあ、始めますよ。私、古い方から行きます」

「いや、新しい方から始めた方がいい。古い方は俺が受け持つよ」

「何でですか？」多佳子がきょとんと目を見開いた。

「そりゃあ、せっかくやってもらうんだから、当たりが出そうな方がいいだろう」

実際、一番古いリストは二十数年前——正確には二十六年前のものなのだ。この頃小学校六年生だった子は、今年三十八歳になっている。名簿にある家に住んでいるかどうかは分からないし、連絡先の電話番号も変わっているかもしれない。一方、最新のリストは、塾を閉鎖する直前、二年前のものである。こちらの方が絶対に摑まえやすいはずだ。

実際、岩倉は難儀した。電話しても全然違う家にかかってしまったり、つながっても、当時の塾生の親たちも歳を取り、記憶が曖昧になってきている。そして小村塾に通っていた人間本人を摑まえることはできなかった。

十ヶ所続けて電話をかけ、一息つく。ここまでまったく手がかりなし……一方多佳子は、長電話している。眉間に皺が寄っているものの、難儀している様子ではない。

岩倉は黙ってコーヒーを用意しに行った。二つ——カップの一つを多佳子の前に置く。彼女は驚いたように目を見開いてから、ひょいと頭を下げた。

コーヒーを一口。それで少しだけ気持ちが落ち着き、岩倉は次の電話に取りかかった。

本来、リストは時間軸に沿って順番に潰していくべきなのだが、少しズルをすることにした。自分が持っているリストの中で、一番新しいものをチェックする。十年前——当時の小学生は大学生、あるいは就職していても、まだ自宅暮らしをしている可能性もある。

想像は当たった。池井《いけい》という家に電話をかけ、事件の捜査で関係者に事情を聴いていると説明すると、すぐに息子の貴大《たかひろ》が電話口に出た。

「お忙しいところすみません」岩倉は下手に出た。

「いえ」貴大は緊張しきっている。名簿のデータが正しければ、今は二十二歳。大学生か、高卒で就職しているか……その辺の事情も、じっくり聴いていこう。

「あなたは十年ほど前に、小村春吉さんの塾に通っていましたね？　小村塾」

「ああー、はい」貴大の声が暗くなる。「もしかしたら、あの事件の関係ですか？」

「そうなんです。今、小村さんの塾に通っていた人に話を聴いていまして、お電話したんです」

「びっくりしましたけど、犯人は捕まったんですよね？」

「ええ。ただ、周辺の状況も調査しないといけないので、当時の話を聴かせていただきたいんですが、よろしいですか？」

「構いませんけど、そんなには話せないかな……熱心に通ってたわけじゃないですから。小六の一年間だけです」

「そもそもどういうきっかけで？」

「親に言われたんです。小村さんのところは無料で教えてくれるからって……でも、ある程度成績が良くないと、入れてもらえないんです」

「試験でもあったんですか？」

「面接です。通知表を見せて、色々話をして」

「無料の塾でそんなことを？」

「先生は、レベルを落としたくないって、はっきり言ってました。だから、嫌だなって思ったんですけど……」貴大が本当に嫌そうに言った。「でも、結局行きました。中学受験をしたかったけど、進学塾には通わせてもらえなかったし」

「結果は？」

「合格しました」貴大の声が急に明るくなる。もしかしたら、中学受験に成功したことが、人生最大のイベントなのかもしれない。

「やっぱりいい塾だったんですか？」

「教え方はすごいって言うか、何て言うか――塾生の間では『千手観音』って言ってました。普通の授業じゃないんですよ」

「と言いますと？」

「普通は、教科別に授業形式でやるじゃないですか。でも小村先生は、一対一なんです。その日のテーマを出して問題を解かせたり、ミニ試験をやったり……あれです、将棋とかで、一人が何人も相手にして指すやつ――」

「多面指し？」

「それです。まさにそんな感じで、子どもの間を回って、一人一人に別のことを教えてたんですよ。塾なのに、家庭教師みたいな丁寧さでしたね。今考えるとすごいな」

「そういうやり方は、あまり聞きませんね」岩倉も驚いていた。小村自身が特殊能力の持ち主だったのではないか？「誰に対してもそんな感じで？」

「そうですね。だいたい週に二回ぐらい通ってたんですけど、いつも四人か五人を同時に相手にしてました」

「当時、何か変わったことはなかったですか？」

「変わってたって言えば、あの授業自体が相当変わってましたけどね。でも、特別なことは何も……」

「小村さんは、どんな感じでした？　先生としてというより、人としてですが」

「それ、難しい質問です。授業を通してしか知らないので、小村さんのことは先生としてしか見ていませんでしたから。個人的な話をしたことなんか、一度もなかったです。授業は厳しかったなあ……とにかくスピード重視で、決められた時間内に何問解けるか、みたいなやり方が多くて。何だか部活の練習みたいでした。怒られたことはなかったけど、時間内に終わらないと急に無口になるのは怖かったな。あ、奥さんには可愛がってもらいましたけど。たまにカレーを食べさせてくれたりして。あのカレーは美味かったなあ」

「奥さんも二年前に亡くなっています」

「そうなんですよね。でも、お二人ともご高齢でしたから……小村さんは、年齢は関係ないか」

　貴大はよく喋る男だ。しかし中身はあまりない……授業の実態は何となく分かってきたが、トラブルに関する情報は出てこない。

「ちなみに我々は、小村さんが作っていた名簿に従って電話を入れています。その名簿に、赤い字で『S』と書かれた人がいたんですけど、どういうことか分かりますか？」

「Sですか？　いや、分からないな。例えばどんな人ですか？」

　こういう情報を明かすかどうかは難しい。一種の個人情報を教えることにもなりかねないからだ。しかしそもそも、貴大が塾にいた当時、そしてその前後に「S」がついた人はいなかった。その件を説明すると、貴大は「そうですか」と残念そうな声を出した。警戒するわけではなく、興味津々といった感じである。

「今後また、お話を伺うことがあるかもしれません。ご自宅へ電話しても大丈夫ですか？」

「ああ、はい……でも、家の電話で話したのなんて、久しぶりですよ」

　電話を切ってコーヒーを飲み干すと、多佳子もちょうど通話を終えたところだった。岩倉に向かってひょいと頭を下げると、自分もコーヒーを飲む。肩を二度上下させて唇を尖らせ、ふっと息を吐く。コーヒーカップを摑んで立ち上がると、岩倉の前に腰を下ろした。

「長電話しちゃいました」

「そうみたいだな……どうだった？」

「何かあるかもしれません」

「と言うと？」

「私の聞き方が悪いんですけど、聞き出せませんでした。でも、何か嫌そうな感じで話していて……女性ですけどね」

「俺が話を聞いていた男は、小村さんは厳しいだけで、特に変なことはなかったって言ってたけどな」

「どうしますか？　今話が聴けた人、山梨に住んでるんですけど」

「山梨？」

「家族で引っ越して……本人は今、高二です」

「だったら、まだ記憶も鮮明だろうな」実際、それぐらいの年齢の人が、事情聴取の対象として一番いいだろうと思っていた。「小学校を卒業したばかりで今中学生ぐらいだと、しっかり話せない可能性がある。高校生なら何とかなるんじゃないか」

「そうですね」

「会う約束、したか？」

「さりげなく頼んでみたんですけど、曖昧に断られました」

「曖昧に？」

「はっきりではないですけど、結構嫌がってましたから、強くは押せませんでした」

「それはしょうがないな。でも、キープしておこう」

「続けますね。何か話は出てくるかもしれません」

「夕方で一旦ストップして、情報の詳しいすり合わせをしよう」

「分かりました」

それからはひたすら電話をかける作業が続いた。記載されている番号にかけて誰かが出ても、子どもはもうここにはいません、と言われる。ではどこに住んでいるか教えてくれと頼んでも、ことごとく拒否されてしまう。そうなると、こちらとしても強いことは言えない。実際に会って話していれば、強引に押せるのだが、電話だとやはり一歩引いてしまう。

それとも自分の腕が落ちたのだろうか。昔だったら、相手に「強引だ」と思わせないぎりぎりのところで駆け引きができた。しかし今は、そこまで行かずに引いてしまう。情けない話だが、岩倉はその後一件も有効な情報を引き出せなかった。しかしそれは多佳子も同じで、夕方、二人は疲れた顔を見合わせることになった。

「連絡が取れない相手がほとんどだった」

「私は何人か話せたんですけど、昔のことは教えてもらえませんでしたね」

「何か隠している？」

「そういう感じもないわけじゃないですけど、はっきりとは……何なんですかね？」

「話を聴いているのは君なんだから、俺には判断できないよ」

　話しながら、先ほど多佳子が話を聴いた相手に会いに行く手もあるな、と思った。山梨には三嶋の娘夫婦が住んでいる。今は、父親との面会のために、山梨と東京を行ったり来たりしているかもしれないが……二人にじっくり話を聴く、そして問題の女性にも会いに行くのは、悪くない。

「三嶋の娘さん夫婦だけど、今どこにいるか分かるか？」

「聞けば分かりますけど」多佳子がスマートフォンを取り出した。

「ずっとこっちにいるわけじゃない？　三嶋に面会してるんじゃないか？」

「仕事もあるし、行ったり来たりみたいです」

　山梨で聞き込みをする計画を話した。多佳子はすぐに乗ってきた。

「あ、いいですね。効率よく話が聴けるんじゃないですか」

「何だったら、早速明日にでも行ってみようと思う」

「じゃあ、私もつき合います。二人一組で行った方がいいですよね」多佳子はいきなり前向きだった。

「いいのか？　土曜が潰れるぞ」あるいは日曜も。

「仕事でも、たまに東京を離れると気分転換になるじゃないですか」多佳子は嬉しそうだった。実際、行き詰まりを感じているのかもしれない。

「そりゃそうだ……じゃあ、俺は課長を説得するから、君は山梨で会うべき人に会えるように、調整してくれ。ただ、高校生の方はどうかな……いきなり訪ねる方が効果的だと思うけど、明日の予定なんか分からないよな」

「授業の後は部活だと思いますよ」

「もうそこまで聞き出したのか？」岩倉は目を見開いた。初めて話す相手から、そこまで情報を引き出したとしたら、多佳子の腕はかなりのものである。

さて……この出張の話を持ち出したら、末永はまた不審そうな表情を浮かべるだろう。俺の判断力が鈍っていると心配するかもしれない。

しかし、疑問に思ったらすぐに動くべきなのだ。そして多くの事件は、きちんと犯人が起訴されて終わるまで、様々な謎を内包している。起訴されて警察の手を離れても、なお謎が残っていることも珍しくない。もちろん、本筋の容疑に関してしっかり証拠が固まって起訴されれば問題はないし、岩倉は昔から「百パーセント穴が埋まる事件はない」という考えの持ち主なのだが、それでも常に、穴を埋める努力を怠ってはならない。ごく小さいものと思われた穴が、実際には全体を崩してしまうほどの大穴だったりすることもあるのだから。

3

翌日、二人は朝八時に立川中央署に集合することにした。

七時前に目を覚ました岩倉は、バナナと野菜ジュース、コーヒーで簡単な食事を摂った。署までは歩いて十五分ほど。早めに行こうかと家を出た瞬間、スマートフォンが鳴る。実里。一瞬迷ったが、そのまま歩きながら話すことにする。

「ガンさん、ごめん。寝てた？」実里が申し訳なさそうに言った。

「いや、起きてたよ」

「明日のことなんだけどね」実里は明日の日曜、立川に来ると言っていた。また息抜きということだろう。

「ああ」

「ごめん、たぶん行けない」実里の声は暗かった。

「何かあったのか？」岩倉は思わずスマートフォンをきつく握りしめた。予定が狂うと、トラブルが起きたのではと心配になってしまうのは警察官だからかもしれない。

「母が、退院するって言い出してるの」

「退院って……急に？」足の骨折で入院しているのだから、しばらくは動けないはずだ。骨折が癒えても、今度はリハビリ専門の病院に行かねばならないだろう。「退院の許可が出ないだろう」

「病院が、OK出しちゃったのよ。主治医の先生が、どんどん動いた方がいいって言って……ずっと入院してると、体が固まって治りが遅くなるって」

「でも、ある程度治ってからリハビリ専門の病院に転院するっていう話じゃなかったか？　リハビリは、専門家の指導がないと大変だろう」

「母も歳取って、わがままになってきてるのよ。そもそも家が大好きな人だから、病院の生活には耐えられないと思ってたけど……今日もう一度、病院に行って話し合うけど、たぶん押し切られるわ。そうなると、明日は退院の準備をしなくちゃいけなくなる」

「分かった」実里に会えないのは侘《わび》しい限りだが、これは仕方がない。「実は俺、今日、山梨に出張なんだ」

「泊まり？」

「日帰りのつもりだけど、長引いたら泊まるかもしれない。だから俺の方から、明日は会えないっていう話をすることになるかもしれないと思ってた」

「そうなんだ……じゃあ、いずれにしてもしょうがないわね」実里が少しほっとした口調で言った。

「今週はお互いに忙しいということで……でも君の方、大丈夫か？　ストレスかかってないか」

「今のところは大丈夫」

「いくら母親でも、二十四時間世話をするなんて大変だぞ。本当に、人を頼んだ方がいいんじゃないかな」

「それは、私には難しい……ガンさん、説得してくれる？」

「――かなりハードル高いな」今まで、実里の母親に会うという話は一度も出ていなかった。結婚しようと決めたわけではないし、挨拶する必要があるとも思えなかったからだが、今後は難しい状況に追いこまれるだろう。実里がこのまま介護を続けるようなことになれば、今までのように簡単には会えなくなる。しかし正式に母親に挨拶しておけば、二人で会う時間も取れるようになるのではないだろうか。要するに母親お墨つき、ということだ。「一度、お母さんに挨拶しておこうか？」

「それ、私も考えたんだけど……母親が知っていれば、二人で会っても問題ないでしょう？　でも、駄目かな……上手く行く要素がないもの」

「こんなオッサンを連れていったら、お母さん、激怒するかな」

「年齢は関係ないと思うけど。そもそもうちの父親は、母親より十五歳年上だったから」

「俺は君より二十歳年上だぜ」

「十五も二十も変わらないわよ」

実里が声を上げて笑った。最初に電話してきた時よりも、声は明るくなっている。それなら自分も、少しは役に立てたということだ。

「とにかく、誰を連れて行っても駄目だと思う。うちの母親、やたらとハードルが高いのよ」

「大事な娘には、この程度の男では釣り合わないと？」

「本人もプライド高いしね」そもそも実里の母親も元女優だ。自分が追いきれなかった夢を娘に託し、応援している――それは確かに、娘の交際相手や結婚相手に厳しい条件を出すようになるだろう。その中に自分は絶対に入らない、と考えると情けなくなった。

つまらない公務員、しかも定年も見えている……。

「とにかく今晩、電話するよ」

「もしも二人とも上手くいったら、明日は会えるといいね」

「ああ」そう言われると胸が騒ぐ。実里と話していると、高校生の頃の感覚が蘇ってくるのだった。


「ガンさん、何かいいことでもあったんですか」

「え？」

「ご機嫌じゃないですか。鼻歌歌ってるなんて、珍しいですよね」

「揶揄《からか》うなよ。俺が鼻歌なんか歌うわけないだろう」岩倉は否定した。だいたい、カラオケも嫌いで避けているのに。しかし今は、鼻歌を歌ってもおかしくない。朝方実里と話したから機嫌がいいのだ——そんな理由は多佳子には言えない。

「いやいや、歌ってましたよ」多佳子も譲らない。「私は知らない歌ですけど……ガンさんの年齢だと、八〇年代のシティポップとかですか？」

「何だよ、それ」

「今流行ってるみたいです。昔の曲って、今の曲よりメロディアスで抑揚があっていいって」

「俺は若い頃も、音楽に興味がなかったんだよなあ」

「高校生の頃とか、どうしてたんですか？　その頃って、大抵音楽にハマるじゃないですか」

「それが、何していたのか、自分でも覚えてないんだよ」

「ガンさん、自分のことになると分からないんですか？」

「そうなんだよ。でも、そういう人って多いんじゃないかな……しかし、土曜のこの時間に中央道が空いてるって、珍しいよな」

「そうですね」

「高速が混んでなければ、それだけで人生満足だ」

「ガンさん、幸福度のハードルが低いんじゃないですか」

「まあな」

百キロを保ってただ運転する——前を塞ぐ遅い車がいないだけで幸せを感じるというのは、確かにどうかと思う。しかし実際にそれだけで、今日の仕事が上手くいきそうな予感までしてくるのだった。

まず、真一の自宅へ向かう。JR甲府駅より一つ東京寄りの、金手《かねんて》駅のすぐ近くだった。今日行くことは多佳子が予告していたが、敢えて時刻は言わないようにさせていた。できれば真一に会う前に、近所の人に聞き込みをして、一家の様子を知っておきたかったのだ。

駅の近くにあるコインパーキングに車を停めて歩き出す。その途端、ふと思い出した。

「この道路、有名なところだな」

「そうなんですか？」歩きながら多佳子が振り返る。「確か城東通りっていうんだけど……昔の甲州街道なんだ」

「ああ、甲州街道は有名……」

「違う、違う」岩倉は首を横に振った。「クランク状に曲がってるだろう？　街の真ん中を走るメーンの道路で、こういう構造はあまりないはずだ」

「ああ、確かに……そうですね」多佳子も興味を惹かれたようだ。「車は通りにくいですよね。もしかしたら、事故防止でスピードを落とさせるためですか？」

「敵の攻撃を防ぐためだ」

「それって、戦国時代的な話ですか？」

「そう。城下に入ってきた敵から、甲府城を見えにくくするためなんだ。目標物が見えにくければ、攻める方はやりにくくなる。この道路は、その頃の名残りってことだよ」

「ガンさん、歴史マニアでもあるんですか？」

「違う、違う。たまたま何かで読んだのを覚えてたんだ。ここだったんだな……」

　これこそ役に立たない豆知識で、多佳子は呆れている。とはいえ岩倉は、長い間知識としてしか知らなかったことを実際に見られて満足だった。

　駅から徒歩五分ほどのところに、真一の実家の酒屋を見つけた。既に店は開店していたが、スルーして予定通り近所の聞き込みを始める。しかし店からは少し離れた場所を選んだ。すぐ隣で聞き込みをしていたら、真一たちに気づかれてしまう恐れがある。別に家族を疑っているわけではないが、自分たちに話を聴きに来るという警察官が、近所であれこれ聞き回っていたら、何事かと疑念を抱くだろう。

二人一緒でなく、手分けしての聞き込みにした。特に「これを知りたい」ということは決めずに、質問はフリー。多佳子なら、雑談の中で何か情報を引き出してくれるかもしれない。戸澤には期待できないことなのだが。一年のキャリアの違いというより、完全に素養の問題だと思う。

岩倉は、壁にヒビが入るほど年季の入った食堂に目をつけた。こういう食堂や床屋は、地元の人たちが長年通う「サロン」のようになっていることがある。まだ午前九時半なのでのれんは出ていないが、ドアは少し開いていて、包丁で何かを刻む音がリズミカルに聞こえてきた。岩倉はドアを引き、「すみません」と声をかけて中に入った。

誰もいない……しかしすぐに、厨房の方から男が出て来た。この店並みに年季の入った店主かと思っていたら、意外に若い。どう見ても四十代だった。

「すみません、十一時からなんですが」腰が低い――というか弱気な感じで、店を開けていないことを大変な罪だとでも思っているようだった。

「いえ、食事じゃないんです」岩倉はバッジを示した。「警察です。東京から来ました。警視庁立川中央署の岩倉と言います。お忙しいところ申し訳ないんですが、ちょっとお時間いただけますか？　東京で起きた事件の捜査なんです」

「もしかしたら、三嶋さんの件ですか？」

「そうなんです」さすがにこちらでも話題になっているようだ。

「いやあ、びっくりしましたよね」

男が頭に巻いたタオルを取り、頭を下げた。顔は若いが、白髪が目立つ——というより、短くした髪はほとんど白くなっていた。それなのに顔は若いから、妙にバランスが崩れている。

「今、仕込み中なんで、そんなに時間は取れませんけど……」

「手短かに済ませます」それは、向こうが何を喋ってくれるかによるのだが。

店主は牧内《まきうち》と名乗った。雑談から入ろうと身の上を聞くと、この食堂の三代目だという。初代——祖父は戦前に店を始めて、建物は一度建て替えたものの、ずっと同じ場所で商売をしている。牧内自身は、高校を卒業してしばらく甲府市内の会社で働いていたのだが、父親に懇願されて、十年ほど前に店に入ったのだという。現在、四十五歳。父親は二年ほど前に引退して、今は悠々自適だそうだ。

「三嶋さんのこと、こちらでもだいぶ話題になってたんですか？」

「ええ。まさか近所の人が事件を起こすなんて……」

「三嶋さんをご存じだったんですか？」

「三嶋さんも一時、ここに住まわれてましたからね」

真一が実家の商売を継ぐために帰って来た時、三嶋も一緒について来た……思えば不思議な話だ。真一の両親と同居、という形だったのだろうか。

「一家揃って、立川から引っ越してきたんですね？」

「そうだと思いますよ」

「三嶋さんと面識はありましたか？」

「毎日みたいに顔を合わせてました」

「毎日？」

「いつも夕方になると、酒を一杯だけ呑んでいって」牧内がタオルで顔を拭った。「自分の家で酒を売ってるんだから、家で呑めばいいじゃないかってからかったら、外で呑むのがいいんだって言ってました」

「一杯だけ？」

「一杯だけ」牧内がうなずく。「だから、ここにいるのも十分か二十分ぐらいでしたね。角打ちの店ぐらいに思ってたんじゃないかな。真一さんの店でも角打ちをやってるんだけど」

「八十代も後半になって知らない街に引っ越してきたんだから、寂しかったのかもしれませんよ」

「そうかもしれませんね。よく『家族のためだから』って言って、何か我慢しているみたいな感じだったから」

「自分は希望していなかったけど、仕方なくここへ来た、みたいな？」

「だと思います」牧内がタオルを左手首に巻きつけた。

「東京への未練があった感じでしょうか」

「そうですね。東京の話をすると喜んでたから……俺、一時東京に住んでたんですよ。三鷹に」

「仕事ですか？」

「勤め人だった頃です。東京支社が三鷹にあって、二年ぐらいいました。住みやすいところですよね」

「そうですね」

「でも三嶋さんは『立川の方がずっといいから』って、いつも自慢してました。何しろ多摩地区の中心地で賑やかだぞ、三鷹なんか中途半端な都会じゃないかって——そう言われるとむかついて、こっちも本気で反論しました。楽しかったですけどね」

「三嶋さん、いつまでこちらにいたんですか？」

「俺が最後に会ったのは……」牧内が指を折った。それでも分からないようで、スマートフォンを取り出す。「ああ——二月ですね。大雪が降った日に、いつもと同じように夕方に来られたんですよね。雪に慣れてないと危ないよって言ったんですけど、長靴履いてるし、平気だからって。心配だから家まで送って行きましたけどね……その日は珍しく二杯呑んだから、足元がちょっと危なくて」

「わざわざ雪が降る日に来て、二杯呑んでいったということは——」

「別れの挨拶だったかもしれません。後から考えると、ですけどね。ちょっとでも気づいていれば、もう少しやれることがあったんだけどなあ」

「東京で何か——何かやろうとしているとか、そういう話を聞いたことはありますか？」

「事件とか？　そんなの、ないですよ」牧内の顔が少し青褪める。「そんな深刻な話をしたこともないし。こっちにすればお客さん——一応、常連さんですからね」

「そうですか……どんな人だと思いました？」

「普通のおじいちゃんですよ。昔、電気屋をやっていたそうで、その頃の話をよくしてました。昭和四十年代は儲かってしょうがなかったって言ってました。カラーテレビ、洗濯機、電子レンジ……どこの家でも、新しい家電を買い揃えた時期なんですね。でも、大型量販店が増えて、小売りは段々厳しくなったそうです。奥さんが亡くなってからは、店を続けていく元気がなくなって、真一さんに店を任せたけど、申し訳なかったって言ってました」

　ここまでの話を聞くと、昭和から平成にかけて、精一杯生きてきた市井の人の姿が浮かび上がる。人を殺すような人間には——いや、大抵の殺人犯を、周囲の人は「そんなことをする人には見えなかった」と評する。しかし岩倉は、やはりこの質問をぶつけざるを得なかった。

「三嶋さんが人を殺したことは間違いありません。誰かに対する恨みを話したりとか、

そういうことはありませんでしたか？　恨みまでいかなくても愚痴とか

「いやあ……東京に帰りたいとは言ってたけど、それだけですね。人に対する不満とか悪口とかは聞いたことがないです」

「小村春吉さんという人の名前が出たことは？」

「小村さん？　そう、ですね……いや、聞いたことないかな」牧内が首を傾げる。「ちょっと記憶にないですね」

「三嶋さんが昔、逮捕されたことがあるのはご存じですか？」

「本当ですか」牧内が目を見開く。「逮捕って……普通のことじゃないですよね」

「六十年以上前の話です。起訴されなかったので、前科にもなっていません」

「じゃあ、大したことはなかったんですね」牧内が少しほっとした表情を浮かべる。

「当時、立川で米軍基地の拡張を巡って市民運動があって、その中で逮捕されたんです」

「そんなことが……全然知りませんでした。でも、人にわざわざ言うことじゃないですよね」

「ええ――すみません、お店の準備中に」岩倉は礼を言って名刺を渡した。「何か思い出したら、連絡していただけますか？」

「いいですけど……」恐る恐る名刺を受け取った牧内が言った。「本当に三嶋さんが人殺しなんかしたんですか？　信じられないな」

極めて典型的な反応だ。誰かが人を殺しても、周りの人は「信じられない」と言う。近くに床屋もあった。三嶋は床屋に通っていたかどうか……通っていれば何か話している可能性があったが、外から覗きこんでみると、客が一人いるので、話ができない──しかしすぐに散髪は終わったようで、客が立ち上がる。無駄話もせずに、ポケットから財布を取り出した。

客がドアを引いて出て行くのと入れ替わりに、岩倉は中に入った。さっと店内を見回す──待っている客はいない。

「いらっしゃい」愛想のいい店主は、岩倉と同年輩に見える男だった。「どうぞ」

「すみません、客じゃないんです」岩倉は謝罪してバッジを取り出し、見せた。「警察です。ちょっとお話、聞かせてもらっていいですか？」

「警察？」

「東京から来ました」

「あらら」店主が驚いたように目を見開き、頭を下げる。「どうぞ。そこ、座って下さい」

店主が指差したのは、待ち客用のソファ──というかベンチだった。昔の床屋には、こういうベンチがよくあった……クッションは置いてあるものの、ゆったり座って長時間待てるような場所ではない。しかし岩倉は、すぐに腰を下ろした。残された猶予は、次の客が来るまで——そして、週末というのは床屋は忙しいのではないだろうか。

岩倉は早速本題に入った。

「この近くに、三嶋輝政さんという方がお住まいだったと思いますけど」

「ああ、田宮《たみや》酒店の」店主はすぐに了解した。「おじいちゃんですよね」

「そうです」話の通りが早いのでほっとした。それと同時に、三嶋はそんなに頻繁に出歩いていたのだろうかと疑念を抱く。床屋に行くのは月に一回ぐらいとしても、定食屋には毎日顔を出していた。八十代後半にしては元気な感じである。

人を殺せるぐらいだし。

「こちらへはよく来ましたか?」

「いや、二、三回かな?」

店主が立ったまま答える。岩倉は座るように促したが、あっさり無視された。何かのゾーンに入ってしまったようである。

「三嶋さん、さすがにもう、そんなに頻繁に散髪が必要な感じじゃないから……髭を剃りに来ました」

「普通のお客さんとして」

「それもありますけど、友だちの父親——義理の父親ですから」

「三嶋真一さん? 友だちなんですか?」

「小学校から高校まで同級生だったんです。あいつは高校を卒業して東京で就職したけど、何十年ぶりかで帰って来たんで、何度か家に遊びに行きましたよ」

「三嶋さん——真一さんは、実家の仕事を継いだんですよね」

「そうです。お兄さんが急に亡くなって、親父さんも倒れてね……お袋さんに介護を任せるわけにもいかなかったから、仕事と介護と両方で」

何か違和感が……三嶋の存在のためだと気づく。真一が、両親のために故郷に戻って来るのは理解できる。妻や子どもと一緒に、というのも不自然ではない。しかし義理の父である三嶋まで一緒というのはどういうことだろう。いかにも揉めそうな感じがするが。

「三嶋さんは、真一さんの実家で同居されていたんですか？」

「ええ」

「そうですか……」やはり納得できない。

「何か変ですか？」店主が居心地悪そうに体をゆすって、マスクを直した。

「いや、娘婿の実家で同居というのはあまり聞かないな、と思いまして」

「家族のためだって言ってましたよ」

先ほどと同じ話だ。一体何が「家族のため」なのだろう。岩倉は素直に疑問を口にしてみた。

「どういう意味で家族のため、なんでしょうか」

「どうかな」店主が首を捻る。「酒を呑んでいる時にしみじみ言ってましたけど……家族のために、慣れ親しんだ街を離れたっていうことかなって思ってました」

「むしろ負担になる、とは考えなかったんですかね。三嶋さんも八十六歳で、無理はできない年齢ですよ。家族の世話が必要なんじゃないですか」

「一人で東京に残っている方が、家族は心配でしょう。さすがに一人暮らしは無理じゃないかな」

「施設に入るとか」小村のように。

「いや、それも難しいんじゃないかな」店主が渋い表情を浮かべる。「金があるわけじゃない……と思いますよ」

「そんなこと、分かりますか?」

「まあ、何となくね。真一、東京で電気店をやってたんでしょう?」

「ええ」

「今どき、街の電気店は大変じゃないですか。大型量販店に客を取られて、お年寄りの家の電化製品を修理するぐらいしか、やることがない。それに酒屋もね……酒屋って、コンビニに衣替えした店が多いじゃないですか。そういう店はいいけど、昔ながらの酒屋専門で続けているところはきついですよね。まあ、田舎はどんな商売をしててもきついけど」店主がさっと店内を見回した。もう何十年も什器などの入れ替えを行なっておらず、徹底した掃除で何とか清潔さを維持している感じ……人口流出で、経済が回らなくなるということは確かにあるだろう。その「経済」には、街の床屋や酒屋のような店も含まれるわけだ。

「そうかもしれませんね」

「同居するのが一番金がかからない――もちろん、三嶋の親父さんも大変だったと思うけど。八十六歳になって、いきなり娘婿の実家で向こうの家族と同居っていうのは大変ですよね。気を遣うなんてもんじゃないでしょう」

そういう状況はなかなかないと思うが、気づまりになる状況が多いのは容易に想像できる。三嶋が東京へ戻ったのは、やはり疲れ切ってしまったからか？

「ご家族も大変だったでしょうね」

「まあ、真一も疲れてたし、奥さんもね……慣れない商売だし、特に奥さんは田舎暮らしは初めてだったと思うから、馴染むのが大変だったでしょうね。娘さんも」

「娘さん、中学生でしたよね？」

「そう。こっちの中学校に入学したんだけど、希望の部活ができなかったらしくて、元気なかったですね」

「スポーツは何ですか？」

「硬式テニス。小学生の頃から習っていて、中学で部活をやろうって張り切ってたそうだけど、こっちの中学校には軟式しかない……硬式とは全然違うみたいですよ」

「なるほど。それは結構、ストレスが溜まりそうですね」

「何だか、見てて可哀想でね……友だちもできないみたいだし。俺、真一に言ったんですよ。自分の両親を東京へ呼び寄せて、向こうで暮らす手もあったんじゃないかって」

「真一さんは何と？」

「結局それも金がかかると——誘いはしたらしいんですよね。でも、三嶋さんの家で同居はできないと……そんなに広い家でもなかったようですし」

「それで三嶋さんが家族のために我慢を——でも、結局東京へ戻りましたよね」

「ストレスにはなるって言ってましたよ。三嶋さん、若い頃は全国を転々として仕事をしていたそうですけど、結局立川に長く住んでたでしょう？　やっぱり故郷を離れるのはきつかったんじゃないかな。八十六歳で、知り合いもいない街でまったく新しい暮らしを始めるのは、俺だったら絶対無理ですよ」

「あなたの目から見て、三嶋さんはどんな人でしたか？」

「元気な人でしたよ。ちょっと耳は遠くなってたけど、それはあの年齢だとしょうがないですよね。毎日、近くの定食屋で酒を一杯だけ吞むのが楽しみだって言ってました」

「今回の事件のことは？」

「そりゃあ、びっくりですよ」店主がマスクをかけ直した。「人殺しなんて……それも、九十歳近い人が人殺しなんて、三嶋さんじゃなくても驚きますよね」

「ご家族はどんな様子ですか？」

「大ショックで、かける言葉もないですよ。一度だけ『大丈夫か』って聞いたけど、返事もなかったぐらいですから。娘さんも、しばらく学校を休んだそうです」

「行きにくかったんでしょうね」

「何があったかは分からないけど、この辺の人たちは距離が近いというか……話したくないようなことも、ずけずけ話題にしますからね。何か言われたかもしれないし、言われたくないから学校へ行かなくなったのかもしれないし」

娘の扱いは難しそうだ。事件にはまったく関係ないから、家族が事情聴取を受けているところも見せたくない。何が原因でショックを受けるか分からないから、細心の注意を払う必要がある。しかし今日は土曜日で、学校は休み……何とか上手く、自分たちから距離を置いてもらわないと。

「しかし、三嶋さんが人殺しって……」店主が声をひそめる。「本当なんですか？」

「本人が出頭してきて、証拠も揃っています」分からないのは動機だけだ。

「信じられないな。まあ、知り合いが人を殺したって言われても、簡単には信じられないですけどね」

「分かります」岩倉はうなずいた。そのタイミングで、ドアのところにぶら下がったベルが鳴る。

「すみません、お客さんなんで」店主がさっと頭を下げた。

「失礼しました」岩倉も一礼して、急いで立ち上がった。入って来た客にも頭を下げ、店を出て行く。

この店主は、自分が来たことをすぐに客に喋るだろう。「東京から刑事が来てさ……」

当然噂はあっという間に広まってしまい。三嶋一家はまた好奇の目で見られる。「内密に」と言い忘れたのが悔やまれたが、もう遅い。客はさっさと椅子に座ってしまい、カットの準備が始まっている。外から見ただけで、店主が早口でまくしたてていることが分かった。

床屋は情報の溜まる場所——自分がそこにさらに情報を投下してしまったことを岩倉は悔いた。

4

約束の時間に、田宮酒店の前で多佳子と落ち合う。いかにも長年、地元に根を下ろして商売してきたような店……建物自体も相当年季が入っており、店の周囲を一回りしたら、修復が必要な個所がいくつも見つかりそうだ。

店の前には清涼飲料水の自動販売機が二台。大きな窓にはビールのポスター。右側の一角はシャッターが閉じている——ここが角打ちなのかもしれない。さすがに昼前は閉まっているのだろうが。

「角打ちがあるっていう話でしたよね」多佳子がシャッターの方を見ながら嬉しそうに言った。「ガンさん、角打ちって行ったことあります？」

「ない……かな？」その辺のことは記憶が定かではない。事件のことは覚えているのに、自分のことになるとさっぱりなのだ。

「一回行ってみたいんですけど、チャンスがないんですよね。立川にはないみたいで」

「帰りに一杯引っかけてるところを同僚に見られると、結構気まずいんじゃないかな」

「あ、全然気にならないです」平然とした口調で多佳子が言った。

「まあ、好みの問題かな……」多佳子はそんなに酒呑みだっただろうか？　コロナ禍の三年、同僚と呑みに行く機会が一気に減ったせいで、若い刑事たちの酒癖がまったく分からない。この数年の「異常事態」は、これから警察にも様々な影響を及ぼすかもしれない。

「それで、他の聞き込みはどうだった？　三嶋は、結構出歩いてたみたいだけど」

「そうですね」多佳子がうなずく。「八十六歳にしては元気だったみたいです。孫の英《え》玲《れ》奈《な》さんと、よく喫茶店に行っていたそうです」

「英玲奈さんは、こっちの中学に硬式テニス部がなかったせいで、部活に入らずに時間を持て余していたみたいだ。落ちこんでもいたらしい」

「でも、三嶋と一緒の時は元気だったみたいですよ。三嶋が、とにかく食べさせようとして、英玲奈さんが『太るから嫌だ』って抵抗する——そんなことを毎回繰り返していたようです。それで帰りには、英玲奈さんが三嶋と腕を組んで帰る」

「支えてたのかもしれないな」仲のいい家族の姿が浮かび上がる。

「英玲奈さん、運動をしていたせいかもしれないけど、結構大柄みたいです。三嶋も、年齢的に脚が悪くてもおかしくはないですよね」

「確かに」

仲がいい一家だったのだ。「家族のため」という言葉が頭の中でぐるぐる回っている。あれは、本当はどういう意味なのだろう。

「連絡は入れてくれたか？」

「はい。十分前に」

事情聴取を行う時、事前にアポを取るかどうかは難しいところだ。いきなり訪ねて話を聴く方が、向こうは心の準備ができないというメリットがある。ただし不在の場合もあるので、空振りしないためには事前のアポ取りは必須だ。そして三嶋家の場合、加害者の家族とは言っても、隠すことがあるとは思えない――犯行時、三嶋と家族は離れて暮らしていたのだから――ので、今回は前日にきちんとアポを取っていた。そして今日、訪問する十分前になって改めて通告。その役目は、三嶋家から事情を聴いた多佳子に任せた。

「どんな感じだった？」

「さすがに緊張してました」

「そりゃそうだな。なるべく気楽な調子で行こう。何か出てくるとは期待しないで」

「ガンさん、三嶋さん一家にはずいぶん気を遣ってませんか？　もしかしたら支援課を気にしているとか？」

「この前、柿谷晶が来てただろう？　ああいうタイプはどうも苦手なんだ」

「私もです」多佳子が肩をすくめる。「事情聴取を始める前に、徹底して指導を受けましたから。注意事項が十個ぐらいあったかな」

「肝心の仕事の前にそんなこと言われても、困るよな」まるでこちらの仕事を妨害しているようではないか。

「向こうには向こうの仕事があると思うんですけど……こっちはちゃんとやってるのに、そんなに心配されるようなことなんですかね」

「でも、終わってから指導は受けなかっただろう？」

「それはなかったです」

「だったら君は合格なんだよ。何も心配することはない」

「そうですかねえ」多佳子が溜息をついたが、すぐに気を取り直したように言った。

「行きますか？」

「ああ」

今日は岩倉が話すつもりでいた。前回、立川中央署で話を聴いた時は、多佳子が一人で担当して、途中から入った岩倉は口を挟まなかった。二度目の事情聴取を別の人間が担当すれば、違う情報が出てくることもある。これはどちらが優秀ということではなく、環境の変化によるものだ。相手が変われば話の内容も変わる。

二人は店に入った。しんとしている……客はいない。そう言えば、自分が酒屋で最後に買い物をしたのはいつだっただろう、と岩倉は不思議に思った。今は、酒はコンビニでも手に入る。そうなるとやはり、手軽で店の数も多いコンビニを選んでしまう。交差点ごとにあるようなものだし。

「ごめん下さい」声をかけると、店の奥の方から「はい」と男性の声で返事があった。真一か……真一はすぐに出て来て、さっと頭を下げた。

「その節はありがとうございました」多佳子が丁寧に挨拶すると、その場の雰囲気が和んだ。たまにこういう人がいる——挨拶しただけで相手の緊張を解してしまう。多佳子はまさにそういうタイプのようだった。自分には決してできないことで、その辺は素直に羨ましいと思う。

「いえいえ」真一が軽い調子で応じたが、こちらはとても愛想がいいとは言えない。家族を襲ったショックは、まだまったく消えていないようだった。

「先日ご挨拶だけさせていただきました、岩倉です」

「どうも」

「ちょっとお時間いただきますが、どうしましょうか？　座ってお話ししたいんですが」岩倉としては、家に上がりこみたいところだった。そうすることで、相手は何となく「弱みを握られた」感覚を抱く。警察官に家の中にまで入られたら隠し事はできない——とまで考える人もいるようだ。

「そちらでよろしいですか」真一が、店の暗い一角を指差した。シャッターが閉まっている——角打ちのところらしい。「そちらには椅子もありますので」

「構いません」

真一が、角打ちのスペースの照明を点けた。さすがにシャッターを開けるわけにはいかないのだろう。土曜の昼間から呑みたい客が寄ってきたら、こちらも困る。

「何か飲みますか？」真一が、冷たい飲み物が入ったガラスケースの前に立って、引き戸に手をかける。今日も初夏を思わせる陽気で喉が渇いていたが、遠慮した。

三人は、傷だらけのテーブルを挟んで座った。椅子はがたついて座り心地は最悪だったが、こんなことで文句を言っている場合ではない。

「その後、いかがですか」岩倉は切り出した。「色々大変だったかと思いますが」

「想像していたよりも大変でした」真一が早々に溜息をついた。「田舎だと、噂が回るのも早いですね。近所の人は普通に接してくれてるんですけど、商売が……」

「お客さん、減りました？」

「大口がね。今、酒屋の生命線は飲食店なんですよ。そういうところへ定期的に配達して何とか、という感じですから」

「この辺に、そんなに呑み屋がありますか？」

「少ないですね。やっぱり甲府の方に……だからうちなんかは、馴染みの店と何とかつき合いを続けていくしかないんです。でも事件の後で、急に注文が入らなくなりましたからね」

「やはり事件の関係で?」ふざけた話だが、こういうことはよくある。

「そうなんでしょうね。はっきり言う人もいませんけど……干上がりそうですよ」また溜息。そう言えば、先日会った時と比べても、真一は老けたようだった。力仕事をしているせいか、小柄だが体にはみっちり筋肉がついていたのに、早くも少し痩せたようでもある。

「お義父さんの、東京での暮らしぶりを知りたいんです。戻った後、近所の人ともあまりつき合いがなかったそうですね」

「ええ」

「でも、普通に生活はしていた。まだ車の運転もしていたんですよね」

「一人暮らしだし、いい加減運転はやめて免許を返納するように言ったんですけど、車がないと何もできないって……あの家、駅からも結構離れてるでしょう? 確かに車がないと不便なんです。毎回タクシーを使うわけにもいかないですしね。買い物や病院なんかで、外出することは結構多いんですよ」

「基本的に元気だったんですよね」

「耳が遠いぐらいです。血圧は少し高めだったけど、それはあの歳だとしょうがないですよね」

「それでも、一人暮らしは大変だったんじゃないですか」

「何でも自分でやる人でしたけどね……あの年齢の男性にしては珍しく、料理も自分で作るし」

「そうなんですか？」

「若い頃、全国を転々としていたでしょう？ まだコンビニもファミレスもない時代だから、自炊しないと飯も食えなかったって言ってましたよ。だから食事については心配してなかったけど……火の心配はありましたけどね」

「それでも、東京で暮らすことを選んだんですね」

「やっぱりここが合わなかったんでしょうね」真一がまた溜息をついた。短い間に三回目。「俺も何十年ぶりかで戻ってきて、愕然としましたから。昔はもっと活気があったんですけど、今は死んだような街ですよ。いくら義父《ちち》があんな年齢でも、こういう雰囲気には我慢できなかったんじゃないかな。東京の人ですからね」

「この家に籠りきりで？」

「いや、結構出歩いてました」真一が苦笑する。「足腰は元気ですからね。散歩がてらに、近くの定食屋で酒を一杯引っかけてきたり」

この辺の話は、先ほど近所で聴いた通りだ。岩倉はさらに質問を続けた。

「やはり、人恋しかったんですかね」

「いやあ、暇を持て余していたから……暇潰しでしょう」

「東京では、そこまで暇じゃなかったんですか？」

「たまに店に出てましたからね。昔からの馴染みのお客さんが来ると応対したり、車で配達に行くこともありました」

「元気だったんですね」

「歳相応の部分もあったけど、動いている方が元気でいられるかなって……さすがに車はやめてくれって言ったんですけど、聞かなかったですね。でも、義母《はは》が亡くなった後に一気に元気をなくしたのを見ていたので……少しでも元気になってくれればと思ったんです」

「立川からこちらへ引っ越したのは、いきなりだったんですね」岩倉は一歩踏みこんだ。この辺の事情は、三嶋関係の聞き込みをする中で分かっていたことである。長く同じ場所に住み、きちんと近所づき合いもあったのに、まったく突然の引っ越しだった——近所の人は、引っ越し用のトラックが店の前に横づけされて、初めて事情を知ったという。

「急な話だったんです」

「大変じゃなかったですか？」

「まあ……家族の問題はいつでも急にくるんじゃないですかね」

「三嶋さんをこちらに一緒に連れてくることには、問題なかったんですか？　今まで聴いた限りでは、元気で一人暮らしもできそうな感じですけど……実際、後で立川に戻っているんだし」

「とは言っても、心配は心配ですよ。やっぱり年齢がね……それに、こっちにくれば車に乗ることもなくなるかなって」

高齢者の免許返納は、大きな問題になっている。歳を取っても、車を運転することで「自分はまだ若い」と感じることもできるだろうし、実際に、車がないと普段の生活にも困るような場所に住んでいる人もいる。しかし認知機能は確実に衰えてくるし、体の動きも鈍くなるのは自然なことで、家族として心配になるのは当然だろう。引っ越しは、車から遠ざけるためのいい言い訳だったのか？

「それでも、結局立川に戻りましたよね？　何があったんですか？」

「いや、何もなかったから……ここでの暮らしは暇で侘しかったんでしょう。最初から、立川に戻りたいと言ってました。こちらとしても、止める理由はなかったです」

「奥さんは何とおっしゃっていたんですか？　一緒に立川に戻るとか、そういうことは？」

「いや、義父は『家族に迷惑はかけられない』と言ってました」

実の娘に「迷惑」――これもおかしな話ではあるまい。歳を取ると自分の殻に閉じこもって頑なになる人もいるだろうが、逆にこれまで支えてくれた身内に対して感謝の気持ちを強く抱くようになってもおかしくない。三嶋は後者ということか……。

「色々大変だったんですね」安っぽい台詞だと意識しつつ、岩倉はつい言ってしまった。実際、大変だったのは間違いない――兄が亡くなり、実父も倒れ、家業を急に継ぐことになって、一家揃って住み慣れた街を後にする……。「あなたは、いつから東京に？」

「高校を出て、向こうで就職しました。だから、三十年近く東京暮らしだったんです」

「東京が地元という感じですか……向こうに知り合いもたくさんいるでしょう」

「でも、とにかく実家の方が大変で、急いでいたんです」

「ご家族は、賛成してくれたんですか？」

「それは……まあ、押し切りました。でも、失敗だったかもしれない」

「と言いますと？」急に躊躇したような態度が気になる。

「義父のことが……こっちへ来たり東京へ戻ったりという落ち着かない生活をしていたら、トラブルも起きますよね」

「はい」

「でも、被害者の小村さんのことは、あなたは全然知らなかったんですよね？」

「まったく突然の事件ということですか？」

「はい」真一が繰り返した。

そこで質問が途切れる。岩倉はちらりと多佳子を見たが、彼女も眉間に皺を作っていた。話は転がっているが、どうも急所を外している感じ……肝心の情報——三嶋と小村の関係について真一が知らないとなると、話はこれ以上進まない。

そこで岩倉は、誰かの視線に気づいた。店の奥の方から朗子がこちらを見ている。いつからあそこで話を聞いていたのだろう。岩倉は思い切って声をかけた。

「奥さん、よろしかったらこちらでお話を聴かせていただけませんか？」

朗子がさっと身を引き、店の奥——おそらく家の方に引っこむ。真一が慌てた様子で言い訳した。

「すみません、話は私が……女房はまだ動転していて、まともに話ができないんです」

「できるだけ気をつけて話します」支援課に文句を言われないためにも。「ご家族全員に話を伺うことが大事なんですが……」

「すみません、それは勘弁して下さい」

真一が深々と頭を下げた。ここまで言われると、今はこれ以上追及できなくなってしまう。代わりに英玲奈の話を持ち出した。

「お嬢さん――英玲奈さんは、こちらで上手くやっているんですか？」

「ああ……やっぱり、中学生は色々難しくて。中学で硬式テニス部に入ろうとしていたんですけど、こっちの中学にはなくて、落ちこんでいます。学校にもなかなか馴染めないようです」

「三嶋さんとは仲がよかったんですか？」

「まあ、義父は甘やかしてました」真一が苦笑する。「たった一人の孫だからしょうがなかったかもしれないけど、こっちへ来てからは二人でよく喫茶店に行ってましたよ。この辺には喫茶店が一軒しかないから、常連になってました」

「そうですか……娘さんは、今日は？」

「英玲奈からも話を聴くんですか？」真一の顔がさっと青褪める。

「できれば。お願いします」

「それは勘弁して下さい。英玲奈もショックを受けているんです。妻以上に……義父とは仲がよかったので」

「そうですか。でも、落ち着いたらぜひ話を聴かせて下さい。それで、今日は……」

「勘弁して下さい！」真一がほとんど怒鳴って繰り返した。

いったい何だ？　岩倉は唇を引き結んだ。家族を守りたい気持ちは理解できるが、彼の反応はあまりにも激しくないだろうか。事件からそれなりに時間も経っているのに。

岩倉はもう一度多佳子の顔を見てうなずいた。今日はこれぐらいが限界か……多佳子も素早くうなずき返す。

「お仕事中、大変失礼しました」岩倉は立ち上がって一礼した。「またお伺いするかもしれませんが、よろしくお願いします」

「はあ……でも、もう放っておいて欲しいというのが本音です。もちろん、犯人の家族ということで、ずっと白い目で見られるのは覚悟してますけど」

「容疑者の家族がそんな風に見られるのは、間違っています。何かお困りでしたら、いつでも相談して下さい。状況によっては、山梨県警と協力してお守りしますから」

そこまで言っておけば、こちらに恩を感じるはず——しかし真一はまったくの無表情だった。

次に会うべき相手、高校二年生の田坂真央《たさかまお》の自宅は甲府市の南の昭和町、ＪＲ常永《じょうえい》駅の近くにあった。ナビを頼りに覆面パトを走らせていると、途中で巨大なショッピングセンターの脇を通り過ぎる。土曜のせいか、買い物客の車で道路は渋滞していた。

「このショッピングセンター、日本全国どこにでもありますよね」多佳子が何となく嫌そうに言った。

「そうだな」

「うちの田舎にもあるんですけど……何か、見ると微妙な気持ちになるんです」

「君は田舎、どこだっけ？」

「栃木です。ショッピングセンターができたのは、小学校の高学年の時だったんですけど、最初は友だちは皆、入り浸ってたんですよ……でもそのうち、行く人と行かない人に分かれて」

「君は……行かないタイプじゃないか？」岩倉は指摘した。

「はい。映画館はあるし、お店を冷やかして、ご飯を食べて、カフェでダラダラして……一日時間を潰せるじゃないですか。そういうのが、急に怖くなったんです」

「怖い？」

「一生ここで過ごせるな、とか考えると、色々想像しちゃって。地元で就職して、同級生と結婚して、子どもは自分と同じ学校に通って、ショッピングセンターで時間を潰して——高校を卒業したぐらいで、人生が全部見えちゃいそうだったんです」

「それで東京へ出た、か」

「安定の公務員になったのは、冒険心がないからですけど、仕事は刺激的ですしね」

「しかし……この手の施設が増えて、買い物や娯楽が全国的に画一的になってくのは間違いないだろうな。アメリカの影響だろうけど」

「そうなんですか？」

「映画館を備えた巨大なショッピングセンターは、アメリカが先行してたと思うよ」

「ガンさん、そんなことまで詳しいんですね」

詳しいというか、実里からの受け売りだが。コロナ禍の最中に渡米している時、実里は郊外のショッピングセンターに行く機会があり、ゴーストタウンのような有様を見てゾッとしたというのだ。

「まあ……でも、俺たちが若い頃はこういうのさえなかったからな。地方の映画館とかボーリング場はどんどん潰れて、娯楽施設は少なくなる一方だった。だから東京へ出て来たっていうのもあるんだけど」

「そうですか……真央ちゃんの父親がこのショッピングセンターに関わっているっていうのも、ちょっとした偶然ですよね」

真央の父親は、このショッピングセンターの運営会社に勤めていて、「山梨南店」が開店するに当たって責任者に任じられたのだ。当時、まだ四十二歳。ずいぶん若いと思ったが、ショッピングセンターは各地に次々と誕生しているから、責任者もどんどん必要になるわけだ。若手が抜擢されるのも当然と言えよう。

「思い切ったよな。単身赴任でもいい感じなのに、一家揃って引っ越すんだから」

「しかも引っ越したの、真央ちゃんが小六の時なんですよね。一番多感な頃で、家族より友だちが大事になってくる時期だと思うんですけど」

「その辺は、聞いてみるしかないな……飯、どこにするんだっけ」

「喫茶店ですけど、いいですか？」

「構わないけど、何で喫茶店なんだ？」山梨に来たならほうとう、あるいは蕎麦かと思っていたのだが。

「検索して、たまたま見つけたんです。いい感じの喫茶店みたいですよ……次、右折でお願いします」

　二十台ぐらいが停められる駐車場、ドライブスルーもあるのはファストフード店風だが、中に入ると確かに「いい感じ」だった。入り口近くは、デザイン違いのソファなどを揃えたアンティークのカフェ風。奥は天井が高く、山小屋風になっている。天井には複雑に梁《はり》が巡らされ、インテリアはウッディな雰囲気だった。店が広いせいか、席は半分ほど空いていた。メニューは豊富……特にパニーニのサンドウィッチが充実している。

　岩倉は若い頃、喫茶店でランチを食べる時にはいつも困っていた。昔ながらの喫茶店のナポリタンやピラフ、カレーは好きだったが、バリエーションに乏しいし量も少ない。サンドウィッチなどは、腹の足しにもならないと思っていた。しかし最近は、パンもよく食べる。例によって実里の影響なのだが……アメリカ帰りの実里は、様々なサンドウィッチのレシピを仕入れてきた。そこで初めて、「サンドウィッチでも腹が一杯になる」と分かり、さらにパンそのものの美味さも知ることになった。甲府のカフェで、サンドウィッチにコーヒーのランチも面白いだろう。

岩倉はトマトとベーコンを挟んだパニーニのサンドウィッチ、多佳子はベーコンとサラダつきのパンケーキを頼んだ。

「さすがにそれじゃ、足りないんじゃないか？」

「でもここ、パンケーキの評判がいいんですよ。足りなければ、何か追加で食べてもいいですし」

「それをやって許される年齢なのが羨ましいよ」岩倉は最近、気を抜いて適当に食事をしていると、あっという間に体重が増えてしまう。それだけ代謝が悪くなっているのだろう。

岩倉のサンドウィッチは、写真で想像していたよりも小さかったが、今はもう、腹がはち切れるほど昼飯を食べる必要もない。中身は実里のサンドウィッチでもお馴染みのベーコン、レタス、トマト。ＢＬＴサンドウィッチのイタリアンバージョンだ。実里は薄めの食パンをカリカリに焼いて挟むのだが、分厚くもっちりしたパニーニも悪くない。こちらの方が、確実に腹に溜まりそうだ。

多佳子の頼んだパンケーキも、それだけで十分腹が膨れそうな量だった。たっぷりのサラダにベーコン、温玉。肝心のパンケーキもかなり大きい。

ランチ時なので次第に店は混んできて、二人は無言で、そして早く食べた。少し打ち合わせをしたかったが、それは車の中でにしよう。

「どうでした？」食べ終えた多佳子が紅茶を飲みながら訊ねる。

「いい店だ。近くにあったら毎日通いそうだな」

「ですよね……午後の時間に、外回りをサボって入りたいです」

「疲れた営業マンじゃないんだから――行くぞ。車の中で打ち合わせしよう」

「了解です」

二人は店の駐車場に停めた車に戻った。全部が埋まっているわけではないから、ここで少し話をしていても、注意はされないだろう。

「今の真一さんの事情聴取だけど、どう思った」

「不自然でした」多佳子が即答する。「何が不自然なのか分かりませんけど」

「俺もそう思った……奥さんの朗子さんに声をかけた時の反応、過敏過ぎなかったか？」

「あ、そういえば英玲奈ちゃんについて触れた時もすごい拒絶反応でしたね」

「事件に巻きこまれた家族だし、色々噂されてるかもしれないから、過敏になるのは分かる。でも、俺たちは警察だぜ？　誰かを不幸にしようとして仕事をしてるわけじゃない。それをまるで、自分たちが攻撃されているような態度だった。それとも俺、話し方がまずかったかな」

「普通だと思いますよ」

「支援課に文句を言われないレベルの？」

「ガンさん、支援課のこと、気にし過ぎじゃないですか？」多佳子が苦笑する。

「そんなこともないけどな」

いや、柿谷晶という人間のことは妙に気になっているのだが……いずれ彼女とは、どこかで衝突しそうな予感がする。

「あの過敏な反応、何か隠しているような感じがする」

「義父を庇《かば》っているとかですか？」

「うーん……庇う理由もないと思うんだけどな。本人が犯行を認めていて、そこに争う要因はないんだし。家族が深い事情を知っているとも思えない」

「ですよね。となるとやっぱり、事件のショックのせいで、警察にも関わり合いたくないということなんでしょうか」

「ああ……」岩倉は曖昧に返事をした。昔なら煙草に火を点けて、考えをまとめているところである。「動機に関係することかな」

「確かにそれは、まだ謎のままですけど……家族が動機について知っていますかね？殺された小村さんのことも知らなかったし」

「そこからして、嘘かもしれない」

「どうします？　もう一回突っこみますか？」

「いや、取り敢えず頭の片隅に入れておいてくれ。今のところ、嘘をついている証拠もないから。何かあったらまた話を聴く――そういう方針でいいんじゃないかな」

「そんなに呑気にしていて大丈夫ですかね」

「そこで無理をするのは、昔の警察だ。今はどんなに怪しくても、感覚だけで相手を追いこむことはしない。証拠第一だぜ」

「証拠ですか……家族が嘘をついてる証拠って何でしょうね」

「これまでの証言と矛盾する証拠が出てくれれば、嘘になるかもしれない」

「何だか、あちこちへ行っている感じで、落ち着かないですね」

それは岩倉も感じている。というか、自分の感覚で彼女を振り回してしまっているのだ。

しっかりしないと。若手に迷惑をかけてどうする？

5

未成年に事情聴取する場合、親の同意・同席は必須だ。この日は土曜日……高校は休みのはずだが、真央が在宅しているかどうかは分からない。いなければ帰るまで待つしかないのだが、その時間が無駄になる。

しかし今日の岩倉はついていた――と言うべきだろうか。真央は家にいて、すぐに会えたのだ。土曜日だが父親は不在——ショッピングセンターは週末が稼ぎ時だから、出勤なのかもしれない。家には母親と娘の二人きり、そこまでは良かった。しかし玄関に出て来た母親と話をすると、途端に難色を示される。幸運は永遠には続かない。

「警察に話を聴かれるようなことはないです」何も事情を話していないのに、いきなり拒絶反応。

「東京で、小村春吉さんが殺された事件はご存じですよね？　娘さんは、小学生の時に、小村さんの塾に通っていたと思います。小村さんと関係のある人には、できるだけ話を聴く方針なんです」

「でも、娘は高校生ですよ？　塾に行っていたのは小学生の時……そんな時期の話を聴いても、何も分からないと思います」

「話をさせていただかないと、何とも言えないと思います」岩倉は抵抗しつつ食い下がった。「ぜひ、話をさせて下さい。この事件の捜査はまだ終わっていないんです。娘さんは、塾の様子を知る貴重な人物なんです」

「でも、警察なんて……」

散々抵抗されたが、岩倉も粘った。しまいには「主人に確認してから」というところまで話を持っていく。

「どうぞ、ここで電話して下さい」玄関先に立ったまま岩倉は言った。家の中に引っこんで、電話するふりをしたまま何もせずに戻ってきたら、単なる時間の無駄だ。

「でも……」

「今、スマートフォン、お持ちですよね」エプロンのポケット部分が、ちょうどスマートフォンの形に膨らんでいる。「ご主人にもご迷惑をおかけしたくないですし、早く電話していただいた方が……」

「警察の人は強引なんですね」

「すみません」岩倉は頭を下げた。「重大な事件ですから」

結局真央の母親は、その場で電話をかけてくれた。途中で岩倉が電話を代わり、事情を説明する。幸い、それで父親は納得してくれた。

電話を切ると、母親は盛大な溜息をついた。

「ありがとうございます」岩倉は丁寧に言って頭を下げた。「車を用意してありますので、そちらでも……」

「冗談じゃないです」母親が顔を赤くした。「中で話して下さい」

これで事情聴取の場所は決まった。悪くない――いいことだ。相手は高校生である。自宅で、リラックスした状況で話をしたかった。

通されたリビングルームは広々としていた。巨大なソファが二脚、片隅には大型のノートパソコンが載ったデスク、さらに大型のテレビが置いてあるのに狭い感じがしないのだから、たぶん二十畳はあるだろう。都内の一戸建てで、これだけ広いリビングのある家を買ったらいくらになるか……しかも都内の家は、敷地を有効に生かすために、一階のスペースを上手く使って車庫にし、リビングルームは二階になっていることも多い。この家には二台が入る駐車場——今は一台しか停まっていない——がある上に、リビングルームは一階だ。

母親が真央を呼びに二階に行っている間、岩倉はこの家のことを母親に聞くべきかどうか、迷っていた。甲府で買ったのか借りたのか、あるいは社宅なのか。人は、自分の家のことを話したがるものだが、この母親が今、そういう話題に応じてくれるとは思えなかった。

やがて真央が出て来た。すらりと背が高く、ミニスカートから覗く足も長い。いかにも現代っ子という感じだが、不安の表情が浮かんでいる。岩倉は、多佳子に目配せした。ここは君に任せる——事前の打ち合わせで、状況に応じてどちらかが主体になって話を聴くことにしておいたのだが、ここは多佳子にやってもらった方がいいだろう。彼女の方が当たりが柔らかいし、同性で年齢も近いから、上手くできるはずだ。

岩倉と多佳子は同時に立ち上がり、一礼した。それが真央をさらに緊張させてしまったようだ。多佳子が柔らかい口調で「座って下さい」と告げる。真央は長いソファの片隅に、自分を押しこめるように座った。母親が真ん中——岩倉たちの正面に腰かけてしまう。やりにくいポジショニングになったが、わざわざ修正するのも不自然だ。岩倉は母親の反応に目を配りながら、メモを取ることにした。

「休みの日にごめんなさいね」多佳子が切り出す。「今日は、部活とかは？」

「あ」真央が間の抜けた声を上げた。「今日は休みです」

「勉強は大変？」

「それは……」

「進学塾に行ってます」

母親が割って入った。これは危険……気をつけないと、真央が一言も喋らないうちに話が終わってしまう。しかし多佳子は心得たもので、真央が話さざるを得ない方向に話を持って行った。

「立川にいる時、小村塾に通ってたでしょう？　小村さんがどんな人か知りたくて、色々な人に話を聞いているの。週に何回ぐらい、通ってた？」

「週に二回です」消え入りそうな声で真央が答える。

「個人授業みたいな感じで授業を受けてたのよね？　学校の授業とは違う感じで？」

「家庭教師みたいな？　そんな感じです」

岩倉は思い切った方法に出た。最初に母親に全部喋らせてしまえ——そうすれば彼女も満足するかもしれない。

「お母さんにお聞きしますけど、どうして普通の進学塾ではなくて、小村さんの個人塾だったんですか？　立川なら、塾もたくさんありますよね」立川の人口は十八万人を超える。多摩地区の中で、八王子や町田ほど人口は多くないものの、行政・経済の中心地なのは間違いない。ＪＲの駅前には大手予備校などが集まっているし、街中でも塾の看板などをよく見かける。環境がよく、子育てもしやすいはずだし、学校外の教育環境も整っているのだろう。

「家から近かったからです」

「しかも無料——小村さんはボランティアでやっていたんですよね？」

「それは関係ないです」母親がむっとした口調で言った。「小村先生は教え方が上手で、あそこで教わった子たちは、中学受験や高校受験でいい結果を出していたんです」

「なるほど……中学受験のためだったんですね」

「ええ。でも残念ながら、こっちへ引っ越すことになってしまいましたけど」

「何年前ですか」

「五年前……小学六年生の途中からです」

「じゃあ、ちょうど受験の準備をしていた時ですか。大変でしたね」

「主人の転勤がありましたから。家族揃って来ることにしたんです」

「それで、こちらの中学から高校へ、ですね」岩倉は真央に目を向けた。髪をいじっていた真央が、かすかにうなずく。まったく反応しない、というわけではないようだ。

そこから先は、多佳子が引き継いだ。穏やかな笑みを浮かべ、落ち着いた口調で話し出す。

「小村さんは、どんな先生でした？」

「おじいちゃん……ごめんなさい」

「実際、おじいちゃんだよね。教わってたのはいつからいつまで？」

「五年生になってから……六年生の一学期まで」

「二学期になって転校したんだ」

真央が無言でうなずく。反応がいいわけではないが、拒絶という感じでもない。時折、母親をちらりと見るのが気になった。母親の方も、会話を一言も聞き逃すまいとするように、緊張の表情を浮かべている。やはり母親を排除して話を聴きたい——しかしそのための作戦を思いつかない。

「小村先生の教え方は、どんな感じだったかな。生徒一人一人に対応して、家庭教師みたいにしてたんだよね」

「ちょっと不思議だった」

「不思議？」

「全員に別のことを教えていて……何であんなことができるのかなって」

「確かに、ちょっと変わった教え方だよね。厳しかった？」

「そういう感じでは……」

「小村先生は厳しいという評判でしたけど」母親が割って入った。「真央が厳しくされたことはなかったはずです。そうよね、真央」

真央がまた髪をいじりながら、無言でうなずく。それを見て、この娘は母親と上手くいっていないのでは、と岩倉は想像した。というより、娘の方が母親を苦手に思っている。年齢的な原因もあるかもしれないが、母親の干渉が激しいのではないだろうか。千夏がそうだった……岩倉の元妻は、主に学校のことに関して、千夏にあれこれ口出ししていた。千夏は頭のいい子だし、自分の感情をコントロールする術《すべ》を身につけていたから、大喧嘩になることはなかったが……ただし、別居してからのことは分からない。千夏が時々愚痴をこぼしていた——別居している娘にしては父親によく会ってくれていたと思うが、あれは小遣い稼ぎのためだけでなく、母親と二人きりの息が詰まった生活から逃げ出したかったのではないだろうか。

「真央さん、優秀だったんでしょう」多佳子が言った。「だから、厳しくされることはなかった。そういう感じ？」

「そんなこと、自分で言えないです」真央が少し不機嫌そうに言ったが、表情は暗くない。褒められて不機嫌になる人間もいないはずだ。

「小村さんと何かトラブルになったことはない？」

「トラブル……」真央が顔をしかめる。「別にないですけど」

「本当に？」

「ないです」

「ちょっと待って下さい」母親がじりじりした口調で言った。「娘が何かしたって言うんですか！」

「違います」多佳子が静かな口調で否定した。「小村さんに関わる状況を、全て把握しておきたいだけです」

母親が不満そうに多佳子を睨みつける。しかし多佳子はまったく動じない……思っていたよりも強靭なメンタルの持ち主のようだ。将来が楽しみではあるが、今は動きが止まってしまっている。真央はやはり、母親の顔を何度もちらちらと見ている。機嫌を伺っている——何か言って怒られるのを恐れている。この子はまだ、母親の支配下にあるようだ。やはり引き離して話を聞きたいが、うまい手が思い浮かばない。

「他の子は、何かトラブルを起こしていませんでしたか？　塾の中はどんな雰囲気でした？」

「静かでした。本当に勉強しにいくだけの感じで」

「小村さんは生徒の名簿を作っていて、その中に赤い『S』マークがついていた人がいました。あなたもそう。何か心当たりはありますか？」

真央がびくりと身を震わせる。何か引っかかったのか？　しかしすぐに肩を上下させると、小さく息を吐いて落ち着いた。

「何か、特別な生徒さんのことを記したんじゃないかと思ったんだけど……特に優秀な生徒さんとか」

「分からないです」

「他にも赤いSがついた人がいます。表には出さないで欲しいけど、あなたと同じぐらいの年齢で、同じ時期に通っていた人で、Sのマークつきの人の名前を何人か言います。

何か思い出したら教えて下さい。まず、田宮瑠璃《るり》さん」

言葉を切り、多佳子が真央の顔を凝視する。真央はうつむいたまま反応しない。しかし腿のところに置いた拳に力が入るのが分かった。

「では、山口《やまぐち》愛菜《まな》さん……倉持《くらもち》玲花《れいか》さんは？」

無反応。ただ、拳にひたすら力が入るだけ。まるで、持っているものを絶対に握り潰してやるとでもいうように。

「今名前を上げた三人は、全員あなたと同じ学校の同級生ですよね？　同時期に小村塾に通っていた。しかし、それだけが共通点とは思えない。他の学校の子にも『S』がついていた子がいます。私たちが持っている名簿では、どういう共通点があるか分からないんだけど、教えてもらえますか？」

「……分かりません」

「今言った中で、今も連絡を取り合っている人はいますか？」

「いえ」

次第に会話が途切れ途切れになってくる。多佳子とは一切顔を合わせようとしない。岩倉が座っている位置からは、苛ついた顔がかすかに見えているのだが、実際にはどうなのか分からない。最初から、不機嫌そうな表情を浮かべていたし。

「誰か、連絡できる人がいたら教えてもらおうと思ったんだけど……」

「もう、東京へは帰らないので」

「どういうこと？」

多佳子が言葉に詰まった。急に強い物言いをされたので、軽いショックを受けたようだ。岩倉はすぐに会話を引き取った。

「何か嫌なことでもあったのかな？」

「そうじゃないですけど……」

「小村さんと揉めたことは、本当になかった？」

「ないです！」

「あの」母親が遠慮がちに言った。「これぐらいにしてもらえませんか？　警察に話を聴かれることなんかないですから、この子、緊張しているんです」

多佳子がちらりと岩倉を見た。どうしますか？　もう少し粘る？　岩倉は素早く首を横に振った。

「では、これで失礼します」岩倉はまず母親に、続いて真央に向かって頭を下げた。

「あと、これ」多佳子が改めて名刺を取り出し、真央の前に置いた。名刺の上でさっと指を走らせる。「何かあったら、ね？」

この辺は打ち合わせにはなかったことだ。名刺を渡しても、高校生が刑事に連絡してくるとは思えなかったが。

家を辞して、近くに停めておいた覆面パトに向かう。車に乗りこむと、多佳子は「真央ちゃん、連絡してくれるといいんですけど」とぼそりと言った。

「高校生が、刑事の名刺を見て連絡してくるものかね――仮に何か思い出したとしても」

「あ、一応チャンスは広げておこうと思いまして」多佳子が自分の名刺を取り出して岩倉に渡した。やけにいろいろ印刷してある……通常の刑事の名刺は、名前と階級、所属先とそこの電話番号ぐらいしか書いていない。余計な情報漏れを防ぐためで、個人的な連絡先――携帯の番号やメールアドレスを教える場合は別途に、というのが暗黙のルールだ。しかし彼女の名刺には、携帯番号、メールアドレスだけではなく、様々な情報が記載されている。

「これは……インスタとツイッター？」

「そうです。連絡用にアカウントを作っただけですけど」

「そうか、今はＳＮＳの方が連絡が取りやすい人もいるんだろうな」

「メールでも面倒だっていう人はいます。特に若い人は、ＳＮＳのＤＭが普通の連絡方法ですよ。だから、課長に許可をもらってこういう名刺にしました」

「だけど、ＳＮＳをチェックするだけでも大変じゃないか？」岩倉は、パソコンが配備され始めた時期のことを思い出した。あれは三十歳になる前だったか……刑事個人個人にもノートパソコンが支給されたが、当時は街中のＷｉＦｉスポットも少なく、重いパソコンを持ち運ぶのが面倒だったので、結局はデスクに置きっ放し、という人も多かった。しかしメールの着信は気になる……外回りをしていても、昼は一度職場に戻ってメールを確認、ということも珍しくなかった。その後携帯電話、そしてスマートフォンが支給されて、外でも簡単にメールの確認ができるようになったのだが。

「ガンさん、ＳＮＳはやってないんですか？」

「やってない。興味ないんだ」岩倉は苦笑した。「それに、人生の途中から始まったものを取り入れるには、結構なエネルギーがいるんだ。君みたいに、物心ついた時からインターネットが普及していた世代には、何でもないことかもしれないけど」

「あ、でも、私もそんなに得意じゃないです。色々なサービス、どんどん出てくるじゃないですか。正直、ついていけないなって感じることも多いです。ＳＮＳだって、仕事でやってるだけで、個人的には興味ないですから」

「そうなんだ……」人それぞれということだろう。そう言えば実里もＳＮＳをやっているが、事務所から「宣伝でやってくれ」と言われたからだそうで、本人は面倒臭がっている。「そんなに毎日、何かあるわけないじゃない」「すごく書きこんでる人って、そのためだけにやってる感じよね。本末転倒」——確かにそうかもしれない。

「まあ、もしかしたら上手くいくかも知れないっていう程度の感覚です」

それで今までどれぐらい、情報が入ってきたのか——余計なことは聞くべきではない。若い刑事が自分で考え、あれこれ工夫しているのだから、まずはその努力を誉めるべきだ。結果はあくまで、後からついてくるもの。

そもそも刑事の仕事の九割は無駄になると言われているのだ。無駄になるにしても、

SNSのアカウントを関係者に教えるぐらいなら大した手間ではないから、失敗してもダメージも少ない。

工夫、工夫……自分も様々な工夫を忘れないようにしないと、と岩倉は自戒した。同時に「老いては子に従え」などという言葉が頭に浮かんでしまう。AI関係などは、若い人の方が自然に馴染んでいるのだから、頭を下げて教えを請うのを嫌がってはいけない。変なプライドでそういうことを避けていては、時代に取り残されてしまうだろう。

「行くか」

「はい――今日はここまでですかね」悔しそうに多佳子が言った。

「戻って、もう少し名簿を見てみるか」

「了解です」

小村の名簿を潰す作業は面倒で、精神的な負担も大きい。しかし多佳子はまったく嫌な素振りを見せなかった。IT関係を上手く使いこなし、昔ながらの刑事の仕事もしっかりこなす――これからは、彼女のような刑事が主力になっていくのだろう。

第四章　抜けたパーツ

1

月曜日の朝、岩倉は浜田と話した。たまたま、捜査本部の置かれた会議室のあるフロアまで上がっていくエレベーターの中で、二人きりになったのがきっかけだった。浜田は軽く会釈した後、盛大に溜息を漏らした。

「何だよ、月曜の朝から」

「ちょっと行き詰まりですかね」

「逮捕から一週間か……でも、事実関係に関しては問題ないんだろう？」

「そうなんですけど、俺は動機が気になるタイプなんですよ」

「そうか」実際、「何故」を重視する刑事は少なくない。実際の捜査においては、必ずしも絶対的な要素ではないのだが。

二人は会議室に入り、早出の若い刑事が用意してくれていたコーヒーを飲んだ。特捜本部が動いている間、毎日のように捜査会議は開かれるが、それは一日の仕事が終わった夜だ。ただし月曜だけは、一週間の始まりということで朝にも捜査会議が行われる。

捜査会議が始まるまではまだ時間がある……二人はコーヒーを飲みながら話した。

「動機については、分からない時は分からないでもいいんじゃないかな。裁判で一番問題になるのは事実関係だし、動機については本人もよく分かっていない場合もある。こだわり過ぎてもどうかと思うぜ」

長年相手に恨みを抱いていて、ある日些細なきっかけでそれが爆発して犯行に至る――ということもある。その場合「些細なきっかけ」は分かるにしても、そもそもどうして被害者を恨むようになったのかを、容疑者自身が忘れてしまっていることも珍しくはない。

「動機は、情状面で大事ですけどねえ」

「本人の態度はどうなんだ？」

「反省はしてますよ――口ではそう言ってます。ただ、どうしても反省してるようには見えないんです。あれだけの高齢者を取り調べたことはないから分かりませんけどね。本音が読みにくいっていうか」

「君の家族で、高齢の人はいないのか？」

「爺さんが八十四歳になりました。正直、話すのは年々きつくなってきてますね。耳も遠くなるし、言ってることも分かりにくくなってるので」

「三嶋は？」

「まあ……あの年齢にしては話せる方だと思います」

もちろん岩倉も、動機についてまったく気にならないわけではない。だからこそ、三嶋や小村の周辺を調べているのだし。ただし、浜田ほど悲観はしていない。物証がきっちり揃っているのだから、検察も厳しく指導してはこないだろう。百点の結果とは言えないかもしれないが、十分合格点を取れる捜査のはずだ。

三嶋の証言によると――。
①三嶋は夜中に、小村が入所していた老健施設を訪れ、裏口から出て来た小村と落ち合った②そのまま車で自宅へ連れていって殺害③遺体は車に積んで玉川上水に遺棄――となっている。
殺害方法は、「包丁で小村の腹や胸を刺して殺した」ということだった。解剖による死因は「失血死」としか公表されていない。三嶋の「前から二回、倒れた後に背中を二回刺した」という供述は解剖結果に合致しているし、これも、「犯人しか知らない事実」になる。

自宅――かつて電気店だったスペースの床で血痕が見つかり、凶器と見られる包丁も発見されている。遺体を運んだという軽自動車からも、小村と同じ血液型の血痕が見つかり、ＤＮＡ型も合致していた。

これだけはっきりした物証があれば、勾留期限一回――十日だけで起訴まで持っていくことも可能だろう。

しかし……こうやって改めて考えると、おかしな点はある。そもそも三嶋は、小村をどうやって施設から呼び出したのだろう。小村の携帯の通話記録は解析済みだが、三嶋——やはり携帯は持っていた——と通話をしていた記録はない。公衆電話からの着信はなし。ただし、メールやメッセージのやり取りをしていた可能性は残る。これらは、削除してしまえば、解析は難しい。

三嶋は、小村の携帯を「玉川上水に捨てた」と証言しているが、まだ見つかっていない。玉川上水は水深が浅く、流れも緩やかだから、携帯が流された可能性は低いと思うが……この証言も嘘かもしれない。

「こっちも、周辺を詰められないのは申し訳ないんだけど」

岩倉は自然に頭を下げたが、それを見た浜田が目を見開いて驚いた。

「ガンさんが謝るなんて……やめて下さいよ。怖いな」

「俺は、間違っていると思えば謝るよ」

「鳴沢《なるさわ》さんとは違いますね。あの人は、絶対に謝らないでしょう」

「それは、鳴沢が間違ってないからだ。あいつはコミュニケーション能力に問題があるだけで、捜査で間違うことはまずない。君たちが変な偏見を持っているだけじゃないかな」

鳴沢了《りょう》も、変わった経歴の持ち主である。元々は新潟県警の刑事だったが、何らかの事情があって辞め、その後警視庁に転身した。ただしあちこちで問題を起こしており――主に周囲の人間との衝突だ――一度も本部に上がることなく所轄勤務を続けている。岩倉が知っている限りでは、刑事としては優秀で、きちんと使いこなせない上司たちに責任がある感じなのだが。

「ガンさん、鳴沢さんと一緒に仕事したことあるんですか？」

「一度だけ」岩倉は人差し指を立てた。「一課にいる時に、組んだことがある。俺の感覚では普通の人間だぜ」

「ガンさんも変わり者ってことじゃないですか？」

「実際に一緒に仕事をしてみないと、相手のことは分からない。噂だけで判断しない方がいいよ」

「……ですかね」居心地悪そうに、浜田が体を揺すった。「それより砂川事件の件ですけど、どうしますかね。まだ隠し玉にしてますけど、そろそろぶつけても……」

「そうだな。小村さんが砂川闘争に参加していて、三嶋を引きこんだのは間違いないだろう。その材料をどう使うかは、取り調べ担当の裁量でいいんじゃないかな。あまりにも動きがないなら、この辺りで手札を切ってもいいと思う」

「そうします。逮捕から一週間ですからね」

「申し訳ないな。こっちも馬力を上げて、補強材料を探すよ」

捜査は、スポーツの試合に似ている。例えば野球で言えば、取り調べ担当はピッチャーのようなものだろう。常にマウンドに立ち、相手打者＝容疑者と対峙する。向こうがどんな打球を打ち返しても、守備陣＝他の刑事は確実に処理してアウトにする。

「じゃあ、頑張ってくれ。君はきついだろうけど、容疑者もしんどいはずだ」

「ですかね……」

「そう言えば、三嶋の体調はどうなんだ？」高血圧の薬を飲んでいるはずだ。

「今のところは問題ないですよ」

「体調にも気をつけてくれよ。あの年齢だと、いきなり倒れる可能性もあるからな」

「俺は医者じゃないんですけどねえ……薬は飲んでるから大丈夫でしょう」

「顔色を見たり、息づかいに気をつけたり――そうだ、うちの刑事課に血圧計があったはずだ。取り調べ前に、毎回血圧を測ったらどうかな」

「何でそんなものがあるんですか？」浜田が目を見開く。

「何代か前の刑事課長が、血圧が高くてさ。出勤してきた時と退勤する時に、血圧を測ってたそうだ」

「それも何だか……それで、血圧がどれぐらいになったらストップしたらいいんですかね？　だいたい、ずっと取り調べを受けてるんだから、緊張で血圧は高いんじゃないですか？」

「そうかもしれない」

「ガンさん、今日はどうするんですか？」今日は、土曜日の休みが潰れた多佳子に代休を取らせている。小村塾の名簿を一人で潰し続けてもいいのだが、それは夕方からの作業にするか……連絡先の多くは自宅の番号なのだ。そこに電話して相手を摑まえるには、夕方から夜にかけての方がいい。

「ちょっと、三嶋の自宅周辺の聞き込みをやってみるかな。甲府で三嶋の義理の息子さんに話を聴いたんだけど、少し違和感がある」

「何にですか？」

「三嶋がどうして甲府へ引っ越したのか、その後どうして立川へ戻ってきたか――はっきりした説明がないんだ。家族にも説明できないようなことなのかね」

「そうなんですか」

「その辺も、動機につながるかもしれないしな」

「じゃあ、俺は砂川闘争の件を出してみますよ。何かあったら、相談に乗ってもらっていいですか？」

「もちろん。でもさ、お前は取り調べ担当として一本立ちしてるんだから、俺の助言なんかいらないと思うけど」

「意見の多様性、みたいな感じで」

「多様性って言葉を使ってれば、何でも今風になると思うなよ」

「すみません。言ってみたかっただけです」

その場の雰囲気がようやく緩んだ。仕事――しかも捜査だからシビアにやらなくてはいけないが、常に緊張しっ放しだと、どこかでネジが弾け飛んで故障する。全員がカリカリしている特捜本部では、些細なことで刑事同士が衝突して大喧嘩になったりするものだから、適切な緩みは必要だ。

捜査会議では、前週の動きの総括が行われた。そして今日の捜査の指示——岩倉は依然としてフリーの立場だったが、捜査会議が終わってから、三嶋の自宅周辺での聞き込みについて末永と相談した。

「結局動機ですか……ガンさんは、何が気になってるんですか？」末永が首を捻る。

「何だか三嶋は、この事件を起こすためにわざわざ立川に戻って来た感じがしませんか？　今のところ、三嶋と小村さんの最近の接点は見つかってませんけど、何かあったとしてもおかしくない」

「ですかね」末永は懐疑的だった。

「とにかく調べてみます。夕方からは、小村塾のリストを潰しますよ」

「そっちはどうですか？」

「さっき報告した通りですけど、ちょっと違和感はありますね。あくまで違和感で、具体的に何かがおかしいわけではないですけど」

「勘、ですか」末永は、さほど勘を重視しないタイプだ。データの積み重ねで事実を検証するのを得意にしている。

「とにかくちょっと動いてみます。何かあったら、報告しますから」

「ああ、それと」

立ち上がりかけた岩倉を末永が呼び止めた。岩倉は座り直したが、末永の慌てた様子が気になった。

「これは、言うかどうか迷ったんですけど、土曜日に捜査一課長から電話がかかってきたんですよ」

「直電で？」

「ええ……それで、ガンさんを本部に戻すように説得してくれって言われまして」

「それは、所轄の刑事課長の仕事じゃないですよね」岩倉は苦笑した。そもそも、向こうは岩倉に判断を預けたのだ。状況が変わったのだろうか？　絶対に捜査一課に引き戻す前提で、末永にまで声がかかっている感じではないか。

「そうなんですけど、本部の一課長から直電があったら、話を聞かざるを得ないじゃないですか」

「それで？　俺を説得するんですか？」

「そもそも、ガンさんはどう思ってるんですか？　向こうから帰って来いって言われてるのに、何で躊躇《ためら》ってるんですか？」

「それは……」躊躇う理由はない。自分の仕事や生活を妨げる材料はなくなってしまったのだから。定年も延長される前提で、体力が続く限り、捜査一課で仕事の仕上げをするのは悪くはない。

「ガンさんはずっと捜査一課だったんだから、里帰りするようなものじゃないですか」

「立川も三年目……ここは、悪くないんですよね」

「まさか、立川を離れたくないとか？」

「警察官に転勤はつきものでしょう。どこにいても仮住まいのような感じがしている。でも時々、ここが地元かなって思う場所に巡り合うことがありますよね」

「ガンさんにとって、それが立川ですか？」末永が疑わし気に言った。「俺は早く本部に戻りたいですけどね」

「課長は遅かれ早かれ戻るでしょう。出世コースに乗ってるんだから」

「それはどうですかね」末永が頰を搔いた。「そういうことを考えてると、ろくなことにならないんですよね」

「まあ、とにかく俺は現場にいますよ。変わらず仕事をしていくことだけが大事かな」

しかし……今は少し気分が変わっていた。立川への思いを口にしてしまったことで、さらにこの街に対する愛着をはっきりと感じている。ここで、たまに起きる事件に対応しながら、毎年のようにやってくる新人刑事に基礎を教える仕事にも意義はあるだろう。

自分が、こんなことを考える人間になるとは思ってもいなかった。サボっている――サボりたいわけではない。何となく、第二の故郷を見つけたような気分なのだ。

三嶋の実家には、何度か来ていた。しかし周辺の聞き込みはあまりしていない。

　よくこんなところで、長年電気屋をやっていたなと思う。駅や商店街から遠く離れた住宅街。娘婿の真一は、実家へ戻ってほっとしていたのではないだろうか。酒屋も大変な時代ではあるのだが、電気店よりは生き残れる確率が高いような気がする。ただし今回の事件で、一層の苦境に立たされてしまったのは間違いないが。

　岩倉は、すぐ隣に住む武井《たけい》という老人を訪ねた。もう八十歳だというが、口調はしっかりしている。

「三嶋さんが引っ越した時は、どんな感じだったんですか」

「そりゃ、びっくりしたよ。いきなりだったから。急に店の前にトラックが二台も来てね。慌てて訳を聞いたら、山梨に引っ越すって言うんだよ」

「理由は言ってましたか？」

「家族のため――真一さんの実家が大変だからっていう話でしたよ。一家揃って引っ越す方が楽だったのかねえ。三嶋さんは一人暮らしもできたと思うけど」

「そうですか？」

「まだ頭もはっきりしてたし、血圧が高いだけで他に病気もなかったし」

「八十七歳――当時八十六歳ですよ？　その年齢では大変だったと思いますけど」

「頭がしっかりしてれば、何とかなるもんでしょう。俺も八十だけど、一人でやってるし」

「ご家族は？」

「子どもは二人いるけど、二人とも独立してるからね。一人は名古屋、一人は川崎――向こうで家も建てちまったし、俺は足腰が立たなくなるまで一人で頑張るつもりだけどね。そうすれば、ボケることもないから」

「不安はないですか？」

「ないことはないけど、無理しなければ大丈夫……三嶋さんにもそう言ったんだけどね。隣同士で助け合えば、何とかやっていけるだろうって。でも、娘さんたちのことを思えば、一緒に行く方がよかったんだろうね。離れて暮らしてると、娘さんも心配するだろうし」

「でしょうね」

「だから一緒に行く――まあ、俺はそれで納得したけどね。三嶋さん、昔から家族思いなんですよ。結構酷い目に遭ったの、知ってるでしょう？」

「六十年以上前ですよね。大学を辞めざるを得なくなったりして」

「まあ……あの頃は、この辺も大変でしたからね。俺は中学生だからよく分からなかったけど。あの事件がきっかけになって大学を辞めて、家業も上手くいかなくなって」

「あちこちに働きに出ていたんですよね？」

「家族のためにね」武井がうなずく。

「今回の引っ越しの件も同じ、ということですかね」

「一人でこっちへ戻って来たでしょう？　それにもびっくりしたけど、その後でじっくり話すチャンスがあってね。家族に迷惑はかけたくないけど、立川でないと生きられないってしみじみ言ってましたよ。甲府の水が合わなかったんでしょうな。暑いし寒いし、知り合いもいないしね」

「社交的な人だったんですよね？」甲府での様子を岩倉は思い出していた。人恋しくて地元の人たちと接点を持っていたようだが、あれはやはり社交的でないとできないことだ。歳を取れば、新しい友人を作るのも面倒になってしまうものだし。

「そうね。この辺には友だちも多かった」

「六十年前——砂川事件のことで、何か言う人はいなかったんですか？　逮捕されたとなったら、大事でしょう」

「ああ、それは……」武井が咳払いした。「警察の人の前でこんなことは言いたくないけど、人違いって話もあったんだよね」

「人違い？　誤認逮捕ということですか？」

「誤認だか何だか知らないけど、警察は真犯人を取り逃して、代わりに三嶋さんを逮捕したっていう話で……この辺では有名な話だよ」

「本当だったら問題になりそうな話ですが」岩倉は首を傾げた。

「三嶋さんがそんなことをするはずがないっていう声が大きくなって、警察署に抗議に行こうっていう話まであったそうです。ただ、結局そうはならなかった……三嶋さん、釈放されたでしょう？　裁判にもならなかった。ということは、無実ですよね。それで一件落着で」

「責任を問うだけの事実がなかったということですが——そうですね、無実と言っていいと思います」厳密に言えば違うのだが。誰がどうみても犯人なのに、確固たる証拠や証言が集まらずに不起訴、ということはたまにある。検察の捜査指揮能力も問われるし、警察も怠慢ではと問題になる——ミスどころか不祥事だ。

「どうなんですか？　本当のところ」

「さすがに六十年以上前の話ですからねえ……私はそっちの事件の専門でもないので」

言い訳しながら、何かが引っかかった。かつての公安は、「大量逮捕」を捜査の基本方針にしていた。集会やデモなどで、微罪でも身柄を拘束してしまえば、極左陣営の勢力を削ぐことにもなる。しかし砂川事件は、そういう手法が確立する前の出来事である。かなり難しい捜査だったことは想像できるが……柵を押し倒して米軍敷地内に入ったといっても、大混乱の中での話である。敷地に入った人を、どうやって特定したのだろうか。

引っかかる。しかしこれは、純粋に事件に対する好奇心なのだ。あまり手を広げるのはまずい——自分の好奇心を満たすために、人の手を煩わせてはいけないと思う。

しかし、疑問に感じたら調べざるを得ないのが、岩倉という人間なのだ。

三嶋は誤認逮捕だった——その情報は、もう一人の証人からも聞いた。こちらは八十三歳の女性。武井とはまったく関係ない人なので、当時、この辺りではかなり噂になっていたのだと想像できる。

　夕方、特捜本部に戻ると、岩倉はしばし迷った。公安四課の船井管理官と話をすれば、何か分かるかもしれない。しかし末永を飛ばして勝手に話をしたら問題になりそうだ。いや、船井は後輩――岩倉はすっかり忘れていたが――だから、電話をかけて雑談をしても、誰かに文句を言われることはないだろう。

　船井は、異常に警戒した口調で電話に出た。しかし岩倉が名乗ると、急に緩い口調になる。警察における先輩後輩の関係は重要だ、と改めて思い知った。

「実は、砂川事件で変な話を聴いたんだ」

「何ですか、今になって」今度は警戒するような口調。

「六十年以上前の話だから、気にすることもないと思うけど、三嶋が誤認逮捕されたっていう情報を聴いた」

「人違い？」

「人違いなのか、わざと間違えたのかは分からない。公安の方で、何か意図があって別の人間を逮捕するようなことはあるのか？」

「それはないですね」船井があっさり否定した。「公安も当然、公判維持をすることを考えています。別の人間を逮捕したら、公判が持たないでしょう」

「そうか……とすると、この辺の人たちが何か勘違いしていたのかもしれないな」

「釈放されたから、誤認逮捕だと思いこんだとか？」

「そうそう……公安がそんな基本的なミスをするわけがないよな」岩倉は持ち上げた──嫌々ながら。

「岩倉さん、今夜空いてますか？」船井が唐突に言い出した。

「必死に頑張れば、空かないことはないけど」

「そうですか……特捜が動いている最中ですから、忙しいですよね」

「何かあるのか？」回りくどい言い方が気になった。

「ちょっとお耳に入れておいた方がいいかもしれないことがあります」船井が打ち明けた。「そっちへ行きますけど、飯でも奢ってもらえますか？」

「いいよ」公安の方からこんなことを言い出すのは珍しいのではないだろうか。チャンス──たぶんチャンスになるような機会を逃してはいけない。「立川にも美味い店はあるから」

「七時半くらいで？」

「大丈夫だ」本来は捜査会議の時間──七時からの予定──だが、末永に言い訳して抜け出そう。

ただし、船井と会うとは言えない。公安の方から「会おう」と言い出したと聞けば、末永は警戒するはずだ。

密かに動くのも大事だ。

結局、会合場所はグリーンスプリングスになった。船井の好物も分からないので、落ち合った後で、選択は向こうに任せる。船井のチョイスはスープカレーだった。

店は三方が窓になっていて昼間は明るいのだが、さすがに午後七時半ともなると落ち着いている。例によって——理由は分からないが——昼は行列ができるほどなのに、夜はそれほど混んでいない。

「お前が、こういう店が好きとは思わなかったよ」

「カレーは昔から好きですよ。我々は、部署に関係なくカレーで育ったみたいなものじゃないですか」

「後は立ち食い蕎麦と牛丼だな」

苦笑しながら船井がうなずく。外回りが多い刑事の食事は、どうしても偏りがちだ。長時間開いていて、安く早く食べられるカレー屋、立ち食い蕎麦屋、牛丼店は、岩倉も若い頃から愛用していたし、他の刑事も同じようなものだ。

「立川だと、繁華街はどのあたりなんですか？」

「駅前だな。北口も南口も……ただし、そんなに賑やかじゃない。八王子なんかの方が賑わってるよ」

「クリアな感じでいい街ですけどね」

「そんな表現は初めて聞いた」

しかし納得できないでもない。特に北口、官公庁が多く集まっている辺りは、いかにも人工的に作られた綺麗で味気ない街、という感じがする。以前「つくば市に似ている」と言った後輩がいたが、岩倉はまだつくば市を見たことがない。

二人ともチキンと野菜のカレーを頼んだ。トッピングしていくときりがないから、シンプルに……それでも野菜は二十種類も入っているというから、栄養バランスもいいだろう。

「スープカレーって、いつの間にか東京でも定着しましたね」

「そうか、お前、北海道だったたな」

「ええ。東京で食べるのと北海道で食べるので、微妙に味が違うんですよね。どういうことか分かりませんけど」

「空気が違うのかな」

「そういうことかもしれません。でもたまに、昔ながらのカレーが食べたくなりませんか？　ドロドロした、黄色いやつ」

「俺はまだしょっちゅう、そういうカレーを食べてるよ」実里のアドバイスにもよる。カレーは、栄養バランスが取れた完全食だ。食べ過ぎると糖質過多になることだけが問題だから、ご飯大盛りは避けて、野菜サラダでもつければ、一食で十分な栄養が取れる――まあ、岩倉の胃袋も、昔のように、ご飯大盛りのカレーをこなせるほど元気ではなくなっているのだが。

「ガンさん、やっぱり現役ですねえ」船井が探りを入れるように上目遣いで岩倉を見た。

「そりゃ現役だけど、何か変だぞ。何が言いたい？」

「いや、ちょっと歩き回っただけで、やばい話を引っ張り出してくるんですから、さすがです」

「さっきの誤認逮捕の話か？」それをわざわざ話しに来た？　もしかしたら公安にとっては「急所」になる話なのか？　いや、それはあるまい。六十年以上前で、事件としては完全に決着がついているのだ。今さら問題になるとは思えない。

「実は――」船井が身を乗り出したところで、料理が運ばれてきた。

こんなに量が多かったか――何度かこの店に来ている岩倉は、記憶との違いに驚いた。カレーの皿には、巨大な鳥もも肉と大量の野菜が溢れている。ライスと縮尺が違うようだ。

「大量の飯を見るとげっそりしないか？」岩倉は思わず言ってしまった。

「ああ、最近はそうですね」船井が認める。

「歳を取ったってことだろうな」

「しょうがないですね。これが現実です」

何となく意気消沈したまま食事に取りかかる。量でげんなりしてしまったものの、味は確かだ。スープカレー特有のさっぱりしているがスパイシーな感じ……それが肉や野菜に絡みつく。野菜はそれぞれ焼いたり煮たりと別々に調理されていて、岩倉は肉厚のパプリカが気に入った。淡い甘みがいい。

何とかご飯を全部食べたものの、胃は苦しい。それを抑えるためにアイスコーヒーを頼んだ。食べている時はさほど辛さは感じなかったものの、やはりしっかり辛味はあったようで、額に汗が滲《にじ》んでいる。紙ナプキンで汗をぬぐい、コーヒーを飲んで一息ついた。

「――で？」岩倉は切り出した。

「ちょっとややこしい話ですけど、いいですか？」

「もちろん」

ややこしいというか、信憑性が薄い話だった。それに、満員ではないとはいえ、客は多い時間帯である。話の内容が漏れ伝わらないように、船井はところどころを抽象的にして話していた。それでも頭に入ってくるに連れ、この件が今回の事件の「肝」になってくるかもしれないと思う。

「これで突っ走られると困りますけどね」船井が釘を刺した。

「分かってる。どうせ裏は取れないいんだろう？　今の話、お前の想像が入っている部分もあるよな」

「ええ。ただ、はまるんですよ」

「ジグソーパズルの最後のピースか……」岩倉は顎を撫でた。「でも、事件は、常にパズルが完成するようには終わらない」

船井がふいに笑みを浮かべた。五十代にしては若やいだ表情で、初めて会った二十代の頃の面影が蘇る。

「ガンさん、変わらないですね」

「何が？」

「昔も同じようなこと、言ってました。小説やドラマじゃなければ、全部のパーツが綺麗にハマるような事件なんて滅多にないって」

途端に顔から火が出るような恥ずかしさを味わった。クソ生意気——まだろくに捜査も経験していない所轄の刑事が吐く台詞とは思えない。ある意味俺は、二十代の頃から老成していたのかもしれないが。

「この件、俺の胸の中にしまっておいていいか？　今開陳したら、特捜本部を混乱させてしまうかもしれない」

「それはガンさんの判断です」船井がうなずいた。「俺はあくまで参考までにお話ししただけで」

「もしかしたら、公安の中では伝説の事件なのか？　大きなミスとして、語り継がれている？」

「そこまでにしましょう、ガンさん」船井が急に険しい表情を浮かべる。「ガンさんのさっきの言葉、俺はずっと覚えてましたけど、俺自身でも一つ付け加えることができましたよ」

件でパーツが揃わない」
「パーツが揃わない事件は、公安の方がはるかに多いんです。というか、ほとんどの事
「何だ？」

2

岩倉は特捜本部に向かった。午後九時……小村塾の名簿をチェックする作業を再開するにはいい時間である。この時間なら多くの人が家にいて、しかもまだ起きている。

しかし今夜は、どうしてもその気になれなかった。船井と話したことが、頭の中で渦のように回っている。決定的な材料はない。しかしこの情報は、岩倉の頭にしっかり叩きこまれた。

立川中央署の前まで来たところで、急に中に入る気持ちを失う。今の自分に必要なのは、静かな場所で考える時間だ。

そのまま北へ向かって歩き出す。岩倉の感覚では、この辺は警視庁本部のある霞が関付近にも似ている。こちらの方が緑豊か——近くに昭和記念公園があるせいもあるし、街路樹も元気だ。しかし、そっけない官公庁の建物が建ち並ぶ光景は、やはり霞が関に似ている。違いは……夜九時にもなると、人はおろか、車もほとんど走らなくなることだ。霞が関だと、遅い時間になっても車は走っているのだが。中央官庁の官僚は残業も

多いので、霞が関は遅くまで眠らない。

右手には自治大学校、国立国語研究所など、警察とは縁のない建物が並んでいる。そこからもう少し歩くと立川市役所。さらにその北側が立川拘置所だ。道路の左側には東京消防庁の航空隊など……拘置所を通り過ぎて右に折れる。拘置所の向かい側はフェンスに覆われた空き地で、ここに何ができるのか、岩倉は知らない。夜の空き地は妙に暗く、不安を感じさせるだけだった。

次の交差点まで来ると、官公庁だけではなく一戸建ての家が姿を現す。そういう家々に灯る灯りを見ていても、今夜は気持ちが暖かくなることはなかった。このまま真っ直ぐ行くと、モノレールの泉体育館駅にまでたどり着く。しかしそこまで行くと、さすがに署から遠くなり過ぎるだろう。自宅には近くなってきたのだが、このまま帰るわけにもいかない。荷物を置いてあるから、一度戻らないといけないのだ。

考えがまとまらないまま右折する。拘置所の隣が、モノレールの運営会社の本社で、その裏手には巨大な公団住宅……なかなか混沌とした地域である。近くにはウォールアートが描かれた一角があって、新しい名所になっているのだが、そちらとは反対側の立川中央署の方へ向かう。その時、スーツの胸ポケットに入れたスマートフォンが鳴り出した。反射的に取り出して確認すると、平沼……今日は休みだし、こんな時間に何だろう。訝りながら電話に出ると、彼女も戸惑っている様子だった。

「ガンさん……今、話せますか？」

「大丈夫だけど、どうした?」

「真央ちゃんからメッセージが入りました。話したいことがあるみたいですけど、はっきりそう言ってるわけじゃなくて」

「正確には何と?」

「この前話せなかったことがあります、ということです」

なるほど……いかにも何かありそうな感じだ。

「真央さんからのメッセージなのは間違いないか?」

「そう思います。こういうのは常に、なりすましの可能性はありますけど」

「返信は?」

「まだしてないんですよ。どうしたものかと思って」

SNSのことを俺に聞かれても、と苦笑したが、多佳子が判断に迷うのも分かる。もしも本当なら、真央との連絡をつないでおいて、何とか情報を引き出したい。

「取り敢えず、無難に返しておいた方がいいかな。話ならいつでも聴きます、とか。君には負担になるかもしれないけど」

「それは大丈夫です」

「でも、夜中に電話がかかってきたら面倒臭いだろう」

「今どきの高校生は、電話なんかかけてきませんよ。メッセージのやり取りになると思いますから、何時《いつ》でも大丈夫です」

「じゃあ、そこは任せる。とにかく彼女とはつないでおこう。今夜メッセージを送って、それで返事がこなければ、明日もう一度連絡してみる——そんな感じでどうかな」

「じゃあ、明日また相談します」

「明日は出番だよな？」

「ええ。ガンさんも……ずっと休んでないけど、いいんですか？」

「俺ぐらいの歳になると、休みなんかどうでもよくなるんだ」特に今は……実里と自由に会えないのだから、わざわざ調整してまで休みを取る意味がない。「明日の朝、打ち合わせをしよう」

「名簿の方、どうですか？」

「ああ——それはちょっと放り出していた。今日は、別のネタ元と会っていたんだ」

「何かありましたか？」

「まだ何とも言えないな。裏取りの必要があるし、それが取れても、今回の事件に絡んでくるかどうかは分からない。そういうわけで、今日は名簿には当たってないんだ」

「明日、やりますよ。課長がＯＫしてくれればですけど」

「君はどう思う？　こういう作業はどこに行き着くか分からないし、無駄になる可能性も高いけど、それでもやりたいか？」

「無駄になるとは思っていません」多佳子が反論した。「真央ちゃんから連絡が入ったこと——何かありそうじゃないですか？　でもそれだけじゃ、課長は調査続行を許可してくれないですかね。私の勘なんて、当てにならないでしょうし」

「やりたい仕事があるなら、積極的にいった方がいい。俺もプッシュするよ」

「じゃあ、明日の朝に打ち合わせでいいですね」

「頼む」

「了解です」

若い刑事がやる気を見せるのは嬉しい……全ての若い刑事がこんな感じではないが。ふと戸澤の顔を思い浮かべる。最近話もしていないが、仕事はどんな具合だろう。彼もしんどいだろうが――やりたくもない仕事を親から押しつけられるのは辛い。他の道を行った方がいいのではないだろうか。出直すのに、まだ遅いとは言えないだろう。


翌朝、岩倉が少し早めに出勤すると、多佳子はもう来ていた。張り切っている――と思ったが、顔には戸惑いの表情がある。刑事課の自席で、買ってきたコーヒーを飲んでいるが、どうにも浮かない表情だった。

「どうした？」

「あ、おはようございます」多佳子が慌てて頭を下げる。

「浮かない顔だな」

「真央ちゃんから返事、来ないんですよ」

「どんな風にメッセージを返したんだ？」

「これです」

多佳子が自分のスマートフォンを岩倉に見せた。支給品ではなく私用……私用のスマートフォンを誰かに見せることには抵抗感があって当然だが、多佳子は気にしていないようだった。

多佳子は「メッセージありがとう。何か話したいことがあるなら、いつでも連絡して下さい」と返していた。

「いいんじゃないかな。これで怒ったりビビったりする人間はいないと思う」真央が送ったメッセージは既読になっていた。

「これ、何時頃に送ったんだ？」

「昨夜ガンさんと話した後ですから、十時ぐらいかな」

「確認したのが遅くて、返信しなかっただけかもしれないじゃないか」

「私の勘も当てにならないですね」多佳子が溜息をついた。「何かあると思ったんですけど」

「相手を焦らせることはないよ。今日の昼まで待って、それでも返事がなければ、もう一度メッセージを送ってみればいい」

「そうします」多佳子がスマートフォンをジャケットの脇のポケットに落としこんだ。

そう言えば彼女はいつも、少しゆったりしたジャケットを着ている。女性の場合、服のポケットには何も入れないことが多いのだが、スマートフォンなどはポケットに入れておく方が何かと便利だ。そのために、ファッション性は犠牲にするということか……こういうゆったりした服は、岩倉の若い頃——バブルの頃にも流行っていたと思い出す。

「課長に話して、名簿を調べる作業を続けようか」

「自分で話します」

「サポートぐらい入るよ」

「一人で説得できますよ」

「いや、俺も話す。もしも失敗したら、俺一人で名簿を潰す作業をやることになるからな。それは精神的にきつい」

「まあ……それはそうですね」

そんな話をしているうちに、末永が出勤して来た。すかさず多佳子が課長席に行き、早口で仕事の希望を話していく。岩倉は後から加わって、二人のやりとりを聞いた。末永は三嶋の周辺捜査に多佳子を使いたがっていて、なかなか譲らない。ここは真央の話を持ち出して興味を引くところだ、と岩倉は話に割りこもうとしたが、その矢先に多佳子がその件を切り出した。

「——分かった」話を聞いた末永がうなずく。「ただし、三嶋の周辺捜査は重要なんだ。午後までそちらの仕事をして、その後に名簿にかかってくれ。問題の高校生の女の子から連絡があったら、上手く話を聞き出してくれよ」

「場合によっては、甲府に行って直に話を聴いた方がいいと思いますが」

「それはその時に判断しよう」末永が話を打ち切りにかかった。

「じゃあ、俺も一緒に三嶋の件を調べますよ。昨日の続きもありますし」ただし、「誤認逮捕」の件はまだ末永に話していない。昨夜船井と話したことで、状況が変わってしまったのだ。もしかしたら、今後大きく捜査の方針が変わる可能性もある。

「そうして下さい。どうも、浜田も困っている」

「昨日、愚痴をこぼされましたよ」

「肝心の動機面がはっきりしないと、捜査の締めができません。検察も、そこを気にしているんです」

「こっちを締め上げている感じですか？」

「そこまでじゃない――動機面に関してだけはっきりしたことが分からないから、引っかかっているだけでしょうけどね」

「浜田は、砂川事件のことは持ち出したんでしょうか」

末永が無言でうなずく。この件は、昨夜の捜査会議で出たのだろう。しかし岩倉は出席していなかったし、情報収集もしていなかったので、どんな話になったかは分からない。

「小村さんに誘われて活動に参加した話もぶつけたそうです。結果は黙秘――全面黙秘です」

「ということは、怪しいじゃないですか。何もなければ、黙秘する必要はない。やはり、砂川闘争が動機に繋がっているんじゃないですか」

「可能性は否定できませんが、なにぶん古い話ですからねえ」末永はこの件に乗っていない様子だった。

「まあ、浜田も少し甘いんじゃないかな」岩倉は言った。「黙秘しているということは、何かあるんですよ。喋りたくない——喋れば自分に不利になるかもしれないと思っているんでしょう。だったら、そこを一気に突いていかないと」

「それは本部の取り調べ担当のやり方次第なので、こちらでは口出しできませんよ」

「何か材料を見つけますよ」

「見つかる可能性はあるんですか？」

「まあ……今のところは何とも言えませんが」

末永が疑わし気な視線を向けてきたので、岩倉は早々に退散することにした。取り敢えず午後までは、靴底をすり減らすことにしよう。多佳子は微妙に不機嫌な様子だったが、ここは我慢してもらわないと。

警察の仕事は基本的にチームワークである。指示された仕事をきっちりこなして、幹部が全体の方向性を決める。一匹狼の刑事など、小説やドラマの中だけの存在だ——いや、岩倉が知る中で、鳴沢了だけは一匹狼を具現化した存在かもしれないが。

「行くぞ」岩倉は多佳子に声をかけた。

「はい」返事にも元気がない。しかしここは、いつものように元気よく頑張ってもらわないと。

三嶋の自宅周辺の家はリスト化されている。既に事情聴取が終わった家には「済」が、証言拒否したり非協力的だったりした家には「否」が、そしてまだ会えていない家には「未」がつけられている。岩倉は「未」の家を集中的に回ることにした。取り敢えず、近所で話を聴けそうな家を全部潰しておきたい。

しかし、それだけではもったいない。岩倉と多佳子は小村塾のリストと、事情聴取すべき三嶋家周辺の家のリストをクロスチェックした。その中で、ダブっているものを探す――一件だけ見つかった。

「こいつを当たってみよう」

「小村塾にいたのは……二十年前ですね」多佳子が顎に手を当てた。「本人がまだ実家にいるかどうか」

「女性だからな。結婚して家を出ている可能性もある」

「ですね」

「取り敢えず、ここから行こう」

覆面パトカーは全部出払っているので、二人はバスを乗り継いで現場に向かった。ターゲットは後藤美穂《ごとうみほ》。自宅の表札には「後藤」とあるだけで、家族構成は分からない。警察の巡回連絡票にも記載はなかった。家族構成などをチェックする連絡票は、二十三区内より多摩地区、マンションなどの集合住宅よりも戸建ての家の方が回答率がいいというデータがあるのだが、この家は漏れているようだった。家には人の気配があるのだが……警察に対して非協力的な家もある、と岩倉は警戒した。

しかし、出て来た男性は愛想がよかった。自分よりかなり年上……ということは、とうに定年を迎え、悠々自適の生活を送っているのかもしれない。

「いきなりすみません」岩倉は頭を下げた。

「いえいえ……三嶋さんのことですね」

「そうなんです。近所の方に、お話を伺っているんですよ。前もお訪ねしたんですけど、話が聴けなかったようで」

「ああ、すみませんね。しばらく旅に出ていたんです。昨日、久しぶりに戻ってきたんですよ」

「どちらですか？」

「東日本一周——関東から東北にかけてドライブしてきました」

「それは……優雅ですね」つい言ってしまった。余裕のある定年後の生活という感じで、少し羨ましさを感じる。

「まあ、七十にもなるとさすがにやることがなくてね。娘が仙台に住んでいるんで……孫に会いに行ったんですよ」

「娘さん、結婚して仙台に行ったんですか」結局すぐには会えないわけか、と岩倉は内心がっかりした。

「ええ。家内が去年亡くなったせいか、娘はなかなかこっちに寄りつかなくなりましたね。やはり、母親がいない家に来てもつまらないんでしょう。親父一人だと、どうもね……」

「分かります」一応、岩倉にも娘がいるわけだし。「うちの娘は大学生ですけど、最近は全然寄りつきませんよ」

「大学生ならまだいい」後藤が残念そうな表情を浮かべた。「親が金蔓《かねづる》だからね。大学を卒業したら、もういないものだと思った方がいい」

「そんなものですか」岩倉は苦笑した。「なかなか寂しいですね」

「覚悟しておいた方がいいですよ」

「娘さんは、大学に入って独立されたんですか？」

「仙台の大学でね。それで向こうで就職して結婚した。東日本大震災の時も、現地で頑張ってたよ。いつでもこっちに避難してくればよかったのに」

「それで今は、お孫さんも生まれて」

「そうそう」

　ふいに後藤の足元が揺らいだ。岩倉は素早く一歩踏み出して肘を摑んだ。膝でも痛めているのかもしれない。それだと、車を運転するだけでも大変そうだが。

「大丈夫ですか？」

「いや、今日はちょっと暑くないかい？」

「確かに夏日の予報ですが」

そう言ってから、太陽が後藤の正面にあったことに気づく。ずっと太陽の光を見ていたことになるわけで、これでは目がくらんでもおかしくはない。

「家に入りませんか？」

「ああ……そうだね。立ち話で申し訳ない。失礼しました」

後藤を支えて、家の中に入る。古い一戸建てに特有の、暗くひんやりした雰囲気……玄関の隣にある応接間に入り、後藤を一人がけのソファに座らせた。ほっと一息ついた後藤が、テーブルに置いてあった煙草に手を伸ばす。

「大丈夫ですか？　ご気分が悪いなら、煙草は……」眩暈《めまい》を起こす恐れもある。

「大丈夫、大丈夫。煙草を吸えば元気になるから。実のところ、家内が亡くなって、三十年ぶりに吸うようになったんですよ。長生きしても仕方がないし、生きている間に好きなものぐらい楽しんでおこうかな、と」

後藤が震える手で煙草を引き抜き、火を点けた。それほど広くない部屋は、すぐに煙草の煙で白くなる。まあ……本人が煙草でストレス解消できているというなら、自分がどうこう言うべきではない、と岩倉は思った。妻が亡くなった後でまた吸い始めたのは、悲しみを紛らすためでもあっただろうし。

「あ」多佳子が急に声を上げた。彼女の視線は、部屋の壁に注がれている。「学校で教えておられたんですか？」

「ああ」後藤が振り返って壁を見た。賞状……それも文科相の表彰だ。「優秀教職員」。毎年どれぐらいの人が表彰されるのかは分からないが、大きな栄誉であることは間違いないだろう。

岩倉は瞬時に頭の中で作戦を組み立てた。しかし岩倉が口を開くより先に、多佳子が質問をぶつける。

「小学校だったんですね」

「ええ」

「この表彰、すごいことじゃないんですか？」

「いやいや、長くやってただけで」後藤が笑い飛ばした。「我慢強くやってれば、それだけで評価されることもあるんですよ。大した話じゃないです」

「ええと……」多佳子が一瞬、床に視線を落とした。しかし顔を上げると、平静な――平静を装った声で続ける。「我々は今、三嶋のことを調べています。こちらもご近所ですのでお伺いしたんですが、その前にちょっといいですか？　もしかしたら、三嶋に殺された小村春吉さんをご存じじゃないですか」

よし、ナイスだ、と岩倉は心の中でガッツポーズを作った。彼女は気が利くというか、刑事としての基本が完全に身についている。これなら自分は、完全に記録係に徹していても大丈夫だろう。

「小村先生——知ってますよ、ええ」後藤がうなずいたが、岩倉たちと視線を合わせようとはしなかった。

「後藤さん、少し年下ですよね」

「少しじゃないよ。十歳以上——二十歳近く離れてるかな。私は、七十になったばかりだから」

「失礼しました」多佳子がひょこりと頭を下げる。「そうですよね、お若いですよね」

あまり若い感じではない——後藤は髪が既に真っ白になっているし、顔には皺も目立つ。正面から太陽と対峙していて眩暈に襲われるぐらいだから、体力も落ちているはずだ。しかし「若い」と言われて嫌な気分になる人はまずいない。多佳子はその辺の機微がよく分かっている。

「どこかの学校で一緒になられたことはないですか？」

「ああ……もう五十年近く前にね」妙に渋い表情で後藤がうなずく。「私が新卒で、最初に勤めた学校に、小村先生がいらっしゃいました」

「その頃、小村さんはもう中堅という感じでしたか」

「そうですね。いろいろ教えていただきましたよ」

話はスムーズに流れている——単なる昔話という感じだ。それなのに、応接間に微妙に緊張した空気が満ちている。何かがおかしい……しかし指摘できる材料もなく、岩倉は二人のやりとりに耳を傾け続けた。

多佳子が座り直し、背筋をピンと伸ばす。そうすると、後藤と視線の高さが同じになるのだった。途端に、後藤がソファの中で身じろぎした。少し姿勢がだらしなくなっている——視線が下がり、多佳子と目が合わなくなった。見下されているように感じたのかもしれない。

「小村さんは、子どもたちの信頼が厚い先生だったんですね」

「ええ」

「お葬式にも、生徒さんがたくさんいらっしゃってました」

「そうですか」

「後藤さんは？　参列されたんですか？」

「いえ、旅先だったので」

答えがどんどん短くなる。一刻も早く帰って欲しいと願っているのは明らかだった。

「小村さんが、退職後に塾をやっていらしたのはご存じですか」

「ええ」

「こちらは無料で……成績のいい生徒さんを、中学受験などに備えて教える塾でしたね。元教員の方が塾をやってもおかしくはないんですけど、無料で、というのはどういうことでしょうか」

「さあ」後藤が首を傾げる。「その辺の事情は分かりません」

多佳子は簡単には諦めなかった。手を替え品を替えて質問をぶつけるものの、後藤の返事は一点に集約していく——私はよく知らない。

「小村先生の方が気になるようですけど、何か問題でも？」

「加害者・被害者双方について調べるのが捜査です。三嶋とはどうですか？」多佳子が質問を変えた。「普段のおつき合いは？」

「お店に行ったことはありましたよ。電球や電池なんかは、近くにある店で買うものでしょう」

確かに、この辺りからは、大型家電量販店は遠い。その程度のつき合い——単なる店と客——だったのかもしれない。こういうことで後藤が嘘をついているとは思えなかった。

「三嶋と小村さんが昔から知り合いだったという話はご存じですか？」

「いいえ。そうなんですか？」

「小村さんが、六十年以上前に、砂川闘争に参加していたことはご存じですか」

「いえ」

「かなり激しい闘争で、当時はこの辺では大騒ぎになっていたと思いますが」

「あれは……私も伝説としては知ってますよ。立川生まれ立川育ちの人間として。ただ、実際に砂川闘争が行われていた時には、私はまだ二歳か三歳ですからね。物心ついた頃には、もうすっかり静かになってました。今と同じですよ。そんな激しい闘争があったなんて、信じられないでしょう」

「そうですか……」

多佳子が岩倉に視線を送り、岩倉は軽くうなずき返した。壁に当たったか……しかし、これでは引き下がれない。岩倉は話を引き取った。

「小村さんに、本当に悪い評判はなかったんですか？　色々な人に話を伺ってるんですけど、話が詰まる時があるんです。何か問題があって、しかしその件では皆さん口をつぐんでいるようで……何か口裏合わせでもしている感じなんですよ」

「そんなことないです」短い否定。

「これは重要な問題なんです。三嶋がどうして小村さんを殺したのか、それが分からない限り、事件の全容が解明できたとは言えません」

「それは警察の仕事でしょう」

「そのために人から話を聴くのが、警察の仕事なんです」

必死で食い下がったものの、話はそこで行き詰まってしまった。多佳子が敏感に気づいて謝る。

家を辞して、岩倉は思わず舌打ちしてしまった。

「すみません、上手くいきませんでした」

「いや、今のは自分に対する舌打ちだ。最後のは余計だったよ。抽象的な言葉で責めても、簡単に防御されてしまうから……人から話を引き出そうとする時は、絶対に具体的な材料を使わないと駄目だな」

「その具体的な材料がないんですよね」

指摘されるまでもなく分かっている。そして岩倉は、この事件について、この辺の住人、そして関係者が口裏合わせをしているような感じがしてならなかった。何に関して口裏を合わせているのかは分からなかったが。

3

こういう話は微妙で、真偽のほどはすぐには分からないものだ——いや、密室の中での行為だから、絶対に証明できないと言っていい。

しかし、わざわざ冗談として披露する人もいないはずだ。

この件を教えてくれたのは、三嶋の家の近くにある自転車店の店主だった。白髪混じりの長い髪を後ろで一本に縛った古川《ふるかわ》という男は、最初から何となく三嶋に同情心を見せていたが……ものは試しで、岩倉が小村の名前を出すと、急に落ち着かない様子になった。そして、「あくまで噂だから」「本人から聞いたことじゃないから」と予防線を張りながら、話したくてうずうずしている、という雰囲気を漂わせる。そして話が思わぬ方向へ流れて、岩倉は焦った。

「誰かに話すべきじゃないかって、ずっと悩んでたんですよ」

「言っていただければよかったです」多佳子が残念そうに言った。

「警察に電話でもするって？　それはハードルが高いな」

「警察は、情報提供に対して常にオープンですよ」

原則的にはそうなのだが、訳の分からない電話がかかってくることもよくある。特に夜、酔っ払いからの電話は少なくない。酔って気持ちが大きくなり、警察をからかってやろうとする人間も出てくるのだろう。そうでなくても、進行中の事件について、単なる想像だったり、思いこみだったりの話を、さも重要なものであるように伝えてきたり──だからといって、市民からの情報提供をシャットアウトするわけにはいかない。百のうち九十九がいい加減な情報だとしても、残る一つが宝石だったりするからだ。

「ただ、この件って危ない話じゃないか。俺も喋ったけど、本当かどうか、今でも分からないし」

「三嶋さんとは親しいんですか？」

「真一とね。同い年なんですよ。あいつが結婚してこの街に引っ越してきてから、ずっとつき合いがあるんで」

「じゃあ、急に甲府に引っ越して、驚いたでしょう」

「本当にいきなりだったね」古川がうなずいた。

「この件、いつ頃知ったんですか？」

「何年か前──ちょっと思い出せないけど」

「誰から聞かれました？」多佳子が矢継ぎ早に質問をぶつける。

「それは、まあ……ちょっとね」

「ネタ元を守る、みたいな感覚ですか」

「向こうに迷惑がかかったらまずいしねえ」

「相手の方の名前は出ないようにします」

「そう言ってるけど、話したら分かっちゃうんじゃないかな」

「情報の出所が分からないようにコントロールすることはできます。警察はそういうことが得意ですから」

「……教育委員会に知り合いがいて」ついに古川が打ち明けた。「東京都の教育委員会ね。出来のいい先輩で、ずっとそこで働いてたんですよ」

「つまり、都内の学校を束ねる立場ですね」岩倉は確認した。

「そういうこと。だからいろいろと情報は入ってくるでしょう」

「そういう情報だったら、すぐに調査に乗り出しそうな感じですけどね」

「どうかな」古川が首を捻る。「こういう問題って、揉み消すんじゃないかな。表沙汰になったら大変でしょう？　管理者の責任も問われるよね」

確かに……公立校の教員は公務員である。そして公務員は、不祥事に関しては敏感、そして隠蔽しがちな体質である。それは警察も変わらない。

「本当だと思いますか？」多佳子が突っこむ。

「どうかな。俺はその先生、知らないし」

「そうですか」多佳子が助けを求めるように岩倉を見た。急に情報が飛び出してきて、しかもヘビーな内容だった――頭が混乱しているに違いない。整理がつくまでつないで欲しい、という懇願。

岩倉は一つ咳払いして、話を引き継いだ。

「古川さんの先輩、何歳ぐらいの方ですか？」

「もう定年で辞めてますよ。俺とは十歳以上離れてるから……部活の大先輩です。俺、高校の時に陸上部だったんだけど、その先輩は、よく指導に来ていたんです。厳しい人でねえ。でも俺、何故か気にいられちゃって。その人も立川に住んでいたんで、呑み友だちになったんですよ――あ、もちろん俺が成人してからの話ですけど」

「もしかしたら、かなり昔から噂になっていたんじゃないですか」岩倉は指摘した。

「そうかもしれないですね。学校のことはよく分からないけど」

「今は定年になられて……連絡は取れますか？」

「本当に話を聴くんですか？」

「仕事ですから」岩倉は押した。

「しばらく連絡取ってないんで……」古川が、つなぎのポケットからスマートフォンを取り出した。

「お願いします。それで、警察から連絡がいく、と伝えて下さい」

「参ったな」古川が頭を掻いた。「警察は強引ですね」

「強引にならざるを得ない事件なんです」

二人は、古川がその先輩に電話をかけるのを見守った。少しかしこまった感じ——呑み友だちとはいえかなり年上だし、事件絡みだから、そんなに気楽には話せないだろう。通話を終えた時、古川は額に汗をかいていた。岩倉は相手の電話番号を聞き出し、すぐに店を辞した。この場で相手と話をするわけにはいかない。

店を出ると、多佳子が溜息をついた。いかにも元気がない。

「ショックか?」

「ショックというか、生理的に受けつけられない話です。要するに……気持ち悪いです」

「だろうな」男の自分でもそう思うぐらいだから、多佳子の感覚としては許し難いだろう。許し難いというか、理解し難い、受け入れ難い——これで、事件の様相が一気に変わってしまうかもしれない。

「どうします?」

「そうだな……」この辺は普通の住宅街で、ちょっと身を寄せるような場所もない。電話をかけるにしても、歩きながら、ということになる。しかしそれでは落ち着かない。

「行ってみるか」

「いきなりですか?」

「電話はかけるよ」岩倉はスマートフォンを取り出した。「立川に住んでるって話だったよな？　だったら、すぐに行けばいい」

「電話ぐらい、私がかけます」多佳子がむきになって言った。

「大丈夫か？」

「生理的嫌悪感を抱いている相手は、その人じゃないですから」

しかし、この件全体が、嫌悪感を抱かせる話になりつつあるようだ。


木村武郎《きむらたけお》は六十二歳。正確に言えば、古川よりちょうど一回り、十二歳年上だった。可愛がっていた後輩の話を出せば会話は転がるかもしれないが、保証はない。

木村の自宅は、立川駅の南側にあるマンションだった。こぢんまりとしているものの、夫婦二人暮らしにはこれで十分なのだろう。岩倉は慎重に、世間話から入った。

「このマンション、まだ新しいですよね」

「いや、もう築十年以上になりますよ。私は、定年のタイミングで入居したので、まだ二年しか住んでいませんが」

「ずっと立川にお住まいじゃないんですか？」

「そうですよ。実家がこっちだったし」

「ご実家は？」

「今は兄が住んでます。古い、大きい一軒家でね。でも、そういう家はメインテナンスがきついでしょう。マンション暮らしが楽でいいですよ」

「分かります」

「それで……いったい何ですか？　警察の人と話すようなことはないと思いますけど」

岩倉はすぐに、本題に入った。途端に木村の顔が曇る。

「また、古い話ですね」

「古いですか？」

「三十年ぐらい前の話ですよ」

「その問題、解決したんですか？　というより、はっきりしたんですか？」

「いや……言いにくい話ですね」

「三十年経ったら時効じゃないんですか？」事件としても、行政の処置としても。

「まあ、一般的にはそうなんでしょうけど、どうもモヤモヤしますね。嫌なことを思い出させてくれました」

「申し訳ありません」岩倉は頭を下げた。「しかし——当時は、きちんと調査しなかったんですか？　教員の不祥事については、かなり厳しく調査して、処分もしますよね」

「今はね。昔は、今ほどは……情けない話ですけど、三十年前だとそんな感じだったんです。よほどはっきりした不祥事だったらともかく、これは密室の中で行われたことですから、証明するのが非常に難しい」

「警察沙汰になってもおかしくない件ですよ」

「まさか」木村の顔から血の気が引く。「それはないでしょう」

「でも、傷ついた人がたくさんいたかもしれません」今となっては、もう実証は不可能だろう。関係者を追うことも難しい。

「それは、今になると申し訳ないと思いますけど……当時は、問題にしない風潮があったんですよ」

岩倉はそこで一歩踏み出した。古川には「ネタ元を守る」と言ったものの、今は少しだけそこからはみ出さねばならない。

「この件、あなたの高校の後輩である古川さんから聞きました」

「さっき、もう一度電話がかかってきましたよ」木村が溜息をついた。「先輩の名前を出してしまって申し訳ないって」

既に古川が喋っているわけで、それなら話が早い。

「この件、どこから話が出たかは極秘にするつもりです。警察の中では情報共有しますが、外には絶対に出しません」ただし、裁判になると明るみに出てしまう恐れがあるが。

「そうですか……」

「木村さんの名前は絶対に出ないように、細心の注意を払います。ですから、当時の事情を話して下さい」

「参ったな」木村が後頭部を平手で叩いた。「まさか、何十年も経ってから、こんなことを話すとは思わなかった。でも、これだけは言っておきます。事実かどうかは分かりませんよ。当時、きちんと調査したわけではなく、あくまで噂のレベルですから」

「構いません」

木村は話してくれた。横に座る多佳子が次第に緊張してくるのが分かる。岩倉でさえ、嫌だった。この手の事件を捜査したことがないわけではないが、学校というクローズドな空間で起きたケースを扱ったことはない。

木村が一通り話し終えると、リビングルームに嫌な沈黙が満ちた。午後の陽光が柔らかく入ってくる部屋が、急に暗黒の空間になってしまったように。しかし、いつまでも不快感を嚙み締めているわけにはいかない。岩倉は再起動した。

「古川さんにこの件を話したのはいつ頃ですか？」

「それこそ、三十年ぐらい前だと思いますよ。私も話を聞いて、自分の胸のうちにしまっておくのがきつくなって。若い友だちは、話すのに適当な相手だと思ったんです」

岩倉はうなずいた。重要な話を聞いた時、すぐに噂を広めたくなる人もいる。一方、黙っているべきだと決めてきついプレッシャーを感じ、心を痛めてしまう人もいるのだ。そういう場合、密かに吐き出して楽になることもある。一種のデトックスのようなもので、これは責められる行為とは言えない。

「あいつはまだ二十歳そこそこだったから、ピンとこなかったかもしれないけど……私はちょうど娘が小学生に上がるぐらいの年齢だったんで、自分のことのように考えてしまいました」

「なるほど」岩倉はうなずいた。「それがプレッシャーになるんですね」

「私にも娘がいますから、分かります。親としては、心配になるのは当然ですよね。でも、学校には常に、そういう危険性が潜んでいるんじゃないですか」

「ええ」木村が認めた。「残念ながら、そういう教員は、一定数いるようです。そういう人であることを我々が見抜けないのか、教員生活を続けているうちにそんな風になってしまうのかは分かりませんが」

「勝手な考えかもしれませんが」

「それでもその後、特に問題になることはなかった」

「噂はずっとありましたけどね。我々としても、黙って放置していたわけではありません。普通より頻繁に異動させるようにしました」

それではむしろ、被害者が増えるだけだと思うのだが……それに、異動を繰り返すことで、警戒が緩んでしまったかもしれない。結局これは、教育委員会のミスなのだ。噂が出た時点でしっかり調査し、然るべき処分を下す。場合によっては刑事事件として警察に引き渡す——そうしていれば、被害が広がるのは防げただろう。

現実には、どれぐらいの被害者がいたか分からないが。岩倉はふと「野放し」という言葉を思い浮かべてしまった。

「具体的な猥褻行為は、どんな感じだったんですか？」

「手を出すことはなかったと思います。写真ですね」

「猥褻な写真？」

「上手く言いくるめて服を脱がせて、それを撮影する――卑劣なやり口ですよ」

まったくだ――しかし岩倉は、別のことを考えていた。写真を撮影していたなら、当然そのデータが残っているだろう。いや、昔だったらデータではなく、フィルムや印画紙になるが……家の捜索はそこそこ徹底して行われたし、岩倉たちも見たのだが、そんなものは見つかっていない。

しかし、もう一度ひっくり返してみる必要はあるだろう。被害者の自宅の家宅捜索というのは、容疑者の自宅のそれに比べれば、緩くなりがちだし。別にサボっているわけではなく、単にそこまでする必要がないケースがほとんどだからだ。被害者の自宅が犯行現場になっている場合は別だが。

「今話して、申し訳ない気持ちでいっぱいですよ」木村が静かな口調で言った。「あの頃、きちんと調べていたら、傷つく人はいなかったかもしれない。でも……あんな死に方をしたのは、罰みたいなものですかね」

悪いことをすれば、必ず罰を受けるとは限らない。警察の手を逃れて、何事もなかったかのように生きていく人もいるだろう。ましてや、関係者から復讐されるなど、まずあり得ないのだ。

いったい何が……やはり、事件はまったく違う様相を呈してくるかもしれない。

署に戻って、すぐに末永に報告した。末永の顔色が、目に見えて変わる。

「そうなると、話が全く変わってくる可能性はありますよ」

「一つの情報ではありますが、今回の事件につながってくるかどうかは分からない」署に帰って来るまでに、岩倉は少し冷静になっていた。確かに大きな情報だが、今回の事件にぴたりとハマる感じではないのだ。「取り敢えず、自宅を徹底して捜索する手はありますね」

「ただし、今の家にあるかどうか……あそこに引っ越したのは、定年になってからでしょう？　写真は、引っ越しで処分したかもしれない」

「それでも、調べてみる必要はあります」

「明日ですね……人を割きますけど、ガンさんもお願いできますか？」

「もちろんです」本当は、ＳＣＵ（特殊事件対策班）の八神《やがみ》の手を借りたいぐらいだ。捜査一課の後輩である八神は、「特殊な目」の持ち主である。鑑識は現場を一平方センチメートル単位で徹底して調べるが、その鑑識が見逃したものですら簡単に見つけてしまうのが、八神という男なのだ。ほとんど、特殊能力と言っていい。

「捜査会議での報告をお願いします。全員で情報共有しましょう」

「分かりました」

夜の捜査会議が始まるまで、岩倉は多佳子と情報のすり合わせをした。しかしいつもの多佳子とは違う……元気よく、歯切れがいい喋り方が彼女の美点なのだが、今日はすっかり調子がおかしくなってしまったようだ。ぼうっとして、岩倉が少し大声で呼びかけると、ようやく現実に戻ってくる感じなのだ。

「頑張ろう」これぐらいしか言えないのが情けないが、岩倉も衝撃を受けていて、言葉が出てこない。

「分かってるんですけどね……」

「俺たちが頑張らないと、悲しむ人がいる」

「誰なんですかね。昔の被害者の人たちですか？　でも、今更この件が明るみに出ると、かえって苦しむことになるかもしれません」

「そこは慎重にやらないと。でも、やらないわけにはいかない。この事件の背景に何があるか、全部知っておかないといけないんだ」

「何とか頑張りますけど……」ぼうっとした表情のまま、多佳子がポケットからスマートフォンを取り出した。急にはっとした表情になる。「すみません、真央ちゃんからメッセージがきました」

「何だって？」

「会って話す気はあるけど、気持ちが固まらないって。どうします？」

向こうの気持ちが固まらなければ、いきなり押しかけて話を聴くのも手だ。それで頑なになってしまう恐れもあるが、話し出すきっかけになる可能性も高い。

「明日は家宅捜索……しかし、これも気になるな」

「ですよね。話す機会があったら逃しちゃいけないと思います」

「分かった。家宅捜索はパスしよう。君の方で何とか連絡を取って、明日話せるようにしてくれないか」

「何だったら今日でも」多佳子が壁の時計を見た。午後五時。確かに、今から出発しても七時には着ける。

「行くか」

「無駄足になるかもしれませんけど」

「押せば何とかなる。向こうだって話したいことがあるんだ。だからこそメッセージを送ってきてるんだし、君なら話を引き出すことができると思う」

「それって、ガンさんが想像しているような話ですか？」

「君も同じだろう？」

多佳子が暗い表情でうなずいた。間違いなく、彼女——そして岩倉の刑事人生の中で、最悪の事情聴取になりそうだった。

4

多佳子が「今から甲府へ行く」とメッセージを送ると、真央が意外な返信をしてきた。家では話したくない。

多佳子と真央のメッセージのやり取りが、しばらく続いた。何とか話がまとまった時

る。

には、既に午後六時になっていた。覆面パトカーは、大月インターチェンジを過ぎていた。

「それで、どうする?」ようやく彼女がスマートフォンをポケットに入れたところで、岩倉は訊ねた。

「学校まで車で行ってピックアップして、家に送り届けるまでに話をします。部活が遅くなったことにしますから、少し時間に余裕ができます」

「それで大丈夫そうか?」

「いつも電車で——身延《みのぶ》線で甲府まで通っているそうです。一本か二本遅れたことにすれば、何とか時間は稼げます」

「話す気にはなってる?」

「大丈夫だと思います。今は、無理に話を引き出さないようにしましたけど」

「それで正解だと思う。やっぱり、相手の顔を見て直接話さないと。メッセージのやり取りだけじゃ、表情の変化が分からない」

「オンラインで顔を見ながらでもいいかなと思ったんですけど……それもまずいですよね」

「直接会える機会があるなら、それを利用した方がいい」

コロナ禍が今より猛威を振るっていた頃、警察もオンラインでの事情聴取を試していたことがある。技術的にはまったく問題なかったのだが、岩倉はやる度に違和感を覚えていた。回線速度の関係で、映像や音声がギクシャクしてしまうことがよくあったし、何となく雑談がしにくい……実は、事情聴取においても雑談は大事なのだ。さりげなく相手の身の上を知り、本題に入る前にどういう性格か見極める。そういう雑談がきっかけになって、本番の事情聴取がスムーズにいくことは珍しくなかった。オンラインでの事情聴取では、何故か「早く本番に入らないと」と気が焦ってしまい、前置きや雑談は飛ばしてしまいがちになる。別に、オンラインで事情聴取を行っても金がかかるわけでもないのに。

しかしそれは、自分たちの年齢ならではの考えだとすぐに分かった。岩倉たちの世代は、人生の途中でインターネットが普及した。今でこそ、常時接続の高速回線が普通だが、昔は家庭ではダイヤルアップ接続で、つないでいる間は料金がかかっていたものである。そんなことはもうはるか昔——四半世紀も前の話なのに、「インターネットはずっとつないでいると料金が嵩む」という当時の感覚は残っているのだろう。

真央が通う高校は、JR甲府駅からさほど遠くなかった。ただしそれは車での感覚であり、歩くとそこそこ遠い……毎朝、遅刻ぎりぎりになった生徒が駅から全力疾走する光景が目に浮かんだ。

午後六時四十五分、既にすっかり暗くなっているが、グラウンドには照明が備わっていて、明るい光を投げかけている。その中で、野球部とサッカー部が練習中だった。こんな時間まで練習しているということは、野球部とサッカー部は強豪なのかもしれない。

岩倉は、正門前で覆面パトカーを停め、一人ぽつんと立っている真央の姿を見つけた。多佳子がすぐに車から飛び出し、真央に声をかける。真央がはっと顔を上げ、それからいかにも不慣れな様子でぎくしゃくと頭を下げた。

先日はほぼ座った状態で対面したのだが、立っているところを見ると、改めて背の高さが分かる。靴はヒールのないローファーなのだが、それでも多佳子よりだいぶ背が高い——おそらく百七十センチはあるだろう。部活の話はほとんどしなかったが、バレー部かバスケットボール部ではないかと岩倉は想像した。

多佳子に連れられ、真央がやって来た。二人が並んで後部座席に腰かけるのは、事前の打ち合わせ通り。

「大丈夫かな。ご両親にばれないといいけど」

「さっき、メッセージを送りました。乗り遅れたって」

「それで平気？」

「たぶん」

「取り敢えず、家の近くまで移動しようか」岩倉はバックミラーを見ながら二人に声をかけた。「学校の近くに車を停めておいたら邪魔になるから。それでいいかな？」

真央が、消え入りそうな声で「はい」と言った。自分は邪魔者だろうかと心配になる。ここは多佳子一人に任せた方がいいかもしれない。オッサンが一人いるだけで、高校生は緊張して喋れなくなってしまうのではないか。

岩倉は慎重に車を走らせた。その間、後部座席では多佳子が真央をリラックスさせようと、雑談を続けている。そう、大事な雑談を。岩倉は意識の半分を車の運転に向けていたので、はっきりとは分からなかったが、真央は警察官と一緒にいることだけが原因で緊張しているようには思えなかった。もっと根深い要因がある――岩倉と多佳子が嫌な予感を抱いている要因が。

「え、じゃあ、ハンドボール部？」多佳子が心底驚いたような声を上げる。

「はい」

「あれ、大変じゃない？　ボールとか当たると痛いでしょう。接触もあるし」

「でも、楽しいです」

「ああいう激しいのができるのって、すごいよね」

「そんなにすごくないです。うちの高校も、そんなに強いわけじゃないし。でも、練習は厳しいです」

「それで進学塾にも行ってるんでしょう？　大変だ」

「本当は……母は、こっちへ来たくなかったんだと思います。私を東京の中学、高校に入れたかったみたいで。でも、父が単身赴任は嫌だって言って、私も甲府でもいいかなって……東京じゃなくてもいいかなって」

話が微妙なところへ入ってきたが、多佳子はスルーした。重要な話かもしれないと判断して、もう少し落ち着いたところで話したいと思ったのだろう。岩倉にも事情聴取に参加するチャンスをやろうと考えたのかもしれない。

夕方のラッシュがまだ残っていたせいか、車で最寄駅まで行くのに二十五分ほどもかかった。それで自分たちの持ち時間が切れてしまったのではないかと岩倉は心配した。しかしバックミラーに映る真央の顔に、変化はない。これから重大な打ち明け話をするようには思えなかった。

岩倉は、最寄駅へ向かう途中にあるドラッグストアの駐車場に車を乗り入れた。巨大な店に広大な駐車場――駐車場は、サッカーグラウンドが作れそうなほどの広さだ。まだ営業中の店の駐車場を勝手に借りるのは申し訳ないのだが、適当な場所を探すのが面倒くさい。後部座席の二人の会話を聞いていると、次の電車が来るのはちょうど三十分後と分かった。岩倉たちに残された時間はそれしかない。

「メッセージをくれてありがとうね」多佳子はゆったりしたペースで切り出した。二人の間の雰囲気はやや温まっており、焦らなくても大丈夫と判断したのかもしれない。

「いえ」

「話したいことって、もしかしたら東京にいた時の話かな」

無言。しかし真央の体がバックミラーの中でぴくりと動いた――小さいが鋭い針で体を突かれでもしたように。

「小学校……じゃないよね」

「はい」

「じゃあ、どこかな。どこかで何かあった？」

「塾です」

それを聞いた瞬間、岩倉は鼓動が跳ね上がるのを感じた。多佳子と話していた嫌な予感――それが間もなく現実のものだと分かる。

「小村さんの塾？」

「はい」

ますます声が小さくなる。今、この会話は録音していないが、録音していても拾えないかもしれないぐらいの小声だった。

そして、この事情聴取自体がそもそも正当かどうか、微妙なところだ。未成年に事情聴取する時には、親の同席が必要というのが暗黙の了解である。後で親から抗議を受けたら、謝罪するしかない。だからこそこれは、あくまで「参考」にしかならない。たまたま街で会った人に聞き込みで話を聴いているのと同じ、という感覚でいく。

「あの、赤いＳ」

「うん」

「あれ、たぶん……この前、名前を聞いて分かりました」

「何か共通点でもある人たちなの？」

「他のＳがついていた人に会いましたか？」

「ごめん、まだ会えてないんだ」

「そうですか……」

「どういう共通点があるのかな」

「私、大きいですよね」

「うん、背は高いね。何センチ？」

「百七十二センチです」

自分とさほど変わらないわけだ、と岩倉は思った。ヒールの高い靴を履いたら、自分の身長を抜かしてしまう。

「私、大きくなるの早かったんです。小六で百六十五センチありました」

「それは確かに大きいね」

真央が言葉を切り、バックミラーを見た。鏡越しに岩倉と目が合う。その瞬間、岩倉は彼女の躊躇いを理解した。自分が――男性がいると話しにくいことなのだ。

「ちょっと飲み物を仕入れてくる。何か希望は？」岩倉はドアに手をかけた。

「あ、水で……すみません」真央が遠慮がちに言った。

「じゃあ、ちょっと待ってて」

岩倉は車を出た。真央の様子は気になるが、車内を覗きこまないようにする。見られていると意識したら、さらに話しにくくなるかもしれない。

店名に「クスリの」と謳っているが、実際には薬も売っているスーパーという感じだった。出入り口付近にはコスメ、奥に行くに連れて食品や菓子などが増えてくる。飲み物のコーナーを見つけるだけで一苦労……ミネラルウォーターを三本買い終えた時には、車を出てから十分が経っていた。持ち時間はもうあまりない。

まずいな——車の中が見えるところまで近づいたところで、岩倉は足を停めた。真央は前屈みになって泣いており、多佳子が背中を撫でている。こんな状態の中に自分が入っていったら、さらに面倒なことになるだろう。

岩倉は少し離れて、車内の様子を見守った。多佳子が必死に語りかけているのが分かる。慰められるかどうか……心配だったが、真央は何とか泣き止んだ。岩倉はゆっくり車に近づき、多佳子が座っている側の窓をノックした。多佳子が真顔で素早くうなずき、窓を下げる。岩倉は無言でペットボトルを二本渡し、真央の方に向けて顎をしゃくった。大丈夫か？　多佳子がまたうなずく。問題なしと判断して、岩倉は運転席に戻った。車内が少し湿っぽい感じがする。真央の涙で……いや、そんなことはあるまい。単なる妄想だ。

「岩倉さん、だいたい終わりました」

「ああ。お疲れ」岩倉は振り向き、真央に声をかけた。笑みを浮かべて……この笑顔で相手が協力的になったことはないのだが。「帰りが遅くなって申し訳ない。家の近くまで送るけど」

「いえ、駅に自転車を停めているんです」

「じゃあ私、駅まで送ってきます」多佳子がシートベルトを外した。

「ここで待ってる」

多佳子の狙いは——もう少し二人でいて、情報を聞き出したい、だろう。ここは、オッサンは黙って待っている方がいい。

二人が車を出て行ってから、岩倉はミネラルウォーターを飲んだ。夜になって少し冷えてきており、温かい飲み物の方がよかったな、と悔いる。飲みながらメッセージを確認する。夜の捜査会議はもう終わったようで、岩倉にも、明日の小村家の家宅捜索の役割が振られていた。午前八時、現地集合……なかなかきついな、と苦笑する。こっちが勝手な動き——方針が定まらないでふらふらしているから、末永は罰を与えたつもりかもしれない。年下とはいえ上司は上司。最近の自分は少し調子がおかしくなってしまっているから、多少は罰を受けて、気合いを入れ直した方がいいかもしれない。

十分ほどして、多佳子が戻って来た。足取りは重い。いつもははねるように元気よく歩くのだが、今日は足を引きずる感じだった。助手席のドアを開けて中に入ると、元気なく腰を下ろし、持っていたミネラルウォーターをボトルから一気に半分ほど飲む。はあ、と息を漏らすと、「やばいです」と短く結論を出した。

「どんな風にやばい？」

「ちょっと頭を整理させてもらっていいですか」多佳子がまた水を飲む。真央と別れて歩いて帰って来るまでの時間では、混乱は収まらなかったのだろう。バッグを漁ってガムを取り出すと、口に放りこんで忙《せわ》しなく嚙み始めた。ガムを嚙んでいるのに、さらに水を飲む。

「何だったら、煙草吸ってもいいぞ」

「持ってないです」

「売ってる店を探してもいい」

「煙草を吸い始めたら、癖になるかもしれないじゃないですか。体に悪いし、お金かかるし」

「真央さんも、小村塾で猥褻被害に遭っていた――そうだな？」岩倉は、話を本題に戻した。

「写真を撮られたそうです」

「そうか。そういう性癖は、死ぬまで直らないのか……」

性的な嗜好は個人の問題であり、誰かに迷惑をかけない限り、批判を受けるものではない。しかし小村の場合は、明らかに一線を超えている。

「写真か……」

「ええ。騙されて、写真を撮られたと」

「もしかしたら、赤いSは小村さんが目をつけていた生徒か？　真央さんは、自分に赤いSがつけられていたことを知っていた？」

「いいえ。ただし、同じように赤いSがついていた子の名前を聞いてピンときたそうです。小学生にしては発育がいい――背が高い子ばかりだったそうです。それが小村さんの好みだったのかもしれません」

「クソ」岩倉は思わず吐き捨てた。「じゃあ、他にも被害者がいるかもしれない」

「今回の事件にも関係して——」

「一回冷静になろうか」岩倉は自分も深呼吸した。「これははっきり言えば、犯罪だ。しかし、三嶋の行動と関係があるかどうかは分からない。決めつけないでいこうぜ」

言いながら、岩倉は一つの——あるいは複数の可能性を考えていた。まだまだ調べなくてはいけないことがあるが、この可能性は頭から否定できない。

「ちょっと衝撃です。こういう話、たまに聞きますけど、自分の身近で聞くなんて思ってませんでした」

「俺もだよ。三十年も刑事をやってきたけど、こういう事件はなかった。こういうことを言うのはよくないかもしれないけど、運がよかったんだろうな。こういう事件は、精神を削る」

「もうかなり削られてます」

「分かった。飯を奢る」

「はい？」

「こういう時は、美味いものを食べてストレス解消するに限る。山梨のブランド牛って何だっけ？」

「甲州牛ですかね」

「そいつが食べられそうな店、探してくれ。美味い肉を腹一杯食って、嫌なことは一時棚上げしよう」

「何だか……そんな気にもなれないんですけど」

「明日の朝、八時に小村の自宅集合だ。今晩、しっかりエネルギー補給しておいた方がいいぞ」

「……ですかね」

「それから、本日この時間をもって、小村に対する敬称をやめる。呼び捨てで小村。いいな？」

「ガンさん……」多佳子が溜息をつく。少し言い過ぎたかと心配になって横を見ると、かすかに笑みを浮かべていた。「久々にいい提案です」

「生意気言うな」

「すみません」

　言いながら多佳子は笑っていた。鋼のメンタルというわけではあるまいが、多佳子はやはり強い。どんなひどい事件でショックを受けても、それを表に出さず、しっかり飯を食う――彼女は、いい刑事になる素質を持っている。

　しっかり飯を食うのはいい刑事の条件――それはそうなのだが、限度はある。岩倉は久しぶりに、食事代を払うのにカードを使った。多佳子が選んだのは、ランプステーキ二百グラムで七千六百円。岩倉自身は散々悩んだ末、同じランプステーキの百五十グラムにした。こちらは五千九百円。

後輩に飯を奢る時は、何かと難しいものだ。きちんとした和食やフレンチでコースになっている時は、同じ値段のものを食べると最初から分かっているが、アラカルトだと、自分はそんなに安いものを選べない。そうすると後輩が遠慮してしまい、腹一杯食べてもらえなくなるのだ。今回は最初に「何でも好きなものにしてくれ」と判断を多佳子に任せてしまった。それでも彼女も散々悩んでいたが……女性の場合、脂分が少ないヒレを好む人もいるのだが、そちらはランプステーキよりもかなり高い。結局遠慮してランプステーキにしたのだろう。これだったら、焼肉の方がよかったかもしれない。実際そう提案したのだが、多佳子は「今日着ているジャケットが手持ちで一番高いので、臭いがつくのは嫌です」という理屈で退けた。

値段のことを気にしていたが、味はさすがに一流……高いだけのことはある。ステーキは、柔らかい方が高級なイメージがあるのだが、実際には少し歯応えがある方が、肉の旨みを味わえていいと思う。

「美味しかったですね」多佳子も満足そうだった。

「いい肉だった」岩倉も満足した。同時に、食べられなくなった、と思う。昔——二十代の頃に、下北沢に安いステーキ屋があった。肉の質はそこそこ、というか絶対に安い肉だったのだが、そこは一ポンドのステーキを、確か二千円ぐらいで出すので有名な店だった。腹が減ってどうしても肉を食べたい時、岩倉は何度か足を運んだものである。特に初任地の渋谷中央署にいた頃は、こっそり管内を抜け出して下北沢へ出かけ、肉を堪能していた。あの店はまだあるだろうか……と懐かしくなったが、今は上質な肉を少しだけ食べた方が満足感が大きい。同い年の同期の中では、まだ食欲が衰えないことを「元気な証拠だ」と誇っている人間もいて、回転寿司で何十皿食べたとか、焼肉を一人で五人前食べたとか自慢する。しかしそういう人間は、だいたい標準体重をはるかにオーバーする太り方をしていて、顔色も悪い。

「腹は一杯になったか？」

「明日の捜索に耐えられるぐらいには……でも、本当に写真なんかあるんですかね？今までも散々探したじゃないですか」

「畳まで上げたわけじゃない」

「そこまでやります？」

「やばいものを隠そうとするような場所は、全部探す」

「でも……」多佳子がコーヒーカップを突いた。「ちょっと違和感があります」

「というと？」

「小村の性癖がずっと昔から同じだったとすると、写真の処理はどうしてたんでしょう。まさか、裸の子どもの写真を現像に出すわけにはいかないですよね――っていうか、昔って、撮影した写真は現像に出して焼きつけてたんですよね？」

「今みたいに、スマホで撮ってそのままクラウドに保存、ってわけにはいかなかった。写真は、結構大変なものだったよ」

「そんなヤバい写真を、黙って現像してくれる写真屋なんか、あるんですかね。黙ってやってたら、同罪みたいなものじゃないですか」

「自分で現像してたかもしれない」

「そんなこと、できるんですか？」

「白黒なら、そんなに難しくないはずだ」実際、それを趣味にしている人間もいた。岩倉の先輩の一人がまさに写真撮影、現像が趣味で、新築したばかりの一戸建ての自宅に、暗室まで作ってしまったのである。そこで、自分で撮影した写真を、自由にトリミングして焼きつけるのが何より楽しみだ、と言っていた。その先輩は、街の写真専門だったが……繁華街に出向いては、人の流れを中心に賑わいを撮影していた。

「そんなこと、できるんですね」

「簡易暗室みたいなものもあったと思う。昔、新聞社のカメラマンは、現場で現像するようなこともあったらしいから」

「どういう仕組みなんですか？」

「俺も詳しくは知らないけど、完全に遮光できる箱みたいなものらしい。その中にフィルムや薬品を入れて、手探りで作業する」

考えてみれば、この数十年で一番変わったのは写真だったかもしれない。仕事でも、昔はインスタントカメラで現場の様子を撮影したりしていたが、今はスマートフォンで済んでしまう。それが裁判の証拠としても有効とされるのだから、多くの刑事が新しい武器を手に入れたと言っていい。

「写真が趣味っていう話は、今まで一度も出ていませんよね」

「聞き込みが弱かったかな」岩倉は顎を撫でた。「被害者についても、丸裸にするつもりでやらないとな」

「ですね」多佳子がうなずく。「帰りますか？　明日の朝早いですし」

「ああ」

甲府から立川までは、百キロもない。中央道に乗ってしまえばあっという間なのだが、今夜は運転が面倒でならなかった。この事件は、調べれば調べるほど闇が深くなっていく。考えただけで、体も心も蝕《むしば》まれていくようだった。

それでも、後輩に運転を任せるとは言えない。理由は分からないが、今は自分に鞭打つべき時だと思う。

5

翌朝、岩倉は午前八時少し前に、小村の自宅に出向いた。今日の捜索に駆り出された人数は、十人。特捜本部に詰める刑事の半数近くが投入されたことになる。いくら広い家と言っても、これだけの人数が入ると動きが取りにくくなるだろう。末永も、もう少し考えて指示すればいいのに……末永はあまり現場に出たがらないタイプの指揮官だ。小村の家も見ていないはずで、現場がどんな感じなのか、把握していないのだろう。現場にはやはり、写真や動画だけでは分からない雰囲気がある。もちろん、指揮官が全ての現場に足を運ばねばならないというわけではないが……。

多佳子も疲れた顔で姿を見せた。昨夜立川に戻ったのは、午後十時半。岩倉は署から歩いて行けるところに住んでいるからいいが、多佳子は立川駅の南側——署から少し遠いので、岩倉は彼女を先に自宅近くで落とした。自分よりは早く家に帰り着いたはずだが、それでも疲れは抜けていないようだ。

「おはようございます」掠《かす》れた声で多佳子が挨拶し、二度、三度と咳払いした。

「カラオケで喉を潰したみたいな声だな」

「昨夜は、歌ってる暇はなかったですけどね。暇があっても、歌う気にはなれなかったと思いますけど」

「だよな」

「全員、中に集合」

この場を仕切ることになっている本部捜査一課の主任・高島《たかしま》が声をかけた。まだ四十歳なのだが、えらく苦労してきたようで、常に厳しい表情を浮かべている。そのせいか、眉間に深い皺ができていた。これは二度と消えることはないだろう。髪にもだいぶ白いものが混じっている。

玄関に近いリビングルームに全員が集まった。広い部屋なのだが、さすがに十人も入ると狭苦しい。

高島が捜索場所を割り振った。書斎が一番怪しいのだが、岩倉はそこを担当しなかった。以前に調べているから、今日は新鮮な目で新しいところを、ということだ。任されたのは、小村が教室に使っていた二階の部屋。始める前に、多佳子と軽く打ち合わせをした。

「あそこから何か出てくるとは思えないんですけど」多佳子はいきなり不機嫌だった。結果が出ない可能性が高い場所を任された――と不満なのだろう。「子どもたちがいる教室に写真を置いておくなんて、あり得ないでしょう」

「畳の下に隠してあるかもしれない。さすがにそこなら、他の人には見つからないはずだ」

「畳を上げたことなんか、ないですよ」彼女の年齢だと、生まれた時からずっと、畳のない家で暮らしていてもおかしくはない。

「俺がやるよ。子どもの頃は、毎年年末に畳を上げて掃除していた」

「古き良き日本の伝統ってやつですか」

一々突っかかってくる感じ……今朝の彼女の機嫌は最悪のようだ。

さて、あまり気を遣っていても仕方がない。こういう時は淡々と仕事を進めるに限る。

階段へ向かいかけた時、スマートフォンが鳴った。登録していない番号――しかし、小村の長男・照英の番号だと分かった。

「先に行ってくれ」スマートフォンを振って見せ、通話ボタンを押してから玄関に向かった。靴を履いて外に出る――と思った瞬間にやめにする。十人もの刑事が出向いてきたので、また何かあったとでも考えたのか、野次馬が結構集まっていた。そういう人たちの前でややこしい話はできない。幸い、玄関には人がいないので、静かに話せそうだ。

「岩倉です――照英さんですよね」

「はい。すみません、今日、実家の方へ来るように言われていたんですが、何かあったんですか」

「何も聞いていませんか？」

この件は岩倉も知らなかった。おそらく昨夜、誰かが照英に電話をかけたのだろう。実家で何か――ヤバい写真でも出てくれば、すぐに問い詰めるつもりなのだ。照英は当然、そんなことを知らない。岩倉としては……嘘はつけないが、特捜本部の狙いを告げることもできない。

「家宅捜索を行なっています」

「ええ……それは聞きました。でも、今更何なんですか？　とっくに捜査は終わっているのかと思っていました」

「警察の捜査が終わるのは、容疑者が起訴された時です。その際は、必ずご連絡します。

今回は起訴はまだですよ。今日は――」岩倉は一瞬言葉を切った。「何か押収すべきものが出てきた時に、いち早く許可をいただくためです。一々呼び出していたら、大変でしょう。今日一日、ここでつきあってもらう方が楽かと思います。横浜から来ていただくのは、申し訳ないですが」

「それは大丈夫なんですが、どうして今になって家宅捜索なんて……」

「すみません、私も現場の刑事ですので、上の言うことに従うしかないんです」情けないと思いながら岩倉は言い訳した。上に責任を押しつけ、自分は具体的なことを言わないのは、勤め人の定番の「逃げ」である。「こちらへ来ていただければ、話をしましょう。私で分かることでしたら、お答えします」

「……分かりました。これから向かいます」

「お忙しいところ、すみません」岩倉は宙に向かって頭を下げた。

何だか釈然としない――照英の、やけに用心深い態度は何なのだろう。これまで終始、警察には協力的だったのに。もしかしたら、休日に家族と大事な用事があったのかもしれない。電話を切り、現場仕切りの高島に今の件を報告した。

「そうですか……」高島は釈然としない様子だった。

「昨日連絡した人間が無礼だったとか？」

「俺ですけどね」

「ああ――失礼」岩倉はさっと頭を下げて二階に上がった。高島は、電話でも不機嫌な声で相手を不安にさせてしまうタイプなのだろう。どこかで気を抜かないと、そのうち本人が参ってしまうはずだ。

とはいえ、その辺のことについては、岩倉はアドバイスができるタイプではない。自分の息抜きは未解決事件の研究——いや、これは趣味とは言い切れない。唯一仕事を忘れられるのは、実里といる時だけだ。彼女がいなければ、ひたすら仕事に没入するだけで、まったくゆとりもない五十五歳になっていたのではないだろうか。五十近くになって彼女と出会えたのは、本当についていたと思う。紹介してくれた捜査一課の後輩・大友鉄には頭が上がらない。

元教室だった部屋では、多佳子が既に捜索を始めていた。とはいえ、見るべき場所もあまりない。塾時代に使われていたらしい長テーブルが、折り畳まれて部屋の片隅に置かれているだけだ。塾が開かれていた頃には参考書の類は置かれていたかもしれないが、今は何もなかった。小村が塾を辞めて施設に入ったタイミングで処分したのかもしれない。

多佳子は押し入れを確認していた。確かに、何か隠すなら押し入れという感じはする。ただし岩倉が見た限り、押し入れの中は空っぽだった。あとは本当に、畳を上げてみるしかないか。それを言うと、多佳子が怪訝そうな表情を浮かべる。

「そんなこと、本当にあるんですか？　畳の下に物を隠すなんて」

「十五年前に、大阪府警が、殺人事件の現場になった被害者宅を家宅捜索したことがある。被害者は自宅で刺し殺されていたんだけど、畳に大量の血痕が残っていた。チェックするために畳を上げてみたら、二千万円が出てきた」

「二千……万円ですか」多佳子が目を見開く。「二千万円って、相当ですよ？　重さにすれば二キロになります」

「そうだな」岩倉はうなずいた。「でも、畳一枚分の広さにきっちり敷き詰めたら、厚みはあまり出ない。ただし府警の捜査員は、畳の微妙な違和感に気づいた」

「少し浮いていたとか？」

「他の人間はまったく気づかなかったけど、その捜査員は柔道三段だった。足裏が、畳の感触に敏感だったんだろうな」

「すごいですね……って、ガンさんの記憶力がすごいですけど」

「これは単なるトリビアだ。捜査の役には立たない。さて、畳を上げるか」

「こんなの、二人だけでやれるんですか？」多佳子は引いていた。

「一人でもできるよ。ただし、今日は無理する必要はない。腰を痛めそうだからな」岩倉は、バッグの中から大型のマイナスドライバーを取り出した。自分でも理由は覚えていないが、何故か自宅にあったものである。普段、ドライバーを使うことなどないのだが。

「畳って、絶滅寸前ですよね」

「そんなこともない。街を歩くと、結構畳屋があるだろう？」

「でも、畳なんてそんなに頻繁に換えないですよね？」

「家ではね……今は、居酒屋相手の商売が多いみたいだ。居酒屋は畳のところも多いだろう？　ところが、結構頻繁に酒をこぼすから、交換する機会が多いそうだ」

「それもトリビアですか？」

「社会常識かな……ちょっとどいておいてくれ」

長テーブルを運び出し、多佳子が廊下に退避したところで、岩倉は畳の縁に慎重にマイナスドライバーを押しこんだ。ドライバーがずれないように、下にタオルを当てがい、ドライバーを押す手にゆっくりと力をこめる。畳はきっちり組みこまれていてきつい――しかしじわじわと持ち上がり、ほどなく指が入るだけの隙間ができた。岩倉は右手でドライバーを支えたまま、大きく開いた隙間に左手を突っこんだ。その時点で既に汗をかいている……左手で畳を浮かせ、右手も突っこんで一気に畳を斜めにする。ここまで上がれば終わったも同然だ。

「大丈夫だ」

声をかけると、多佳子が部屋に入ってきた。岩倉が奇跡でも起こしたように、目を見開いている。

「こういうの、誰かに教わったんですか？」

「ガキの頃に親がやるのを見ていて覚えたんだと思う。忘れないものだな……ちょっと手伝ってくれ。一つ外せば、あとは大した手間はかからない」

何だか本当に、年末の大掃除のようだ。二人は一枚ずつ畳を外し、廊下に持っていって積み重ねた。何も出てこないまま、最後の一枚になってしまう。埃まみれになっただけで収穫なしか、と思うとさすがにがっくりきた。

重い畳を十枚も持ち上げて廊下に運ぶと、さすがに疲れる。こういうのは、若い力自慢たちに任せる方がいいのだが、全員が割り振りに従って他の部屋の捜索をしており、手を貸してくれるような余裕はない。

最後の一枚……上げて多佳子に支えさせたまま、岩倉は窓を開けた。最初からこうしておけばよかったのだが……マスクはしているものの、全身に埃を被ってしまったので体が痒《かゆ》い。汗もかいており、さっさと風呂に入りたかったが、それは夜まで我慢するしかない。

窓を開けて、一瞬爽やかな五月の風を浴びたところで、多佳子のところに戻る。彼女は左手一本で畳を支えたまま、手持ち無沙汰にしていた。

「これは……運ばなくていいかな」既に畳の下の板の間全体が剝き出しになっている。しかし何もない。

「このまま戻します？」

「ああ――いや、ちょっと待ってくれ。この畳、そのまま支えててくれ」

岩倉は作業用にはめていた軍手を外し、ラテックス製の手袋をはめた。畳の裏に、染みがついた封筒が貼りついている。四隅が粘着テープでしっかり留められている。岩倉は封筒を慎重に外して、板の間に置いた。

「何ですか？」多佳子が不安そうに訊ねる。

「当たりかもしれない」

岩倉は封筒を開けた。やはりテープで留められていたが、かなり古くなって乾いており、剝がすのに手間はいらなかった。サイズはＡ４判で、そこそこ厚い……中にはＡ４サイズのプリントアウトが何枚も入っている。一番上の一枚を見ただけで、岩倉は絶望した。

ローアングルでスカートの中を捉えた一枚。盗撮した感じだが、場所は……凝視すると、背景がこの部屋の押入れ付近と一致した。

「ガンさん、それ……」

岩倉は黙って立ち上がり、多佳子に手を貸して畳を板の間に戻した。それから封筒に入っていた写真を畳の上に並べる。全部で二十五枚……いずれもかなり古いもので褪色が目立ったが、何十年も前のものとは思えない。そう言えば、書斎にはプリンターとパソコンがあったはずだ。

「本当だったんですね」多佳子の声が震える。

「これ……真央さんじゃないか」

岩倉は一枚の写真を指差した。触る気になれない——触ったら火傷してしまいそうだった。

「ですね」多佳子がうなずく。「でも、おかしくないですか？」

「何が」

「家には奥さんもいたわけですよね？　盗撮したり、プリントアウトしたりして、バレなかったんでしょうか。しかもこんなところに隠して……畳を上げたり下ろしたりだと、結構大きな音がするでしょう」

「見て見ぬふりだったかもしれない」

「まさか」

「元学校の先生。辞めても無償で子どもたちに教えてきた。尊敬される立場で、奥さんも『尊敬される先生の妻』という立場を守らなくてはいけなかったんじゃないかな。そのためには、知らなかったことにしておいたとか」

「まさか」二度目の「まさか」はトーンが上がっていた。

「まさか、じゃないんだ」岩倉はうなずいた。何だか胃が痛い。「世の中には、もっと信じられないことをする人もいる。特に性的嗜好に関しては……そういうのを見るのも刑事の仕事だけど、大丈夫か」

「何とか」多佳子の顔は蒼かった。もしかしたら、残虐に殺された遺体を見るよりもショックが大きいかもしれない。「でもこれって、漁みたいなものですよね。追いこみ漁？」

「何だ、それ」

「魚を手元に追いこんで、一気に網ですくうみたいな」

「嫌な喩えするね、君も」

「すみません」多佳子がさっと頭を下げた。「思いつきで……もしかしたらこの塾を始めたそもそものきっかけは、自分の性的嗜好のために、子どもたちを集めることだったかもしれない」

「それを言うなら、小学校の先生になったそもそもの目的だって――」

「ガンさん、こういう推測って大事ですよね？　でも、もう少し後にしてもらってもいいですか？　今はまだ、話す気になれません」

刑事になって最初のショックがこれとは……岩倉は多佳子に同情した。

第五章　事件の終わり

1

　結局、プリントアウトされた写真は、それしか出てこなかった。パソコンとプリンターが置いてあった書斎の捜索を重点的に行うことにしたが、何しろ狭いので、何人も入るわけにはいかない。岩倉は、汗をかきながらやって来た照英への対応を引き受けた。

「書斎にあるパソコンとプリンターを押収します。ご了承下さい」

「パソコンって……もう二年も触っていないはずですよ――入所してから」

「そうでしょうね。ちなみに小村さんは、パソコンは昔から使っていましたか？」教育現場へのパソコン導入が遅れているというニュースを、何度も読んだことがある。二十五年前にも、二十年前にも、十年前にも。何年経っても「導入が遅れている」のはどういうことだろう。

「そうですね」

「仕事で、ですか？」

「家で、テストや資料を作ったりしてました。学校の先生としては、先進的な方だったんじゃないかな」

「いつ頃からですか？」

「三十年以上前？」自信なげに首を捻る。「確かまだ、ウィンドウズ95が出る前でしたね。私も会社で使うぐらいで、普通の家にはパソコンなんかなかった時代ですよ。そうそう、ローンを組んで買ったノートパソコンが、七十万円したっていう話を聞いたこともあります」

「そんなに高いパソコンがあったんですか？」思わず目を見開いてしまう。

「昔のノートパソコンはそんなものですよ。今が安過ぎるんでしょう」

「ちなみに小村さん、写真の趣味はありませんでしたか？」

「ありました」照英があっさり認めた。「自分で現像するぐらいだから、かなりのマニアでしたね」

「この家には暗室はないですけど……」

「ここを建てたのが、二十七年前——もうデジカメに切り替えていた頃だと思います。新しもの好きで、私にも見せびらかしていましたからね。これからは現像液で臭くなることもない、と喜んで」

「どんな写真を撮っていたんですか？」

「花ですね。特に桜が好きなのは、先生だったせいかもしれないけど……学校って、たいてい桜があるでしょう？」

「ええ」

「通勤途中とかで花を見つけて……みたいな感じでした。いつもカメラを持ち歩いて。でも、人の家の花壇を撮影して、不審者扱いされたこともあるそうです」

　本当は、不審者どころではない人間だったのだが。しかし——古い写真はどうしたのだろう？　家で見つかった写真は全て、パソコンで処理してプリントアウトされたものと見られている。デジカメを使うようになる以前、自分で現像していた頃の写真はどこにあるのだろう。何かのタイミングで、処分してしまったのか。

　ふと思いついて、照英に訊ねる。

「施設に入所する時、私物はどれぐらい持っていったんですか？」

「それほど多くないですよ。本とか着替えぐらいです。段ボール箱で三つ、四つ——あ」照英がいきなり甲高い声を上げた。

「どうかしましたか？」

「施設から荷物を引き上げないといけないんです。本人が亡くなっているので……今月中に引き取るように言われていました」

「仕事もお忙しいから、大変ですよね」

「せっかくこちらへ来たので、今日寄ってみますよ」

「そうですね」岩倉はうなずいた。「でも、ここの捜索が一段落してからにしてもらえますか？　また持ち出すものがあるかもしれないので、許可をいただかないといけません」

「いったい何なんですか？　何でこんなに捜査が長引くんですか」照英の顔が赤くなる。家族を汚された、とでも感じているのかもしれない。

「それだけ複雑な事件だということです」

複雑ではなく「嫌な」が正確だが、今日見つけた事実を、まだ照英に告げる訳にはいかない。それは最終局面——彼に最後のショックを与える仕事は自分に回ってくるだろう、と岩倉は覚悟した。

岩倉は多佳子を連れて、小村が入所していた老健施設に向かった。今日は賑やか……何故か子どもたちが何十人もいる。

以前話を聴いた女性の管理部長に、今日も面会した。

「子どもたちは、社会科見学ですか？」

「それもあります。地元の小学校の授業なんですよ。最近、子どもたちが高齢者と触れ合う機会が少ないでしょう？　それで、うちのような施設を訪ねてもらって、高齢者と交流する機会を作っているんです。コロナになってからは、なかなか思うようにいかなかったですけどね。せいぜい、子どもたちの歌を聞いてもらうぐらいです」

「なるほど。授業もいろいろあるんですね……それで、先ほどの話なんですが」

「はい、私物はお預かりしています。今月中に引き取っていただくことにしていますけど、一旦部屋から出して、こちらの倉庫に保管しています」

「息子さんは引き取りのことを覚えておいでですから、心配はいらないと思います。それで、これが息子さんに書いてもらったものです」

　実に情けないが、ノートを破いたものだった。

「施設で預かっている父・小村春吉の私物を警察が調べる許可を与えます」

　文面も素っ気ない。そして照英は、どういうわけかいつも持ち歩いているという印鑑を押していた。そのせいで、何となく「権威」が生じたような感じはする。

「これを息子さんから預かっています」

「うちとしては、これで問題ありません」そう言いながら、管理部長はどこか疑わしげだった。「でも、何があるんですか？」

「捜査は常に動いていて、状況が変わります。今日、こちらの施設にある小村さんの私物を調べる必要が出てきたということなんですよ」岩倉は、自分では愛想たっぷりに思える表情を作って言った。その愛想が相手に通用しているかどうかは分からなかったが。

「では……倉庫はこちらです」

「よろしくお願いします」

　倉庫は、事務室の隣にあった。本当に倉庫――掃除用具や非常用の食料などが保管され、ドアに近い方はリネン用のスペースになっていた。ずっと奥の方に棚がしつらえられており、そこに古びた段ボール箱が二つ、載っているのが見えた。管理部長が、その段ボール箱を指差す。

「こちらが小村さんの荷物です。終わったら声をかけていただけますか？　私は事務室にいます」

「ありがとうございます」

岩倉と多佳子は二つの段ボール箱を床に下ろした。棚は高さがないので、そこで蓋を開けると上につかえてしまう。床に置いて蓋を開け、中身を棚に出して確認する作業手順にした。

しかし――何だか侘しい。小村が終の住処に運んだ荷物がこれだけか。まるで彼の人生が、段ボール箱二つに集約されてしまったようだ。自分も数十年後は同じような立場に追いこまれる。その時に、どんな荷物を持ちこむのだろう。

気を取り直して段ボール箱の中身に意識を集中する。出てきたのは本や雑誌、そして着替え。着替えといっても、寝巻き、そしてジャージである。この施設の中で、きちんとした服装でいる必要もないということか……病院のようなものだから、寝巻きで動き回っていても、特に違和感はない。実際、そういう服を着ている入所者も多い。

「ガンさん、これ」

多佳子が、一つの段ボール箱の底から封筒を取り出した。そこそこ厚みがある。先ほど自宅で見つけたものとはサイズが違うが……。

多佳子は自分で確認したくないのか、岩倉に向かって封筒を突き出した。先輩に向かって失礼な……岩倉が若い頃だったら、絶対に許されない行為である。しかし岩倉は素直に受け取った。今回の件で、多佳子がダメージを受けているのは間違いない。ここで新しい写真を見つけて、さらにダメージを受けるのを恐れているのは分かる。若い刑事を追いこまなくてもいいだろう、と岩倉は判断した。

彼女の嫌な勘は当たった。中には数十枚の写真……全て白黒なのは、自分で焼きつけたからかもしれない。中には上半身裸の子どもの写真もある。脱がせて写真を撮った――子どもにとっては恐怖の時間でしかなかっただろう。小学校において、教師は絶対的な存在であり、命令されたら逆らえない。しかし小学校の高学年にもなれば、小村が要求する行為がどれだけおかしいものか、理解できるはずだ。

「古い写真だと思う」

岩倉は封筒を多佳子に返した。多佳子が恐る恐る受け取り、中を確認する。

「全部確認するの、後でいいですか？　署に戻ってからでも」

「そうしよう。ここは埃っぽいし、暗い」

「ですよね……」

嫌な確認作業を先延ばしにしているだけかもしれないが、それでも構わない。重要な証拠は手に入れたのだから、焦る必要はないだろう。

段ボール箱二つの調査はあっという間に終わってしまった。多佳子の精神状態が心配――刑事は誰でも、辛い局面を乗り越えていかねばならないが、それには先輩の助けも必要だ。しかし今の岩倉には、彼女を元気づける上手い手立てがない。美味い飯を奢れば元気が出るというわけでもないだろうし。

そもそも岩倉自身、この事件のショックから立ち直れるかどうか分からなかった。

岩倉たちは署に戻り、押収した写真のチェックを始めた。多佳子はこの作業からは外した……さらなるショックを与えないためだが、それよりも彼女には、大事な役目があった。真央と連絡を取り合い、彼女の教えてくれた情報が正しかったと伝える。そしてできれば、さらに詳しく話を聴き出す――ただし今日は平日なので、真央は夜まで摑まらないかもしれない。それでも、多佳子には何か作業をさせておかねばならない。

特捜本部に残っていた戸澤が、写真をチェックする作業に加わった。こういう時には戸澤も悪くない。何も感じていない様子で、まったく動揺せずに作業を進めている。

自宅で見つかった写真は二十五枚。老健施設で新たに発見された古い写真は、十八枚あった。

「古いのは、自分で焼きつけしたものですね」戸澤がぽつりと言った。

「昔は、家に暗室があったそうだ」

「あまり上手くないですね」

「そうか？」それはもちろん、写真館と同じレベルではいかないだろう。「慌てて焼きつけた感じがします。露光が甘いし」

「何でそんなに詳しいんだ？」

「高校の時、写真部でした」

「君の年齢だと、写真部もデジカメじゃなかったのか？」それなら、いつもデジタル一眼レフを持ち歩いているのも理解できる。ただし岩倉は、まだ彼の写真の腕に驚く機会はなかった。

「フィルムカメラはフィルムカメラで、一つのジャンルなんです」

「なるほどね」こういう趣味を持っていることを知っていたなら、もっと前から話しておけばよかった。岩倉は写真に詳しいわけではないが、とっかかりにはなったはずである。

岩倉は、古い写真に引っかかった。一枚、どこかで見た記憶のある写真がある。誰だったか……多くの関係者に事情聴取してきたから、その中の誰かかもしれない。写真は子どもの頃のものなので、成長した後に会っていたら――その時、ふと記憶がつながった。SCUの八神ではないが、視覚が記憶を呼び覚ましたのかもしれない。

この写真で確認を――いや、それは危険だ。上半身裸の写真を本人に見せて、ショックを与えるのはまずい。何十年も経っているとはいえ、嫌な記憶は薄れていないだろうし、この写真を見たことで新たなショックを受けるかもしれない。

しかし、この写真の人物が、岩倉が想像している通りの人だったら——小さな疑問がいくつか解決することになる。

その後に待っているのは、この事件の真相だ。おそらく、ろくでもない真相。

悩んだ末、岩倉は問題の写真の顔の部分だけをスマートフォンで撮影した。顔だけなら、上半身裸とは分からない。それでも、相手はショックを受けるかもしれないが。

岩倉は遅めの昼食を署の食堂で食べた。戸澤も同席……会話も弾まないが、今はエネルギー補給のことだけを考えればいい。いずれにせよ、これから山梨へ向かわねばならないのだ。それを考えると気が重く、無駄話をする気にもなれない。

多佳子がやって来た。ランチでもうどんでもカレーでもなく、売店で売っているサンドウィッチ一つに野菜ジュースだけ……普段の食欲から考えると、おやつのようなものである。

「ガンさん、食欲はあるんですね」羨ましそうに多佳子が言った。

「俺ぐらいのオッサンになると、目の前に死体があっても飯は食えるよ」

多佳子が嫌そうに顔をしかめる。今の喩えはさすがにまずかったか……岩倉は慌てて飯をかきこんだ。

「真央さんは？」

「メッセージを残して電話もかけましたけど、折り返しがありません。授業中は、スマートフォンを預ける学校かもしれません」

「そうか……山梨に行くぞ」

「……そうなりますよね」多佳子がうなずいたが、心底嫌そうだった。

「俺たちが行かないと駄目だ。山梨の方は、俺たちがずっと担当してたんだから、決着をつける」

「ですね」

「それで、戸澤」岩倉は向かいでうどんを啜《すす》っている戸澤に声をかけた。

「はい？」

「君にも一緒に来てもらう。少しでも人が多い方がいい。何があるか分からないからな」

「分かりました」大したことはないと思っているのか、神経が図太いのか、平然とした口調で戸澤が答える。

まあ、一人ぐらいはこういう人間がいた方がいいだろう。担当者全員が神経質になっていたら、場の空気が悪くなるだけだ。それに、そういう状態はしばしばミスを呼びこむ。

山梨に向かったのは、三人だけではなかった。ここが勝負所と見たのか、末永がさらに二人を派遣することを決めたのだ。車も二台。

岩倉と多佳子は、戸澤の運転する覆面パトカーに乗りこんだ。岩倉は助手席に陣取り、多佳子を後部座席に座らせる。

「私、助手席でいいですよ。大先輩を差し置いて、そんな」

「後ろで寝てろ」岩倉は小声で言った。「君が調子悪いのは、寝不足のせいもあるだろう。顔色を見れば分かる」

「確かにあまり寝てませんけど……」

「ちょうどいい昼寝になるんじゃないか？」

「でも……」

「業務命令。それともう一つ、『大先輩』は禁止な。『大』がつくと、ジイさんみたいな感じになるから」

「それは了解です——先輩」

多佳子がニヤリと笑った。既に調子を取り戻しかけているのだろう。山梨行きの途中で寝られれば、さらに元気になるかもしれない。若いうちは、どんなに辛いことがあっても、寝れば忘れるものだ——寝られれば、だが。

岩倉たちが山梨に向かっている間にも、特捜本部は動いていた。岩倉たちが残した小村塾の名簿を元に、赤い「Ｓ」がついた生徒に事情聴取を試みたのだ。大人数を投入して一斉に行ったせいか、岩倉たちが山梨に着いた時には、既に二人から証言を得たと報告が入ってきた。多佳子はその関係でのやり取りをスマートフォンで続けていて、結局眠れなかった……それでも真一の実家に着いた時には、元気を取り戻していた。

「大丈夫か？」あまり大丈夫かと聞いてはいけないのだが、つい訊ねてしまった。

「何がですか？」

「寝られなかっただろう」

「寝てましたよ。国立府中から高速に乗った瞬間に」

「そうか」これは、図太いと言っていいのだろうか。

「言ってなかったけど、私、一瞬で寝られる特技がありますから」

「そいつは羨ましい」俺なんか、最近はベッドに入ってもすぐに寝つけなくて困っている——とは言わなかった。事実だが、いくら何でもこの話題はオッサン臭過ぎる。

「それで、十五分寝れば、大抵のことは大丈夫ですから——行きますか？」

「他の二人が来るまで待ってくれ」岩倉としては、もう一つ気になることがあった。

「俺も確認しておきたいことがあるんだ」

岩倉は車から降りた。車内で話せないこともないのだが、まだ二人には聞かれたくない。勘というより想像のようなもの……その二つの違いが何かと聞かれると困ってしまうが。

確認には少し時間がかかるという。岩倉は、電話ではなくショートメールで結果だけ教えて欲しいと頼みこんだ。これから重要な話をしなくてはならないので、着信音で邪魔されたくない。

覆面パトカーのドアを開け、二人に声をかける。

「俺は準備ＯＫだ」

そこへちょうど、他の二人が乗った車も到着した。五人で押しかけると、相手が話しづらくなるだろうから、あくまで二人――自分と多佳子が話を聴くことにして、二人を店の正面で待機させ、戸澤は裏口に回すことにした。あくまで念の為だが、これで逃げ場を塞ぐ感じになる。

今回は通告なしで訪ねたが、岩倉は心配していなかった。自宅で商売をやっている人は、簡単に摑まるものだ。これが勤め人だと、接触するのは結構難しいのだが。

「何か気をつけておくことはありますか？」

「耳に神経を集中してくれ」

「ガンさんが聞きますか？」

「俺に決着をつけさせてくれ」

「私、大丈夫ですよ。やれます」

「分かってる」岩倉はうなずいた。「ただ俺は、ちょっと反省してるんだ。もっと早く見抜いておくべきだったのに、それができなかった。そういう意味で、自分で決着をつけたい」

「ガンさん、これは決着じゃないかもしれませんよ」多佳子が暗い表情で指摘した。

「ここから始まるのかも……」

「そうかもしれない」岩倉も認めざるを得なかった。まったく別の方向へ向かってしまったら……捜査はやり直しになるかもしれない。

それで傷つく人間は――自分たちは除外しよう。警察官は、捜査でどんなに傷ついても、自分で治さねばならないのだ。本当に傷ついているのは被害者であり――いや、今回の事件では、そうと言い切れるのだろうか？

2

真一は店にいて、パソコンに向かっていた。注文を確認しているか、帳簿でもつけているのだろうか。岩倉に気づくと顔を上げ、不思議そうな表情を浮かべる。

「何か……まだ何かあるんですか？」

「ええ。奥さんはいらっしゃいますか？」

「いますが、話だったら私がしますよ」

「奥さんに伺いたいんです」

「いえ、私が」

「小村さん」岩倉は声のトーンを一段落とした。「この前から、少し不思議に思っていました。あなたは奥さんや娘さんを庇っていませんか？　庇うというか、警察から守ろうとしているのでは？」

真一がびくりと身を震わせる。自分の印象は正しかった、と岩倉は確信した。

「我々が奥さんに話しかけても、あなたは遮りました」

「女房はショックを受けているんです。父親が逮捕されたんだから、当然でしょう？　警察と話すと——すみませんけど、女房は守らないといけないので。それに娘は、まだ子どもですから」

「本当の理由は、そうじゃないですよね」最初から強く攻撃してしまったが、これは仕方がない。挑発は、一つの手段なのだ。それもスタンダードな。「奥さんに話させたくないんじゃないですか？　奥さんが話すとまずいことがある——違いますか？」

真一が唇を嚙む。痛いところを突いたと岩倉は確信して、少しだけ黙った。このまま同じ態度を続けるべきかどうか、真一に考える時間を与えたかった。きつい言葉で攻撃しても、致命的なところまでは追いこんではいけない。

真一は容疑者ではないのだから——今はまだ。

結局、真一は譲らなかった。妻は家にいないと言い張り、会わせようとしない。実際に外出しているかどうかは、岩倉には分かりようがなかった。多佳子が黙って店を出て行く。外で張っている三人に状況を伝えに行ったのだろう。本当に外出していたら、帰って来た時にすぐに教えるべし——そんな風に言っている様子が簡単に脳裏に浮かぶ。

しかし実際は、朗子は家にいるのでは、と岩倉は想像していた。もしも朗子が外出しているなら、真一は彼女に警告を送りそうな気がする。警察が来ている、まずいことを聞かれると困るのでしばらく帰らず時間を潰してくれ――しかし真一は、ずっとスマートフォンを手にしなかったし、パソコンからも離れている。連絡を取る手段もタイミングもなかったはずだ。

「とにかく、話をさせて下さい」岩倉は迫った。「奥さんがいらっしゃらないなら、あなたでも構いません。ちなみに、朗子さんとはいつからのつき合いなんですか」

「何ですか、いきなり」真一が怪訝そうな表情を浮かべる。

「いつからですか」岩倉は理由を言わず、質問を重ねた。

「それは……俺が二十五の時かな」

「じゃあ、子ども時代の朗子さんは知りませんよね。「だから何ですか？」

「ええ」真一がモゾモゾと体を動かした。

「だったらやはり、朗子さんが戻るのを待ちます。ご本人だったら、自分の子ども時代の顔を見ても分かりますよね？」

「だから……何なんですか！」真一が軽く爆発したが、岩倉はそれを予想していたので、反応せずに敢えて無視した。何も言わないでいると、真一がすぐに不安げな表情になってくる。

その時、スーツの胸ポケットの中でスマートフォンが鳴った。一回だけ――メッセージの着信だと分かる。多佳子に目配せして、岩倉は一瞬外に出た。

やはりメッセージ――そして自分の想像が当たったことを岩倉は知った。どういう意味なのかは解釈が難しいが、真一を攻める材料には使えるかもしれない。

岩倉はすぐに店に戻り、今度は論理的に話を展開した。

「三嶋さんの犯行を調べているうちに、いろいろなことが分かってきました。その中で最も重要なのは、被害者の小村さんの過去の行為です」

「それは、俺には分かりません。そもそも知らない人なんですから」

「いや、知ってますよね」岩倉は切りこんだ。「お願いです。この件については、我々は事実関係に関しての疑念や問題はないと思っています。問題は動機――そしてその動機によっては、三嶋さんの量刑が大きく変わるかもしれません」

「量刑?」

「どれぐらいの期間、服役するか――刑務所に入るかの問題です。三嶋さんもご高齢です。服役が長期間になると、家に戻れるかどうか、分からなくなります」

「しょうがないことです」真一が溜息をついた。「人を殺したんですから。人を殺して罰を受けないでは済まないでしょう。その罰は、私たちには何ともできません」

「家族のためでも、ですか?」

「はい?」

「三嶋さんは、六十年以上も前から小村さんと知り合いだったと言っています。それが砂川闘争を通じてだったのは、まず間違いないようです。しかし、それだけで人を殺すようなことがあるかどうか……三嶋さんはこの件について証言を拒んでいるので、肝心の動機が分かりません。しかし私は、この件は嘘ではないかと思っています」

「義父が嘘をついているというんですか？」真一が目を見開く。

「嘘というのは、言葉が正確ではないかもしれません。一部をはっきり喋っていない、という感じでしょうか。他にも動機があって、砂川闘争が全てではない、という意味です。その、他の動機というのは、あなたたち家族のことではないかと私は考えています」

「いったい何を？　私たちは事件に関係ないですよ」

「それを教えてくれるのは、あなたではなく朗子さんだと思います。娘さん——英玲奈さんも」

「英玲奈は関係ない！」真一が怒鳴った。顔は真っ赤で、一瞬で頭に血が昇ったことが分かる。妻も守りたいが、娘に関しては尚更、ということだろうか。当たり前だ——その感覚は、娘がいる岩倉にも分かる。

「英玲奈さんにも話を聴きたいと思います。もう、学校は終わっていますよね？　帰りは何時ぐらいですか？」

「娘を——英玲奈をそんな目に遭わせるわけにはいかない！」

「私たちは警察です。娘さんを守るために仕事をしているんです」

「守る？　そんな必要はないだろう。もう娘は安全なんだ！」

「小村さんが死んだからですね」

真一が口を開いたまま、凍りついた。ミス——余計なことを言ってしまったと悟ったのだろう。ゆっくりと口が閉じたが、既に手遅れである。しかし岩倉は、ここで調子に乗って攻めないことにした。敢えてペースダウンし、声を低くして続ける。

「今のところ、私の手元にある材料は決定的なものとは言えません。しかし、今のあなたの言葉を裏づけるものです。ただし、娘さんや他の子どもたちが危険な目に遭う可能性は、もうなくなっていたんですよ？　施設に入ってしまったら、こんなことはできない——そうですよね？」

真一がぼんやりした表情でうなずく。もう一息だ——口を開きかけた瞬間、家の奥から朗子が出て来た。

「私が話します」静かな声で宣言する。

「朗子！」救いを求めるように真一が叫んだ。「やめろ！」

「話します。このままだと父が……父がただの悪者になってしまう」

「だけどお義父《とう》さんは、それを覚悟で……」

「駄目です。父は私たちのためにやったんです。私たちが——私が原因だったんだから」

岩倉は、自分のスマートフォンを朗子に見せた。写真——老健施設で預かっていた小村の荷物から出てきた朗子の写真、その顔の部分だけである。

「これは……」朗子が息を吞んだ。

「辛い記憶かと思います。でも、確認だけさせて下さい。これはあなたですか？」

朗子がすぐにうなずく。しかしどこか呆《ほう》けたようで、目は虚ろだった。まずい——岩倉はスマートフォンをポケットに突っこんだ。ずっと写真を見ていると、朗子のダメージは着実に膨らみそうだ。

「この写真は警察で保管しています。絶対に外に漏れることはありません」

「そう……ですか」朗子が深く息を吸った。ようやく生気を取り戻したように、顔に赤みが戻る。

「秘密は守ります。デリケートな事件ですから、我々も最大限気を遣いますし、専門家も相談に乗ります」それこそ総合支援課の出番かもしれない。ただし、東京に住んでいない人をどうやって支援していくかは、岩倉には謎だったが。それにあまりにも話が古く、しかも犯人は既に死亡している。「ですから、覚えている限りのことを話していただけますか」

「どこから話していいのか……」

「出身校からお願いします」岩倉は時間軸を遡ることにした。人間の記憶は常に直線的とは限らないが、思い出す縁《よすが》としては悪くない。「小学校ですよ」

朗子が告げた小学校の名前が、岩倉の記憶とすぐに結びついた。

「そこに小村さんがいましたね？」

「六年生の時の担任でした」

「その時に何があったんですか？　いえ、はっきり言ってもらわなくてもいいです」岩倉は慌てて言った。

「呼び出されたんです。教室に」朗子の声は平板で感情を感じさせなかった。おそらく気持ちを殺している——そうやって話す気力を振り絞っているのだろう。

「いつ頃だったか、覚えていますか？」

「夏……夏休みに入る直前でした。怒られるのかなと思って……先生は、よく生徒を呼び出していましたから。成績が落ちると、すごく気にして……理不尽に怒るわけじゃなくて、ひたすら原因について話し合ってました。直前のテストの成績がよくなかったので、それで呼び出されたんだろうって思って、ちょっと怖かったんですけど」

「怖い先生だったんですね」

「怖いというか、厳しい先生でした。授業に関しては——今考えれば熱心なだけだったんですけど、当時は怖かったです」

「それで、成績の話だったんですか？」

「いえ」

「服を脱ぐように言われた？」

「はい」

　岩倉は、レジのところで立ったまま話を聞いている真一に視線を向けた。いくら昔の話とはいえ、こういうことを聞かされたら辛いのではと思ったのだが、平然としている。あるいは、この件は夫婦の間では秘密ではないのかもしれない。

「どうして従ってしまったんですか？　おかしいと分かるのでは――」

「どうしてか、自分でも分かりません」朗子が首を横に振った。「信頼していたし、怖い先生だったからということもあるかと思います。でも実際は……今考えると、催眠術にかかったみたいでした」

「口が上手かった？」

「そうかもしれません。でも、自分の立場を利用して、子どもを自由に操っていたんじゃないかと思うと……今でも許せません」

「長い間、苦しんでいたんですね？」

「はい」

「誰にも相談せずに」

「相談できません。親にも言えないことでした。でも……」

「でも？」

「娘が」

「英玲奈さんですか？　英玲奈さんがどうしたんですか」まさか、娘まで被害に遭っていた？

「それは――」

「言いにくいかもしれませんが……」岩倉はまた真一の顔を見た。この場では、本来の被害者である朗子は冷静で、真一の方が切れそうな感じがする。どこを突いたらどんな反応が出てくるか、まだまったく読めなかった。

「ここからは私の想像です。英玲奈さんは、小村さんとは接点がないとずっと思っていました。でも私は、見つけたんです。小村さんが入所していた施設は、近くの小学校と協定を結んで、子どもたちと入所者の交流を進めていました。高齢者の方は、子どもたちと触れ合うことで脳が活性化するし、子どもたちは人生経験豊かな高齢者の知恵を学べる――ということだと、施設の方から聞きました。英玲奈さんも、そこに行っています。小村さんが入所した後でした。二人は接触したんじゃないかと想像しますが、どうですか？」

「英玲奈が……英玲奈が私に話してくれました。小村先生は、三嶋という名字を見てすぐにピンときたようです。山に鳥の『嶋』で三嶋は、結構珍しい苗字ですから……英玲奈に、『君の母親を知っている』と話しかけて……それで……」

「昔あなたに何をしたか、話した？」

「はっきりとは言わなかったようです。それでも、英玲奈は本能的に怖かったようで、泣いていました」

「それが、ほぼ二年前ですね。小村さんが入所した直後だ」

「はい。今度、写真を撮らせて欲しいとも言ったそうです。私、その話を聞いて怖くなってしまって、体調を崩して寝こみました。心療内科にも通ったんですけど、全然よくならなくて。何歳になっても、全然変わらない……それが気味悪かったです」

実際、小村は、昔撮った写真を施設にまで持ちこんでいた。さすがに、新しく撮影する術はなかっただろうが。

「あなたにとっては、辛いことだったと思います……もしかしたら、こちらへ引っ越した理由もそれですか？」

「たまたまですけど、うちの問題がありましたから」真一が割って入った。「どうせ実家の面倒を見なくちゃいけないから、このまま甲府に引っ越そうって。立川にいるだけでも、精神的にまずい感じだったんです」

「しかし、相手は八十代後半で、しかも施設に入所中ですよ？　実際に危害を加えるようなことは考えられないと思いますが」

「いるだけで……近くに住んでいると考えるだけで嫌だったんです！」急に恐怖に駆られたように、朗子が声を張り上げた。「ずっと知らなくて……分かっていたら、もっと早く立川から引っ越していました。ここに来て、ようやく体調も戻ったんです」

自分が長年住んでいた街を離れざるを得なかったほどの嫌悪感。大袈裟だ、と一瞬思ったが、決してそんなことはあるまい。朗子にとっては、何十年も心を蝕み続けた悪夢だろう。それが単なる夢でないと気づいた瞬間、逃げ出したくなったのも当然だ。

「今の件について、英玲奈さんにも話を聞かせて下さい」

「それは駄目だ！」真一が叫んだ。「英玲奈は子どもなんだ！　巻きこまないでくれ！」

「警察には、こういうことに関する専門家もいます。細心の注意を払ってやりますので、ぜひ時間を作って下さい」それこそ総合支援課の出番だろう。

「英玲奈は駄目だ！」

「お父さん……」朗子が低い声で言って首を横に振った。「私が悪いんだから……英玲奈には私がちゃんと言って聞かせるから……英玲奈に話を聴く時、私たちが同席してもいいですか？」

「もちろんです」

「それなら……私が一緒に話します」

「お手数をおかけします」岩倉は頭を下げた。パンドラの箱を開けてしまった——これで破滅だと思う人がいてもおかしくない。被害者なのに。誰にも引け目を感じることはないのに。

小村の罪の重さを思う。異常な性癖の発露とも言えるのだが、彼には想像力が足りなかったのだ。自分の行為でどれだけ人が傷つき、恨みがどれほど長く続き、最後は自分に跳ね返ってくるかが分からなかったのか。

「大変だったと思います」岩倉は深々と頭を下げた。「こういうことを確認するだけでも申し訳ないと思います。でも……お二人は、三嶋さんがどうして小村さんを殺したか、ご存じなんじゃないですか？　三嶋さんは、動機については依然として語っていません。それは——話せば、朗子さんを傷つけるかもしれないと思っているからでは？」

「私は！」

朗子が一瞬声を張り上げた。しかしすぐにうなだれ、レジ横の椅子にへたへたと座りこんでしまう。まるで急に、全エネルギーが消え失せたとでもいうようだった。多佳子がすぐに駆け寄り、跪《ひざまず》く。朗子は何度かうなずいたが、とても立てそうにない。

「これぐらいで勘弁して下さい」真一が泣き出しそうな声で頼みこむ。「そんなに急に全部話したら……負担が大き過ぎます」

「分かっています。分かっていても、今は……真実を知ることが何より大事なんです」

真実は分かった。

後は三嶋の証言が得られれば、何とかなる。ただし、今までの態度を考えると、素直に喋るとは思えなかった。三嶋はまさに家族を守ろうとした。残り少ない自分の人生を全て家族に捧げようとした。その気持ちは、犯罪に関わってしまったとしても尊い。何か別の方法もあったとは思うが、こんなことは人に相談できるものではあるまい。三嶋は一人悩み、こういう結論を出したのだ。

岩倉は夫婦の監視を他の刑事たちに任せ、多佳子と覆面パトカーに籠って打ち合わせをした。結局、この件をずっと一緒にやってきた多佳子が、一番頼りになる。

「正直、あのご夫婦の件については、我々の手に余ります」多佳子が言った。「何とかしたいとは思いますけど、そんなことをしていたら、本来の捜査ができなくなります」

「支援課の手を借りよう」岩倉はうなずいた。「加害者家族の支援も仕事なんだから、知恵を出してもらえばいい。山梨に住んでいる人をケアしていいかどうかは分からないけど。君、この前、柿谷晶とは話してたよな？」

「ええ」

「どうだ？　普通に話せる相手か？」

「話せますけど、こういう大事な話で、課長を通さなくていいんですか？　私の一存で勝手にお願いしたら……」

「違う、違う。君は匿名の情報源になるんだ。支援課がどこかからこの件の情報を聞きつけたことにして、向こうの判断で乗り出してもらう。そうすれば、後々フォローもしやすいはずだ——そういうシナリオで柿谷に話してくれないか？　特捜が正規の経由で話をしたら、時間がかかって仕方ないだろう」

「分かりました」多佳子がすぐにこちらの意図を呑みこんでくれた。

「頼む」岩倉は車のドアに手をかけた。

「まだ何かあるんですか？」

「ちょっと一人で考えたい。この事件の落とし前をどうつけるか、まだ決まっていないから」

　一瞬黙りこんだ後、多佳子が「分かりました」と短く言った。車の中に、ある特有の空気が流れているのを岩倉は感じ取った。事件の終わりが近い時の空気——熱と疲労、そしてかすかな嫌悪感が入り混じっている。不思議と嬉しさはない。

　事件は起きてしまったのだ。いかに刑事が頑張って犯人を逮捕しても、取り返せないものがある。

　岩倉はドアを押し開けて外に出た。五月の風は爽やかで、申し分のない陽気である。しかし岩倉の体は重く、気分は晴れなかった。

「ガンさん」

　呼びかけられ、車の中に首を突っこむ。

「罰金制にしておけばよかったですね。一回百円とか」

「何の話だ？」

「小村に敬称をつけて呼ばないって決めましたよね。でもガンさん、さっきは散々『さん』づけで呼んでましたよ」

「一回百円でもいいよ。でも君、数えてたか？」

「残念ながら」多佳子が肩をすくめる。

「じゃあ、喋り逃げしておく」

「何ですか、それ」

岩倉はニヤリと笑って車のドアを閉めた。そっと息を吐き、ゆっくりと歩き出す。少しだけ気持ちが軽くなっていた。

まさか、後輩に精神的に助けられるような日が来るとは。

金手駅周辺というのは基本的に住宅街で、見て楽しいものはないようだった。ただし、道路はフラットなので歩きやすい。ひたすら歩いて考えをまとめる——時々やっていることだった。じっと座っているより、体を動かしている方が頭は活性化する、と聞いたこともある。

しかし今日は、何となく忙しないだけだった。行く当てもなく駅の北口に出てしまい、線路沿いの狭い道路を歩き出したのだが、意外に車が多いので、そこに気を取られてしまう。しかもきつい上り坂になっているので、すぐに疲れてしまった。平地を歩く分にはまったく問題ないのだが、上りでは腿に負担がかかるのを感じるようになった。しかし途中で止まってしまうのも悔しく、結局一番上まで何とか上がり切って呼吸を整える。そこからさらに上がっていく小道が分岐しているのだが、そちらは見ないことにした。何も、ここで体を鍛えているわけではないのだから。

ガードレールに腰かけ、額の汗を掌で拭う。初夏というより、梅雨の合間のような暑さ、湿気だった。盆地だから、こういう陽気になるのだろうか。

呼吸が落ち着いてくるにつれ、考えが一点に収束していく。今回の事件には複雑な背景があり、その背景自体が犯罪でもあるのだが、今はどうしようもない。被害者の心情は考慮すべきだが、警察として問題にすべきは結局一つ――三嶋に、いかに本当のことを喋らせるか。

このところ集まった情報をまとめて三嶋にぶつければ、さすがに真相を――本当の動機を喋るのではないだろうか。それはおそらく、岩倉が担当した事件史上、最も不快な真相になるはずだ。

しかし、それを乗り越えねばならない。

岩倉には今、人生の岐路が迫っている。捜査一課に戻ることもそうだし、定年延長でいつまで働くかという問題についても、いずれは結論を出さねばならない。そして実里のこと――もしかしたら、この問題が一番深刻かもしれない。実里と母親の関係は「一卵性」というほどではないものの、岩倉が想像していたよりもずっと濃かった。母親が病気がちになってから分かったことだが、この先親子関係、そして自分との関係がどうなるかは誰にも分からない。

様々な問題に立ち向かう勇気と決断力が欲しい。そのために、この事件を自分の手で片づけたかった。勝手なことだと意識してはいるものの、人間、時には人の都合など考えずに走り出さねばならないことがある。

今がまさにそうではないだろうか。

岩倉はガードレールに両手をつき、南の方を見やった。夕闇の中、眼下には並行して走る中央本線と身延線の線路、その向こうには広がる住宅街が見える。さらに視線を遠方に向ければ、山々――ただし岩倉は、彼方で黒く見える山の名前を一つも知らない。

知らないことがあるのも悪いことではない。

これから知る機会があるのだから。

3

翌日、岩倉は勝負に出た。いや、勝負というわけではなく、一種の駆け引きか……昨夜も遅かったのだが、朝一番で特捜本部に顔を出し、浜田が来るのを待つ。この男が毎朝早く特捜本部に来ることは分かっている。勤勉なせいもあるが、自宅が国分寺なのだ。立川までは三駅、十分足らずで着く。警視庁本部へ行くよりもずっと近い。

予想通り、浜田は誰よりも先に出勤してきた。小脇に新聞を抱えているのは、昭和の勤め人という風情である。岩倉が先に来ていたので少し驚いた表情を見せたが、すぐにひょこりと頭を下げる。

「ちょっと相談があるんだ」

「何ですか？　怖いな」

浜田はとぼけたが、岩倉が真顔を保っていたので、すぐに表情を引き締める。ぐずぐずと理由を並べたててもよかったのだが、まず先に希望を口にした。

「今日の三嶋の取り調べ、俺に任せてくれないか」

「何ですか、いきなり」浜田が目を細める。仕事を奪われると思ったのか、一瞬で機嫌を悪くしたのは明らかだった。「昨日、話が進んだからですか？　ガンさんでも落とせると？」

「それは分からない」

「手柄が欲しいんですか？」浜田が露骨に訊ねた。「捜査一課への異動を打診されてるそうじゃないですか。その手土産にしたいんですか？」

「違う」

「意味、分からないですね。俺は俺の仕事をきちんと果たしたいんですけど」

「俺は――これは自分のためだ」岩倉は正直に打ち明けた。「と言っても、手柄が欲しいとか、一課への異動の手土産にしたいとか、そういうことじゃない。自分を鍛え直すためなんだ」

「何ですか、それ」浜田が目を細める。

「昨日の段階で、この事件の性格が一気に変わってしまったことは分かってるだろう？」

「ええ」

「昨日まで、真相を解明できなかったのは俺たちの責任だ。正直、俺は異動の件なんかがあって、気持ちがしっかりしていなかったと思う。だからこの件で――三嶋にしっかり喋らせることで、自分を鍛え直したい」

「勝手過ぎませんか？」浜田が呆れたように言った。「取り調べは遊びや練習じゃないんですよ？　全身全霊を賭けた戦いです」

「だからこそ、やりたいんだ。俺は今、三嶋の家族の苦しみや思いも背負っている。彼らのためにも、真相をはっきりさせたい」

「しかし……」

「お前、記録係に入ってくれ」

「何ですか、それ」完全に侮辱されたと思ったのか、浜田が唇を捻じ曲げる。記録係は大抵、若い刑事が任される。一種の「修業」の意味もあるのだ。優秀な取り調べ担当のやり方を間近で見て、テクニックを学べ——ということだ。

「失敗したら切腹する。本番の取り調べ担当のお前が介錯してくれ」

「射殺でもいいですか？」

「ああ。好きにしてくれ……とにかく今回は俺にやらせてくれ。今までこんな風に頼んだことはないんだけど、今回は特別なんだ。俺は自分の人生を賭けてる」

「他人の話じゃないですか。あくまで仕事でしょう？」

「俺の世代だと、仕事が全てなんだ。これで失敗したら、人生が終わる」

「大袈裟——」浜田が息を呑んだ。何か考えている様子だったが、ほどなくそっと息を吐く。「しょうがねえな。一回貸しですよ」

「本当に捜査一課へ行ったら、呑み放題で奢るよ」

「ちゃんとメモしておきますからね」浜田が宙に文字を描くように、手を動かした。

これで納得してくれたかどうか……浜田という後輩の本音が読み切れていないのが怖い。やはり恥をかかされたと恨みを抱き、俺に仕返しをしようと企むかもしれない。

それでも構わない。今回の件は、どうしても自分で乗り越えねばならないのだ。

末永の許可も得て――彼はあれこれ問い詰めなかったが、怪訝そうな表情を浮かべるのは我慢できなかったようだ――この日の取り調べは岩倉が担当することが正式に決まった。昨日、この件は多佳子に相談していなかったので、驚いた様子で声をかけてくる。

「ガンさん、大丈夫なんですか？」

「分からない」岩倉は正直に答えた。「分からないけど、やってみるしかないんだ」

「何考えてるんですか？」

「終わって、余裕があったら話すよ」

「でも……」

「それと、俺がこの取り調べで失敗して死んだら、弔辞は君に任せる」

「はい？」

「せいぜい俺の想い出を話して、参列者を泣かせてくれ」

「ガンさん……」多佳子が溜息をつく。「死ぬとか死なないとか、冗談にならないですよ」

「俺は今、そこを乗り越えないといけないんだ」

多佳子が不思議そうな表情を浮かべた。

若い刑事——若い人には悩みも多い。自分の進路を決めかねていたり、決めていてもそこをきちんと歩くための方法が見えていなかったりするものだが、そういうのは歳を取っても同じだ。人間は何歳になっても、何度でも悩む。悩まなくなったら進化は止まる……それは岩倉の勝手な考えだろうか。

三嶋と直接対峙するのは久しぶり——逮捕の日以来だった。取り調べの様子はしばしばモニターで観察していて、日々疲れが溜まっていると想像していたのだが、実際に対面するとそれは現実だと実感する。何というか……命のエネルギーが毎日少しずつ消えていっているような感じなのだ。初めて署に連れて来られた時には、年齢の割には元気な印象があったのだが、今はすっかり萎《しお》れてしまっている。浜田からの事前情報によると、最近は話しかけても反応しないこともある——疲れているのか、こちらの質問を理解できていないのかは分からない。「苛つかないようにするのがポイントですね」と浜田はアドバイスしてくれたが、その方法については何も言わなかった。

「立川中央署の岩倉です」名乗って頭を下げたが、反応はない。顔を上げると、三嶋は口を少しだけ開けて、呆けたような表情を浮かべている。「今日だけ、私が取り調べを担当します……まず、報告させて下さい。昨日、甲府でご家族と話をしました。娘さんとお孫さん——二人は、事情を話してくれました」

急に首根っこを摑まれでもしたような勢いで、三嶋が顔を上げる。目は大きく見開かれ、口は逆にきつく引き結び……震えていた。

「全ては四十年近く前、娘さんが受けた被害が原因で始まったんじゃないですか？」

「……が」三嶋が何かつぶやいたが、言葉を嚙み潰してしまったように、はっきりとは聞こえない。しかし岩倉は、確認しないで無視した。捨て台詞に一々反応していては、話が進まない。

「娘さんが通っていた小学校に、小村さんがいました。娘さんが六年生の時の担当です。その時に、娘さんは被害に遭った——写真を撮られたんです」

その写真は今、立川中央署にある——この取調室からは、数十メートルほどしか離れていないはずだ。その気になれば、一分以内に持ってこられる。

「その写真を、今警察で持っています」

「何だと！」三嶋が急に怒声を上げる。「どういう意味だ！　見たのか！」

「確認しました」岩倉は静かに言った。「娘さんにも確認してもらいました。なにぶん古い写真ですから、本当に娘さんかどうか、確かめておく必要があったんです」

「見たのか……」

急に力が抜けたように、三嶋が椅子からずり落ちそうになった。必死にテーブルの端を摑み、何とか姿勢を立て直す。座り直しても、テーブルは摑んだまま……手はぶるぶると震えていた。しかし取り調べを中断するほどではないと判断する。むしろ岩倉の方が、一時中断したいほどだったが。スタートから一分で、もう、彼の悲しみや苦しみに心を蝕まれ始めている。

「あなたはその写真を見たことはないですね？　ずっと、小村さんが保管していました」

「写真を撮られたことも知らなかった」

「娘さんは打ち明けてくれなかったんですね？」

「ああ」

「奥さんにも？」

猥褻被害——父親には言いにくくても、母親には打ち明けそうな気がする。しかし三嶋は、力なく首を横に振るだけだった。

「では、いつ知ったんですか？」

「それは……」

「お孫さんですね？」

岩倉は指摘した。三嶋は何も認めず、細く息を吐く。岩倉は深呼吸して、熱くなった頭を鎮めようとした。熱っぽく、どうにも落ち着かない感じは消えなかったが……話はここから肝の部分に入る。

「あなたはずっと、小村さんがどこにいるか知らなかったはずだ。彼は三十年近く前に退職して、立川の実家跡に新しく家を建てて終の住処とした。でも二年前に奥さんが亡くなって、足も悪くしていたことから、家族が施設に入れることに決めたんです。その施設は、近所の小学校と定期的に交流していた――その小学校に通っていたお孫さんの英玲奈さんが、施設訪問をした時に小村さんと会ったんですね？　三嶋という苗字に気づいて、小村さんはかつての教え子のことを思い出した。自分が猥褻行為を行った相手です。それで、英玲奈さんに『お母さんによろしくな』『君の写真も撮ってあげよう』と声をかけた。気味が悪くなった英玲奈さんは、家に帰ってお母さんに相談しました。すぐにピンときた朗子さんは、それ以来すっかり、精神的に調子を崩してしまったんですね？　何とか一人で乗り越えてきた過去の悲劇が、頭の中で蘇ってしまった。何より辛かったのは、何も知らないまま、小村さんと同じ街にずっと住んできたことです。立川は生まれ育った街ですけど、そんなところにはもういられないと言い出した――これはかなり強い気持ちですね」

「朗子は立川が好きだった」三嶋がぼそりと話し出した。「あの街を離れたくなかったから、何とか真一君を説得して、婿養子に来てもらったぐらいだから。小村が近くにいることが分かって、自分の人生が全て否定されたように感じたんだろう」

「辛いことだったと思います。そんな時に、真一さんのお兄さんが亡くなられて、家業の酒屋をどうするかという問題が生じました。一家揃って甲府の実家へ引っ越そうと提案したのは真一さんですね？」

「彼は優しい。気遣いもできる人間だ。そして、朗子に四十年近く前の事件のことを打ち明けられて、彼も悩んでいた。彼には何の責任もないし、知っても何をすることもできないんだが、俺は絶対に許せないと思った。それで家族のために何ができるかを考えた時、まず、思い切って引っ越してしまうことにした。ちょうど英玲奈が中学校に上がるタイミングだったから……英玲奈も真相を知ってショックを受けて、立川にはいたくないと言い出していたし」

「あなたもですか？　そのお歳になって、引っ越して新しい街で暮らすのは大変だったんじゃないですか？」

「ジイさんを一人で立川に残していくのが心配だったんだろう。老いては子に従え、ということだよ。家族に心配をかけないのが一番だ」

「家族のため、だったんですね」この言葉の意味が、今になって分かる。

「ああ」三嶋は、少しだけ調子が出てきたようだった。取り敢えずは、澱《よど》みなく話している。

「しかしあなたは結局、二ヶ月前に立川に戻って来た。どうしてですか？」

「それは――」話し始めた三嶋が口をつぐむ。口元が痙攣《けいれん》するようにぴくぴくと動き、またテーブルの端をきつく握り締める。

「復讐ですか？　甲府に引っ越しても、朗子さんも英玲奈さんも調子が戻らないままだった。原因は当然、小村さんです。小村さんさえいなければ——殺してしまえば、娘も孫も元気になれると考えたんじゃないですか？　一種の復讐でしょう」

「甲府にいたのでは、身動きが取れないからな」

「それで立川に……でも、どうやって誘い出したんですか？　小村さんが、夜中に自分で施設を出るように工作したんですよね？　施設の防犯カメラのシステムは故障していましたが、外から入りこむのは簡単だったと思います」

「メールを送った」

「スマートフォンに？　どうやってアドレスを割り出したんですか？」そう言えば小村は、友人に送った年賀状に「メールを使え」と書いていたと思い出す。本人は使いこなしていたのだろう。

「それは……真一君が調べてくれた」

この話はまずい……非常にまずい。これまで真一は「加害者家族」だった。しかし三嶋の復讐の意図を知って小村のメールアドレスを調べたとなったら、共犯に問われかねない。こちらに背を向けて座っていた浜田も、振り向いて険しい表情を浮かべた。岩倉は彼にうなずきかけた。この件は後で調べよう——取り調べには様々なやり方がある。疑問が出る度に取り調べをストップし、裏を取るための捜査を進めるやり方もあるし、どんなに疑問が出ても取り敢えずはそれを無視して、相手に好きなように喋らせる手もある。それまで黙秘、あるいはきちんと話していなかった容疑者が急に話し始めた時には、後者のやり方が効果的である。誰もあんたの話を邪魔しないから、とにかく最後まで話してくれ、ということだ。

「そうやって摑んだアドレスを手がかりにして、小村さんに接触を試みたんですね？」

「ああ」

「あの日はどうやって呼び出したんですか」

「自宅に連れていく、という話をした。車椅子で連れ出して、その車椅子は、今は甲府にある。あいつは家に……隠しているものがあると俺に言っていた。それを取りに行きたいから連れていって欲しいと」

「写真ですね？　塾を始めてから撮影した生徒さんの写真——それも警察では押収しています」

「やっぱりそうか」三嶋が吐き捨てるように言って、身を震わせた。「奴は、それが欲しかったんだろう。終始大事に抱いて、そのまま死にたかったんじゃないか」

「小村さんは、足が不自由になってきて、自由に動けませんでした。実家に帰るにも家族の助けが必要でしたが、頻繁には頼めません。それに、写真を取り出したら、家族にも隠していた秘密がバレてしまう。そこであなたの出番……ということですか」

「ああ」

「ずいぶん信頼されてたんですね」

「二ヶ月かけた」

「そんな短期間で？」

「ああ？」

「休憩します」岩倉は言って、浜田に視線を送った。その視線を背中で受けただけの浜田が、予め打ち合わせしてあったように受話器を取り上げ、留置担当を呼ぶ。容疑者は、休憩時間であっても取調室から留置施設に戻る――それが日本の警察のやり方だ。

留置担当が二人がかりで三嶋を連れて行った後、岩倉は溜息をついて椅子に浅く腰かけ、天井を見上げた。何だか眩暈がする……山場は越えたと思うが、まだ重大なポイントが残っている。そこをはっきりさせないと、この件の全容は解明できないのだ。

「喋りましたね」浜田がどこか皮肉っぽく言った。「これで満足ですか？」

「いや」

「ガンさん、欲張り過ぎじゃないですか」

「疑問がもう一つだけ残っている。六十年以上前からの知り合いという問題が」

「その件は――砂川事件のことはもうぶつけましたけど、無反応でしたよ」

実は浜田は、取り調べ担当として無能なのではないかと岩倉は疑い始めていた。岩倉自身、取り調べに自信があるわけではないものの、三嶋を落とせた。スペシャリストとして多くの容疑者と対峙してきたはずの浜田は、実際は厳しい状況に出会していなかったのかもしれない。たまたま、簡単に落ちる容疑者だけだったとか。

「トイレに行ってくる。何か飲み物は？」

「大先輩をパシリに使ったら、申し訳ないですよ」軽い口調で言ったものの、浜田の表情は真剣だった。どうして自分が落とせなかったのか、そして岩倉が落とせたのか——それを必死に考えているとしたら、まだ見込みがある。

反省しない、考えない人間に進歩はないのだから。


トイレに入ろうとして、出てきた人物とぶつかりそうになった。石本捜査一課長。

「課長……」

「ああ、ガンさん……今日だけ取り調べをやってるんだって？　どうしたんだ？」石本が嬉しそうにまくしたてる。

「勝手にすみません」岩倉は頭を下げた。「正直言って、自分のためです」

「自分のため？」石本が目を細める。

「このところ、気合いが抜けていたと思います。厳しい取り調べをこなして、気合いを入れ直したいと思っています」

「それで捜査一課に来てくれるわけか？」

「それはまだ決めていません。三嶋を無事に起訴して、この事件の捜査が終わったら決めたいと思います」

「そうか……ガンさん、まだ若いな」

「いや、歳取ったと感じることばかりですよ」

「本当に歳を取ると、気合いが抜けていると感じることさえなくなる。日々、経験だけで何となく生きているっていう感じになるだろう。自分の精神状態を把握して、現状維持じゃなくて何とか前進しようと足掻《あが》くのは、精神的に若い証拠じゃねえかな」

「成熟してないのは、恥ずかしい限りですけどね……五十五歳になるのに」

「まあ、そういう若い感覚があるなら、ガンさんには若い刑事たちと同じように現場の戦力として頑張ってもらわないとな。ガンさんも、そういうのが好きなんじゃないか？」

「否定できません」自分のデスクについたまま、一日中若い刑事に愚痴と皮肉をこぼす——そんな姿を想像するだけで気が滅入ってしまう。そう、自分はたぶん、宮下が言っていた「指導官」や、石本が提案した「教授」というポジションが気に食わなかったのだろう。何だか「隠居」のようなニュアンスではないか。後輩に教えるのは嫌いではないが、そういうのは一緒に捜査しながらでもできることだ。余計な肩書きはいらない。

しかし——。

「特捜の打ち上げの日に、お話しします」

「頼むぜ」石本が岩倉の肩を叩いた。「ま、嫌がっても、俺は絶対に他の手を考えるけどな。ガンさんの弱みでも調べておくか」

そう言い残して、笑いながら石本が去っていく。何というか……昭和のオッサンとしか言いようがない。これが石本の持ち味でもあるのだが、今はこういうのについていけない部下もいるのではないだろうか。

時代は変わる。自分も変わらねばならないだろう。

この取り調べが脱皮の第一歩になるはずだ、と信じたかった。

十五分の休憩後も、三嶋の様子は変わらなかった。疲れて、いまにも眠ってしまいそうな感じ……しかし眼光だけは鋭く、岩倉を睨みつけている。これは先ほどまではなかったことで、休憩中に何か考えを変えたのかもしれない。

「警察を混乱させようとしたんでしょう」岩倉はズバリ指摘した。「あなたは家族のために、小村さんを殺した。しかし警察に本当のことを言えば、昔の猥褻行為が明るみに出て、娘さんがまた傷ついてしまう。だから、いかにも自分が小村さんに恨みを持っていそうな状況——六十年以上前からの知り合いだったという話を持ち出した。でも、持ち出しただけで、それ以上の説明はしなかった——それで、動機の解明は遅れると読んだんでしょう。罪を償う気持ちはあっても、家族のために動機は絶対に言いたくなかった。そのための芝居だったんですね」

「それは……」三嶋はまだ説明を躊躇っている。首が揺れ、顔から血の気が引いた。

「大丈夫ですか？」岩倉は手綱を緩めた。「今日は、血圧の薬は飲みましたか？」

三嶋が黙ってうなずく。これから人生がどうなるか分からなくても、体調はきちんと保っておきたいということか——いや、薬を飲むのは単なる習慣になってしまっているのかもしれない。

「我々が調べ上げた事実は、既にお話しししています。しかしあなたは、それを肯定も否定もしていない。作戦はここまでだったんですか？　動機を語らないままでも、起訴はできるんですよ」

三嶋はやはり何も言わない。黙秘ではない、と岩倉は判断した。喋る気はあるが、どう喋ったら自分が有利になるか、計算しているのではないだろうか。あるいは「自分」がではなく「家族」がかもしれない。

「昔、こんな事件がありました」岩倉は話の方向性を変えた。「逮捕された容疑者が、完全に嘘の動機を話していたんです。殺人事件で、『肩が触れ合ったから頭にきてやった』と。世田谷の路上で、いきなり相手を刺したんです。いきなりですよ？　ということは、その犯人は刃物を持ち歩いていたわけです。そんな人は滅多にいないし、家族に聞いても普段から刃物を持ち歩くようなことはしていなかった――それをおかしいと思った刑事は、さらに厳しく調べました。結果、被害者が犯人の恋人につきまとっていたことが分かったんです。横恋慕みたいなものですね。ストーカーという言葉が生まれるはるか以前の時代の事件です」

「いったいいつの話だね」

「ちょうど五十年前です。昭和四十八年九月八日」

三嶋が無言で目を見開く。これはいい傾向……少なくとも三嶋は、岩倉の話を疑ってはいない。疑っていれば、まず指摘するはずだ。「そんな昔のことがどうして分かる」と。

「結局本当の動機が分かって、裁判は無事に行われました。結果は懲役十年。殺人事件にしては短いんですけど、事情が考慮されたんです。恋人を奪われそうになった、そして彼女もストーカーの恐怖を感じていた——切羽詰まった状況だったというのが、判決での裁判官の判断でした」

「——何が言いたい?」

「余計な画策をするとかえって失敗する、ということです。あなたは逃げ切りを図るつもりだったのかもしれないけど、今のところは上手く行っていませんよ。家族のため、という本当の動機も分かってしまったんですから」行為は絶対に褒められない。しかし動機は……その辺のことを調べるのは、明日以降の浜田の担当になるのだが。

「俺は別に……」三嶋がうなだれる。

「別に、何ですか?」

「嘘は言っていない」

「ええ、そうですね」岩倉はうなずいた。「六十年以上前から、あなたと小村さんが知り合いだったのは事実です。だからこそ小村さんは、あなたの誘いに乗ったんじゃないですか」

「ああ。旧交を温めるということだ。ただし奴は、娘のことは言わなかったし、それは俺も同じだ。そんな話が出た瞬間に、俺の計画はおしまいだからな」

「不自然な感じになりませんでしたか？」

「そうだったかもしれない。でも、結果的には……」

三嶋は成功した。それは認めざるを得ない。しかし結局彼はここに——取調室にいて、厳しい時間に耐えるしかなくなっている。

「そもそも、どうして自供してきたんですか？」

「家族を守るためだ」

「もしかしたら、小村さんの性癖がバレて、そこからご家族に累が及ぶと思った？」実際、自分たちはそのルートを辿ったのだから。

「家族は被害者だ。そして俺は娘を守ってやれなかった。だから今こそ……俺が逮捕されれば捜査は終わる。家族が疑われることもない」

「つまり、家族の防波堤になった？」

三嶋が胸を張ってうなずく。まるで人生の終盤を迎え、全てを悔いなくやり切ったとでも言うように。

人を殺して許されることは決してない。そして三嶋の言い分、やり方は少しずれていた。今のご時世だったら、小村を告発することもできたはずだ。塾をやっていた頃の盗撮事件はまだ立件可能だろうし、それができなくても週刊誌に売りこんだり、自分でネットで情報発信してしまう手もある。それで小村を破滅させることはできたはずだ——

いや、三嶋の怒りは、そんなものでは消せないほど激しいものだったのか。まさに命をもって償ってもらうべき事態。

筋は通る。全て分かったと言っていい。あとは……六十年以上前の砂川闘争について、分かることは掘り出しておきたい。

「砂川闘争についてお聞きします」

「もう話すことはないよ。何十年も前の話なんだから」

「確認です。あなたは小村さんに誘われて砂川闘争に参加したんですね」

「そう。小村はなかなか説得力のある男だったよ。あいつの言うことを聞いていると、日本はまたすぐ戦争に巻きこまれて、それが世界中に広がっていくような感じがした。それを防げるのは若い力だけだ、なんて言われたらその気になるさ」三嶋が溜息をついた。「今考えると、あの頃の俺は——俺たちは単純だったね。今は世の中がずっと複雑になって、どんなことでも一筋縄ではいかない」

「そうですね」岩倉は同意した。昔の方が、人はさまざまな事情を知らなかっただけかもしれないのだが、全ての物事がシンプルだったのも間違いないだろう。世の中はいつの間に、こんなに複雑になってしまったのだ？「その後あなたは、砂川事件の時に逮捕されました」

「あれは……間違った逮捕だ」

「確かに起訴されませんでしたから——」

「そもそも俺は逮捕されるべきじゃなかった。俺は何もしていなかったんだから」

「どういうことですか?」単純に、六十年前の警察のミスを責めている感じではない。何か違う……自分と三嶋の間の空気が急に緊張するのを感じた。

「あれは身代わりだった」

それで岩倉は、さらに事情を悟った。六十年以上前からの知り合い——それは事実だろう。しかしそれだけではない。三嶋は六十年以上も恨みを背負って生きてきた。

この事件は、二つの動機が重なり合って起きたものだったのだ。

4

三嶋の口調が急に重くなった。岩倉は焦らず、雑談を挟みながらゆっくりと話を進めた。しかし、どうしても肝心なところへは踏みこめないまま、少し早めに昼食休憩を取ることになった。本当は熱いうちに叩いた方がいいのだが、一度熱を冷まし、冷静に考える時間を三嶋に与えたかった。「身代わり」とまで言っているのだから、実質的に自供したも同然である。あと一歩——しかしその一歩は、どれぐらい大きいのだろう。

弁当を食べていると、やはり弁当を持って、多佳子が近づいて来た。

「さすが、ガンさんですね。今まで出てこなかった話がバンバン出てきてますね」多佳子は少し興奮気味だった。

「昨日、情報が出揃ったからだよ。あれだけ色々な情報を一気に突きつけられたら、否定も黙秘もできないだろう」

「ずっとモニターで見てましたけど、ちょっと興味が湧きました」

「取り調べ担当に？」

「はい」

「希望するなら、声を上げ続けろよ。この世界、黙ったら負けだから……女性の取り調べ担当を増やすべきだっていう意見もあるから、後押しになるだろう」

「確かに、女性の取り調べ担当が少ないのって、おかしいですよね。女性容疑者の取り調べとかだと、男性では上手くいかないことも多いでしょう」

「性別は関係ないと思うんだ。優秀かそうじゃないかで担当を決めればいい」

「その方がハードルが高いですね」多佳子が弁当の蓋を開けた。いつもながらの特捜の幕の内――揚げ物が幅を利かせている。「女性だからっていう理由で引き上げてもらう方が楽……こういうこと言っちゃいけないかもしれませんけど」

「いや、使えるものは何でも使え。性別だってその一つだ。図々しくなれよ」

「ですよね」嬉しそうに言って、多佳子が割り箸を割った。しかしそこで、ハッと思い出したように真顔になり、箸をゆっくりと弁当の上に置く。「あの……夕方、支援課の人がこっちに来ます」

「柿谷か？」

「いえ、別の人だと思います。柿谷さんは今、甲府で三嶋の家族に話を聴いているそうです。加害者家族のフォローということで」

「うちが――俺が責められそうな予感がするな」そう考えただけで気が重い。支援課は傲慢とよく言われるが、実際には理想のために厳しく当たってくるだけだろう。しかし利益や打算よりも理想のために動く人の方が扱いにくい――そういう連中は、しばしば他人の心情が読めない、視野の狭い人間になってしまうのだ。

「ガンさんだけじゃないでしょう。問題になるとしたら、私もターゲットだと思います。取り敢えず私は、五時から話をすることになっています」

「その頃だと、俺の方も取り調べは打ち止めの時間だな。一緒に叱られておくか」

「でも、問題があるかどうかも分からないんですよ」多佳子が不満げに唇を尖らせた。

「面倒だと思ったら、言い訳しないで謝ろう。頭を下げておけば、向こうだってしつこくは責めないはずだ」

「でも……こっちに落ち度がなくてもですか？」多佳子は納得いかない様子だった。

「そうだ。支援課に引っかかって時間を無駄にしたくない」

「よくそんな風に割り切れますね」

「すぐに喧嘩するような年齢は、もうとっくに過ぎてるよ」

　食事を終えた三嶋は眠そうだった。年齢を重ねると睡眠時間が短くなるというが、今の三嶋は疲れ切っているはずだ。できれば少しでも横になりたいと思っているのではないだろうか。

しかし今、それを許すわけにはいかない。

「お疲れのところ申し訳ありませんが、砂川闘争の話に戻ります。あなたが言っていたのは、誤認逮捕だったということですか？」岩倉には、三嶋が何を言いたいのか読めていた。こちらから指摘して確認してもらってもいいが、敢えて何も言わない。彼の口から事実を聴きたかった。

「昔、こういうことがありました。ある男が、事件の犯人として警察に出頭しました。警察ではその男を逮捕し、裁判では死刑判決が出ました。その死刑が執行されてから数日後、ある人物が自宅で自殺しているのが発見されました。遺書もあって、そこには問題の事件は自分がやった、と書いてありました。慌てた警察が捜査をやり直した結果、遺書に書かれていた内容は正しく、間違った人物を逮捕していたことが分かったんです。しかしその時点で、完全に手遅れでした。死刑になった男が、自殺した男を庇って出頭したようですが、その理由は分かりませんでした。肝心の人物が二人とも死んでいたので、調べようがなかったんです」

「それは、俺に対する皮肉か？」

「いや、実際にそういうことがあった、というだけの話です。ただし、戦前のフランスの話ですが」

「それはえらく遠い——古い話だ」

「まったくですね。今のフランスは、死刑を廃止していますし……でも今の話を、私は肝に銘じています。法律は、人の人生を壊して、奪ってしまうこともある。だからこそ、徹底して調べて、ミスがないようにしたいんです。もちろんあなたが起こした事件に関して、事実関係は疑いようがないでしょう。十分公判維持はできると思います。ただし、動機面がはっきりしない——何故やったかが分からないと、捜査が終わったとは言えないんです」

「動機がはっきりしないと、何がまずいんだ？」

「動機は、裁判の中では、情状酌量に関する重要な要素です。同じ事件でも、理不尽な理由で人を殺すのと、自己防衛的に咄嗟に相手を殺すのでは、裁判員の受ける印象は全く違うでしょう。でも今回の件では、それとは別に……」

「別に？」

「私が釈然としない。非常に気持ちが悪いんです」

一瞬間が空いた後、三嶋が爆笑した。長引く留置生活で溜まったストレスが、一気に破裂したような感じだった。

「それは、申し訳ないな」

「取調室の中で交わす会話ではないですね」岩倉も少しだけ気が緩むのを感じた。

「まあまあ……あんたが気持ち悪いと言うから、俺も何だか気持ち悪くなってきた。人を不快にさせるのはよくないことだな」

「その通りだと思います」

三嶋が体を揺らした。それで体内に空気でも入れたように、ゆっくりと背筋を伸ばす。実際岩倉は、細長い風船の空気が入って立ち上がる様を想像した。

「小村が俺を誘った」

「ええ」

「いろいろなことをやったよ。デモ、集会、勉強会——大学では味わえない、世の中の最先端に触れているという興奮と楽しさ、それに少しだけ怖さもあった」

「ええ」

「あの日……砂川事件の日、俺は現場にいなかった」

「え？」となると、本当に完全な身代わりではないか。「だったら、どこにいたんですか」

「自宅だ。その日はたまたま体調が悪くて、寝こんでたんだよ。揉めることになりそうだっていう情報が事前に入ってきていたから、行きたかったんだけど、熱が出てたら動けないよな」

「分かります。でもあなたは逮捕された。どういうことなんですか？」その辺の事情——逮捕に至る状況は、曖昧にだが船井から聞いていた。それが今、はっきりしようとしている。

「事件の翌日、小村が家まで訪ねて来た。自分の代わりに逮捕されて欲しいという話だった」

「逮捕されて欲しい？」これはおかしな依頼だ。「代わりに出頭してくれ」なら分かる。自分から首を差し出せ、ということだ。しかし「逮捕されて欲しい」？　警察の動きを、容疑者がコントロールするようなニュアンスではないか。

「小村は疑われていた。何しろあいつは幹部活動家で、目をつけられていたからな。でも、逮捕されるわけにはいかなかった――警察に密かに情報を流すから、身代わりで逮捕されてくれっていう話だった」

岩倉は言葉を呑んだ。船井の話はやはり本当だったのだ。六十年以上前で、警察の捜査能力も今に比べれば格段に劣っていたはずだし、倫理観も低かったのではないだろうか。実際捜査一課絡みの事件でも、その頃までは冤罪が多発していた。一刻も早く事件を解決するために、逮捕しやすい人間を見つけて罪を押しつけてしまえ、というとんでもない考え方もあったようだ。公安だって、六十年以上前はどんな乱暴な捜査手法を使っていたか、分かったものではない。砂川事件のように、大人数が関わって、犯人を特定するのが難しいような事件の捜査はどうしていたのだろう。それこそ、人数が合えばいい、ぐらいの感じだったのではないだろうか。何しろ当時は防犯カメラもなく、騒動が映像として記録されていたわけでもないのだから。

「それであなたは、実際に逮捕された」

「小村は、逮捕されても裁判にはならないと言っていた。実際やっていないのだから、罪に問われるわけがないと——俺は法学部じゃなかったから、本当にそうかどうかは分からなかったけど、実際そうなったな。俺はやっていない。そもそも現場にも行っていない。だからいくらでっちあげで俺を起訴しようとしても、さすがに無理だっただろう」

「当然の結果ですね」

「まあ……俺たちがやっていたのは、反権力的な活動だ。だから、普通の考えでは理解できないこともある——それこそ反権力だと思っていたんだよ。俺が小村の代わりに逮捕されたのは、あいつが幹部活動家で、今後組織を生かして活動を続けていくためなんだと思っていた。上が潰れると、組織は途端に駄目になるからな。逆に言えば、幹部が無事に生き残っていれば、下っ端の活動家は後からいくらでも集められる。俺は、起訴されずに無事に釈放されたら、中央評議員の仲間入りだと言われていた」

「それは……」

「青連同の最高意思決定機関だよ。俺にとっては目が眩《くら》むような話だった。立川の電気屋の息子が、必死に頑張って大学に入ったけど、いいことは何もなかった——周りの人間は俺よりずっと頭がよくて光っていて、それに比べて自分は……分かるかい、そんな感じ」

「私も似たようなものですよ。そのまま五十五歳になりました」

「俺にとっては、大きなチャンスだった」三嶋が、はあ、と息を吐いた。「今まで誰にも認められなかった人生――それが初めて、認められたと思ったんだ。起訴されなければ大した傷にはならないから、逮捕を受け入れたんだよ。ところがな……」

「青連同は、あなたが釈放された時には、もう空中分解していたはずです」

「ああ」三嶋がうなずく。「要するに俺は、何も知らなかったんだ。幹部連中は地下に潜るか、東京から逃げるかして、活動からすっかり身を引いてしまった。俺は起訴されなかったけど、他に起訴された連中は、長い間裁判が続いて大変だった。しかし、小村は……」

「青連同を存続させるつもりはなかったんでしょうか」

「女だよ」三嶋が右手の小指を立てて見せた。「奴にはその頃、女がいた。その女が妊娠したんだ。そうなると……青連同よりも女、だったんじゃないか。だから逮捕されるわけにはいかないと思ったんだろうし」呆れたように三嶋が告げる。「まあ、そういう人がいてもおかしくはないけど、心底がっかりしたね。しかもあいつはその後、何事もなかったかのように大学を卒業して教員になった。ああいう活動をしていて、教員に採用されるものかね」

「前科や逮捕歴がない限り、活動歴までは分からないのかもしれません」実際、調べるのは相当難しいだろう。

「俺は……」三嶋が顎を撫でる。「あれで俺の人生は、すっかりおかしくなってしまった。まず、家族との関係がこじれた。親父は、必死に稼いだ金でようやく俺を大学へ入れたんだ。個人商店は収入が安定しないから、いい大学を出て、いい会社に入って、毎月きちんと給料をもらう仕事をしてくれ、と口を酸っぱくして言っていたよ。でも俺は、釈放された後に大学に行きにくくなって、結局やめてしまった。あの日の親父の顔は忘れられない。酒なんか呑まない人だったのに、突然呑み始めて……しかも、台所から包丁を持ってきて、じっと見てたんだ。殺されると思ったね。でも、所詮呑めない人だったからすぐに潰れて、何も起きなかったけど。それからだよ、親父の調子がおかしくなってしまったのは。それまでは熱心に店をやってたのに、急にやる気がなくなって、商売はあっという間に傾いていった。俺のせいで客が離れたということもあると思うけど……俺が引き継いだけど、結局店は潰れたよ」

「それであなたは、出稼ぎに出た」

「一度運が離れると、一生戻らないんだろうな。北九州では炭鉱事故に巻きこまれた。ちょっとタイミングが間違っていたら、死んでたな。実際は無事でも、そういう恐怖っていうのは、意外に長く残る。しばらくは、夜中に嫌な夢ばかりみていた——今でもたまに見るぐらいだ。それからは、あちこちを転々としたよ。仕送りしながら、ずっと地方で暮らすつもりだったんだけど、結局親父が倒れてね」

「それで立川に戻って来て、電気店を再開したんですね」

「そういうこと。それ以来ずっと、静かに暮らしてきたわけだよ。信じられるのは家族

――女房や子どもだけだった」

　その子どもが汚された――結婚して家族を持つことでようやく立ち直れたであろう三嶋にとって、娘がどれだけ大事な存在だったかは想像に難くない。何十年も経ってからその事実を知ったとしても、怒りはとんでもなく大きなものだっただろう。

「ずっと、小村のことを考えていた。あいつは卑怯者……自分の女のために、俺を警察に売ったんだ。青連同も、無責任に投げ出してしまった。その女、どうしたと思う？」

「妊娠した交際相手ですか？　亡くなった奥さんじゃないですよね」小村の息子は照英だけ。その頃生まれた子どもだとしたら、年齢の計算が合わない。

「違う。結局その人は流産して、小村とも別れたそうだ。小村は何気ない顔で大学に戻って、本来の目標通りに教員になった。何なんだろうな。そういう身勝手なこと、許されるのか？」

「褒められた話ではないですね」

　三嶋の怒りももっともだと思う。彼にすれば、「どうして自分だけ」だろう。そういう思いは、出たり引っこんだりしながら、何十年も続いたはずだ。

「娘さんの担任が小村さんだと分かった時は、嫌な気分だったんじゃないですか？」

「ああ」三嶋がうなずく。「転校させようかと思ったぐらいだった。しかし六年生から私立に入れるのは無理があるし、そんな金もなかった。うちは、ずっと立川で商売をしていて、簡単に引っ越すわけにもいかなかったし」

「でも当時は、裏で何かあるとは分からなかった」

「あの時朗子が打ち明けてくれていたら、その時点であいつを破滅させられたかもしれない。そうすれば、他に被害者も出なかったはずだ」三嶋が唇を噛む。

「小学生の子が親に打ち明けるには、厳しい問題だと思います」

「そうだよな……」

「しかし、小村さんは同じようなことを繰り返していました。教員時代、それに塾を始めてからも」もしかしたら塾を始めたのも、子どもたちの写真を撮影するのが狙いだったのでは、という疑念は残る。

「いったいどういうことなんだ？　ロリコンなのか？」

「それだけで片づけられる問題ではないでしょう。それこそ精神科医の分析が必要だと思いますが、本人にはもう話は聴けませんから、分かりようがない」

「被害者は何人ぐらいいるんだろう」

「想像もつきません」岩倉は力無く首を横に振った。もしかしたら三桁――いや、確実に三桁は超えているのではないだろうか。塾の名簿に書かれた小村の赤いSは、二十二個あった。それ以前、教員時代はどうだったか……。

ふいに、背筋を冷たいものが走る。結局、異常な性癖が小村自身をも滅ぼしたわけだ。それでも、これまで辛い目に遭った女性たちの苦しみが消えたわけではあるまい。何も解決しない。目の前で萎れている三嶋も復讐を遂げて満足したわけではあるまい。

ひどい事件だ。これほどひどい事件を、どう考えるべきだろう。

五時過ぎで取り調べを終えた。三嶋に対しては同情めいた気持ちはあるのだが、必要以上に気は遣わないように注意する。明日以降は浜田がまた取り調べを担当することを告げ、一礼しただけで三嶋を留置場へ送り出した。

「まあ……これで一応、全部解決ということになりますね。動機も含めて全部分かった……勉強になりましたよ」浜田の声は、どこか皮肉っぽい。

「たまたま材料が揃った——タイミングが良かっただけだよ。明日以降、よろしく頼む」

「それでガンさんは、満足でした？　いい仕事になりましたか？」

「分からない」岩倉は正直に言った。「どう考えるべきか……結論が出るまでには時間がかかりそうだな」

「ガンさんでそんなに悩むぐらいなら、俺は一生抱えて生きていくことになるでしょうね」

「俺は別に悟りを開いてるわけじゃない。悩める五十五歳のオッサンだ」

特捜本部が置かれた会議室に戻ると、多佳子と目が合った。誰かと話している——後ろ姿しか見えないが、女性だ。支援課の人間だろうか？　多佳子は特に困っている様子ではなかったが、念のためにそちらに歩みを進める。

刑事たちでごった返している中、二人は小声で話しているので、すぐには内容は聞こえてこない。岩倉は多佳子のすぐ横に腰を下ろした。彼女と話していた女性が、ひょいと頭を下げる――柿谷晶ではなかったのでほっとした。考えてみれば、警察の中でこんなに苦手意識を持つ相手ができたのは初めてかもしれない。

「あ……岩倉さんですか？」女性が目を見開いて訊ねる。

「どうも」

「支援課の秦香奈江《はたかなえ》です」

おとなしそうな顔と態度だ……晶は、何かあればすぐにこちらに嚙みつきそうなのに。

「お疲れ――うちの若いのは合格かな？」

「別に、これは試験じゃないですよ」香奈江が怪訝そうな表情を浮かべる。「事実関係を確認していただけです」

「甲府の方は？　まだそちらに伝わっていない事実が一つだけあるんだ」

「何ですか？」

「被害者の小村さんのメールアドレスを割り出して三嶋に教えたのは、娘婿の真一さんなんだ。三嶋の意図を分かっていたかどうかは現段階では何とも言えない」

「共犯の可能性もあるということですか？」香奈江が眉をひそめる。

「何とも言えない。こちらでは調べることになるし、何か分かればそちらにもすぐに知らせると思うけど……大筋は分かったけど、まだはっきりしないこともある」

「そちらの捜査優先でお願いします」香奈江が意外なことを言い出した。「うちの仕事は被害者や加害者の家族をフォローすることで、捜査の邪魔をするのは本意ではないですから」

「ええと……」岩倉は頬を掻いた。「君は、柿谷とはだいぶ感じが違うね」

「それは、私は晶さん——柿谷じゃないですから」香奈江が困ったように笑った。「でも、柿谷は、機嫌が悪くてカリカリしてるわけじゃありません。ちゃんと理由があります。それに、私が止めていますから」

「聴きたいところだけど、その話は長くなりそうだな」

「ええ。たっぷり時間をいただくことになると思います」

「だったら別の機会にするよ。今度一杯奢るから、その時にでも……しかし、警視庁にはストッパーが必要な人間が三人いるんだな。失踪課の高城課長、鳴沢了、そして柿谷」

「ああ……そういうの、聞いたことあります。すごい並びですよね」

「高城課長の場合、失踪課の女性刑事がストッパーになっているそうだ。鳴沢は異動が多いから、その時々でストッパーになる人がいたりいなかったり……柿谷の場合は君か」

「そうなりますね」香奈江が平然と認める。

「大変だ」

「大変です」香奈江が、まったく大変そうではない口調で言った。「ま、その辺はまた後で……お疲れ様です」

事情聴取の邪魔になるか――岩倉は一礼して立ち上がった。香奈江も礼を返す。内輪同士の普通の挨拶だが、何だか今日は様子が違う。

俺は本当に、新しい道を歩き出したのかもしれないと岩倉は思った。

呑みに行くかと誘うと、多佳子は乗ってきた。夜九時までかかった捜査会議が終わってからの呑み会となると、やはり飲食店が多い立川駅の南口……騒がしく、女性が好むような店は少ないはずだが、多佳子はこの繁華街を抜けた辺りに住んでいるから、馴染みの店があるかもしれない。

ビルの二階に入っているその店は、居酒屋以上料亭未満という感じだった。店内は豪華ではないものの清潔で、入った瞬間から印象がいい。客が少ないのは、午後九時と中途半端な時刻のせいだろう。食事を楽しみながら呑む店では、やはり午後七時から九時ぐらいが一番混み合うはずだ。

多佳子はいきなり、鯛茶漬けを注文した。

「それは締めじゃないか？」酒で粘っこくなった口と喉には、汁気のある食事が合う。それこそ茶漬けが美味いわけだ。別の店でラーメンでもいい。

「胃が空っぽで呑むと、だいたい悪酔いするんです。最初に胃を一杯にしておいた方がいいんですよ」

「何だか胃が重くなりそうだ」

「そんなこともないですよ。ここ、量は上品ですから」

強く勧められて、結局岩倉も鯛茶漬けを頼んだ。考えてみれば、昼から何も食べないまま、午後九時半である。胃の中は空っぽで、このまま酒を呑んだら強《したた》かに酔っ払いそうだ。

鯛茶漬けの量は確かに上品だった。ごまだれで飴色になった鯛の半分を白飯に乗せ、そのまま味わう。歯をしっかり押し返してくるような、弾力のある鯛だった。半分は生姜、ミツバ、大葉に胡麻と薬味を加え、出汁を注いでお茶漬けにする。鯛がたちまち白くなり、また違う味わいが楽しめた。

これは悪くない。さすがに呑む前にカレーや牛丼などのヘヴィな食事というわけにはいかないが、軽く炭水化物を入れておくのは確かに胃によさそうだ。

さて、酒はどうするか……ビール、焼酎、ウィスキー全てが今の胃の具合に合わない感じで、結局日本酒という結論に落ち着く。日本酒の品揃えは豊富だが、岩倉は日本酒に詳しくないので、「できるだけさっぱりしたものを」と注文して店員に任せてしまった。

出てきたのは八海山だった。名前は聞いたことがあるものの、呑んだことがない酒。確かに軽快で癖がない。ワインのようにフルーティな香りが強い日本酒もあるが、そういうのがない分、非常にさっぱりして軽い感じがする。これならどんな料理にでも合いそうだ。二人は適当に料理を注文した……多佳子の酒はビール。生中を頼んで、一息でグラスを空にしそうな勢いで呑む。

「鯛茶漬けの後にビールは、合わない感じがするけどな」

「そうですか？　ワインなんかよりはいいと思いますよ。そもそもビールの歴史は、滅茶滅茶古いんですから。少なくとも五千年前にはもう、オリエントで醸造が行われていたんです。それからずっと呑まれているんだから、どんな料理にも合うんですよ」

「その頃、鯛茶漬けはなかったと思うけど」

「屁理屈です」

「しかし君も、酒トリビアが特技だとは思わなかったな」そして好きな酒はビール、と岩倉は記憶した。

「ガンさんみたいに役に立つ知識じゃないですけどね」

「酒の場を和やかにできるだけで、十分役に立ってる」

「どうも」

二口目で、多佳子は本当にグラスを空にしてしまった。すぐに二杯目を頼み、顔を上げてちらりと岩倉の顔を見た。

「それで？」

「それで、とは？」

「これ、単なる打ち上げじゃないですよね？　何か言いたいことがあるんじゃないですか？」

「どうしてそう思う？」

「勘です」多佳子が右耳の上を人差し指で突いた。「私の勘、悪くないと思うんですけどね」

「ああ」岩倉は両手を揃えて膝に置いた。「酔っ払わないうちに言っておくよ」

「何ですか？　怖いんですけど」多佳子が身構える。

「違う、違う。君にお礼を言いたかったんだ」

「私、何もしてないと思いますけど」

「いや、刺激になった。君の存在というか、行動そのものが」

「はあ……それはありがたく思っていい話なんでしょうか」

「もちろん。俺ぐらいの歳になると、若い連中の指導係になってくれって言われることも多い。そういう話を聞いているうちに、何だか自分が、戦力としては期待されてないみたいな感じになる。でも俺は、君の動きを見て刺激を受けたよ。自分にはまだ足りないものがあるし、勉強しないといけないことが多いと気づかされた」

「何か……そんな風に言われると怖いですけどね」

「いやいや、本心からのお礼だよ。君もこの先、どこへ行くかは分からないけど、自分の希望は絶対に捨てないように」

「ガンさん、何だか異動するみたいですけど？」

「警察官はいつだって、異動を覚悟しておかないといけないんだよ」

5

特捜本部の打ち上げは、たいてい晴れやかな雰囲気に覆われる。犯人逮捕で被害者の無念を晴らせた――きつい捜査に参加していた刑事たちも、ようやく息苦しさから解放される。

今回も同じだった。

嫌な事件とはいえ、若い刑事たちは笑いながら大声で話している。自慢話、失敗談、時には上司の悪口。軽く酒が入り、時間が経つに連れて声はますます大きくなってくる。

自分はこういう世界に、何十年も身を浸してきた。民間の場合は知らないが、公務員では、こういう打ち上げは珍しいのではないだろうか。何しろ官公庁の中で酒盛りである――実際には、延々と続くわけではない。特捜本部に参加している人数にもよるが、一升瓶が何本か持ちこまれて、全員が湯呑み茶碗に一杯呑んだら終わってしまう。それでも最後は、気勢を上げて終了になるのが常だ。

しかし今回は、気が重い。三嶋の共犯の問題がまだ解決していないのだ。小村のアドレスを割り出した娘婿の真一――真一は「頼まれただけだ」と供述しているが、被害者の名前は事件発覚後すぐに明らかになったわけで、この件を自分から言わなかったのはいかにも怪しい。そして死体遺棄に関しても、三嶋の供述には信じがたい部分がある。あの現場で、一人で遺体を遺棄できたとは、どうしても思えないのだ。真一は容疑を否認し続けているが、この件はまだ叩いていかねばならない。娘婿が手を貸した――本当にそうなら、後味はさらに悪くなるだろう。

「どうだい、ガンさん」捜査一課長の石本が近づいてきた。既に顔が赤い――人より多く吞んでいるわけではなく、元々酒に強くないのだ。それでも頑張って吞んで、出世の階段を上がってきた。石本が若い頃は、酒が吞めなければ話にならなかっただろう。それは岩倉も同じだったが、今はそんな風に酒を強制したら「アルハラだ」と責められる。やりにくくなった――訳ではない。時代は変わる。自分が慣れていたものが世の中の全てだと思っていたら大間違いなのだ。戦国時代を生きてきた人が江戸時代になって「こんな世の中は間違っている」、江戸時代から生きて明治時代を迎えた人が「こんなはずではなかった」と文句を言っても何も始まらない。無理に自分を合わせていく必要はないにしても、文句を言ってばかりで動かなければ、結局その人は損をする。

岩倉は石本に向かって頭を下げた。酒の入った湯吞み茶碗をテーブルに置く。

「一課でお世話になります」と言って再び頭を下げる。

「そうか」

顔を上げると、石本は薄い笑みを浮かべていた。

「はい」これは認めざるを得ない。「立川中央署は、居心地が良かったです。

「所轄でもできる仕事はあると、改めて気づきましたし」

「ただし、警視庁の仕事の中心は本部だ。ガンさんには、様々な事件に首を突っこんでもらいたい。ガンさんの知恵を、若い連中に伝えて欲しいし——俺の望みは変わらないぞ」

「その件ですが……指導官みたいなポジションは勘弁してもらえますか？　そういう名前で祭り上げられると、現場の仕事ができなくなります。あくまで現場の刑事として動いて、余裕があれば後輩を指導する——勝手な考えでしょうか？」

「いや、問題ない」真顔で石本がうなずく。「こっちだって、ガンさんは戦力としても期待してるんだ。当然と言えば当然だよな？　定年も延びて、ガンさんもあと十年は仕事ができる。デスクで若い連中に説教だけしてるような役目は期待してないよ」

「そもそも、そういうのは似合わないと思いますよ」時には体力の衰えを感じないこともないが、デスクについたままだと、本当にどんどん体力が落ちてしまいそうな気がする。歩き回って普通に捜査をしていてこそ、今のコンディションを保てるのではないだろうか。

「異動の時期についてはどうする？」

「お任せします。決まったら、後は辞令に従うだけですから」

「だったらできるだけ早く、だな」石本がうなずく。「最近どうも、一課の中が緩んでいる。ガンさんに早くきてもらって、引き締めてもらわないと」

「だから、鬼軍曹みたいなことを期待されても困ります。俺はそういうキャラじゃないですし」

「鬼軍曹みたいな人がいないと困るんだけどな」石本が顔をしかめる。「昔はどこの職場にもそういう人が一人はいて、だれた人間がいるとぴしりと締めつけていた。暴力やパワハラは悪いことだけど、職場の適切な引き締めは、絶対に必要だと思う。ガンさんは、これからの世代をどうやって引き締めていくかも考えてくれよ」

「それだと、きつい捜査をやってる方が楽ですね」岩倉は苦笑した。

「俺らも、自分の仕事以外に、次の世代のことを考えるような年齢になってきたんだよ。それは避けられねえぞ」

「承知してます——でもとにかく、現場の捜査はやらせてもらいます」

「普通は、ガンさんぐらいの年齢になったら、現場を離れて楽をしたいって言うもんだけどな」石本が首を捻る。

実際、楽な道を選ぶ人もいる。一線の刑事として何十年もバリバリ働いた人が、定年を数年後に控えて、所轄の警務課に希望して異動するケースなどだ。それも自宅近くの……通勤を楽にして、毎日決まった時間だけ仕事をする。そうやって、定年後の暇な毎日に備えるということだろうか。単純に体がきつくなってくることもあるはずだ。

「まあ……今回の事件では色々考えさせられました。何十年も刑事をやっていても、『初めて』ということはあるんですね」

「俺だって未だにそうだよ。だから刑事の仕事は面白いのかもしれないが」

確かに。そしてその刺激がなくなってしまう日のことを、岩倉は本気で恐れた。


「パパってさ、何でこんなに物がないの？」娘の千夏がマスクを引きおろしながら言った。六月も終わり——マスクが鬱陶しくなる季節だが、千夏はまだマスクを常用している。「いくら一人暮らしでも、服とかもうちょっとあるのが普通じゃない」

「服なんか溜めてもしょうがないじゃないか」

「ファッションだよ、ファッション」

男女の違いというべきか、年齢の違いというべきか、ファッションに関しては岩倉と千夏はまったく意見が合わない。娘のご機嫌取りにと買い物につき合うこともあるのだが、毎回うんざりさせられる。「今日は買うものを決めてあるから」というので、引き取るだけかと思っていたら、「買うもの」は曖昧に「ブラウス」と決まっているだけだったりする。デパートなら建物の中を上下するだけで済むが、路面店をハシゴすると、まるでマラソンしているような気分になる。そして「一枚だけ」のつもりがいつの間にか増えて、買い物が終わる頃には両手一杯になってしまう。不思議なもので、母親——岩倉の元妻は、買い物にあまり頓着しない。理系だからというせいでもないだろうが、買い物で時間を無駄にするのは馬鹿馬鹿しいと思っている節がある。

岩倉は昔から、服はミニマムでいいという考えだった。仕事用にワイシャツが五、六枚、スーツが夏冬用それぞれ三着。休日用はジーンズとTシャツが何枚かだけで済ませ、冬はその上にセーターを着こむ。ずっと同じものを着て、駄目になったら買い替える――その方針でずっとやってきたから、これから変えることもないだろう。定年後は、私服の数を増やさねばならないが、何を選ぶかで迷うことはない。

「本はやらなくていい？　重くて手を痛めそう」千夏が段ボール箱の前でしゃがみこんだ。

「ああ、それは後で片づけるから……順番があるんだ」

「じゃあ、空いた段ボール箱、潰しておいていい？」

「もちろん」

千夏が突然、段ボール箱を乱暴に踏みつけ始めた。それで、底を補強しているガムテープは切れて箱は潰せるようになるのだが……無心で手軽な破壊行為を繰り返している娘を見ているうちに心配になってきた。何か大きなストレスを抱えて、こんなことで解消しようとしているのか？

岩倉は、本を段ボール箱から出し始めたが、床に積み重ねたままにしておくことにした。ジャンル別に分けて本棚に納めるつもりなのだが、注文しておいた本棚の配達は遅れ、着くのは次の日曜日の予定になっている。それまでは、床に積み重ねた本の隙間で暮らすことになるだろう。

片づけは夕方までに終わった。千夏は後ろで縛っていた髪を解き、いつもの髪型に戻った。一応引っ越し祝いということで、近くの蕎麦屋で一緒に夕食を摂る。千夏が「ビール呑んでいい？」と聞いたので仰天したが、考えてみれば娘ももう大学三年生、二十歳を過ぎている。酒ぐらい呑むのは当たり前だ。

「パパ、これで何回目の引っ越し？」

「何回目かな」指を折って数え始めたが、途中で分からなくなる。事件のことは覚えていても、自分のことになると相変わらずさっぱりだ。「しかし、勤め人になると、転勤は覚悟しないとな」

「えー、私、そういうのは嫌だな。東京以外に住むなんて想像もできない」

「そもそも何の仕事をするつもりなんだ？」

「考え中」肩をすくめて言って、千夏がビールを一口呑む。いい呑みっぷり……というわけではなく、修行を始めたばかりという感じだった。

「今は就職活動も早くから始まるから――」

「分かってる」

千夏が不機嫌に答える。おっと……こういうことは、今の学生の方が当然詳しい。というか当事者だ。そもそも警察官の試験一本に絞った就職活動しか経験していなかった岩倉に、何か言えるものではない。

「でもパパ、何でこっちへ帰って来る気になったの？」

「それは色々あって、簡単には説明できないんだけど、定年が延びることが一番大きいかな」

「ああ……公務員もそうだよね」

「あと十年もあるんだ。そう考えると、もう一仕事できる感じはする。この辺で一回立て直して、今後の人生を考えようと思ってさ——おい、俺の残りの人生なんかないって顔するなよ」

「してないよ」不機嫌に言って、千夏が顔の前で手を振った。「パパ、ちょっと被害妄想気味じゃない？　別に、五十五歳としては普通っていうか、そんなに老けてるわけじゃないからね」

「老けてるわけじゃないか……若いって言って欲しかったな」

「それは図々しくない？」

「まあ……そうだな」これは認めざるを得ない。歳が近い有名人を見ると、つい自分と比較してしまったりするのだが、そんな行為に意味がないのは明らかである。外見は若いつもりでいても、内面の変化までは止められないのだし。

　二人でゆっくり蕎麦を食べ、午後八時。時間に気づいて岩倉は慌てた。

「大丈夫か？　これからだと遅くなるだろう。泊まっていくか？」

「何言ってるの、パパ」千夏が吹き出した。「ここから一時間もかからないんだよ？

九時だったら、高校の頃の門限と同じ」

「そうか……」とはいえ今は一人暮らしだから、心配ではある。警察官をやっていると、東京の暗い面ばかり見てしまうのだ。

「でも、そろそろ帰る。明日は朝から講義だし」

「駅まで送るよ」

「平気よ……近いし」

「まだこの街に慣れないから、少し散歩もしておきたいんだ」

「ふうん」どこか馬鹿にしたように言って、千夏が立ち上がった。

岩倉が、もしかしたら現役刑事として最後に住む街になるかもしれないと考えて選んだのは、日比谷線と東急東横線の中目黒だった。これまで全く縁がなかった街なのだが、支援課にいる捜査一課のかつての同僚・村野《むらの》秋生《あきお》と話した時に、この街をべた褒めしていたのをふと思い出したのだ。結婚して、独身時代に住んでいた中目黒を離れてしまったのだが、今でも懐かしく感じることもある、と。確かに、警視庁の最寄駅である霞ケ関までは日比谷線で十五分ぐらいだし、一人暮らしの人間でも気楽に入れる飲食店も少なくないようだ。実際にいい街かどうかは、しばらく住んでみないと分からないだろうが。

改札に消える千夏を見送ってから、岩倉はぶらぶらと歩き出した。取り敢えず、駅近くの店を調べておかないと。夕飯はこの辺で食べることが多くなるだろうし。

しかし散歩はすぐに中断された。いきなり後ろからぶつかってきた人が――慌てて振り向くと、実里だった。暴漢ではないのだが、これはこれで緊張する。実際実里は、怪訝そうな表情を浮かべた。

「来ちゃった」

「ああ――今日は来ないかと思ってた」

「リハが早く終わったの」

このところ実里の母親は体調がいいようで、実里も久しぶりに舞台の仕事を入れたのだった。その稽古が既に始まっている。いつもの彼女だ、とほっとした。稽古の後や舞台公演の後の彼女は、練習や試合を終えたアスリートのようなもので、興奮し、息が弾んでいる。

岩倉は反射的に周囲を見回してしまった。

「ガンさん、どうしたの？」

「いや……」

「まさか、近くに愛人でもいる？」

「やめてくれよ。手伝いに来てた娘を、今見送ったところなんだ」

「あら、別に会ってもいいじゃない。私、挨拶したいな」

実里のこういうところがよく分からない。本気で言っているのか冗談なのか……。

「部屋はまだ全然片づいてないんだ」

「手伝うわよ」

「いや、本棚がまだ届いてないんだよ。日曜に届くから、本格的に片づけるのはそれからだな……この辺でお茶でも飲まないか？」

「いいわよ」

以前のように、互いの家に気軽に泊まって……というわけにはいかない。実里は依然として、実家で母親の面倒を見ているのだから。ただし最近、ようやく昼間だけ手伝いの人を入れたという。これで彼女も、かなり自由に動けるようになったわけだ。

二人は腕を組み、駅前の——というより高架下を走る山手通り沿いに歩き出した。この街で、この時間にお茶が飲める店はあるのだろうか……それにしても歩きにくい。山手通りは歩道がそれほど広くない上に、とにかく人が多いのだ。住んでいる人、遊びに来ている人、どちらが多いのだろう。

「まだしばらく落ち着かないわね。ガンさんの本棚、整理するだけで大変でしょう」

「本は、いつの間にか溜まるからなあ」

「ガンさんの本って、結構グロいのが多いよね」

「事件関係ばかりだからな……君の芝居の参考にはならないよ」

「そういうのをリアルで追求しても、ねえ」

飲食店はいくらでもあるのだが、喫茶店やカフェは見当たらない……チェーン店はあるのだが、せっかく実里と一緒にいるのにそれはないな、という意識も働いた。

結局、山手通りから一本奥に入ったところで喫茶店を見つけた。チェーン店のようだが、そういう店に特有の素っ気ない雰囲気ではない。雑誌などが揃っているところも、チェーン店らしくなかった。営業は十時までなので、まだ余裕はある。二人ともコーヒーを頼んだ。実里はすぐにバッグに手を入れて、薄いカーディガンを羽織った。昼間は夏本番を感じさせるほど暑かったのだが、夜になって少し気温が下がってきたし、この店は冷房がかなりきつく効いている。実里のほっそりした白い二の腕は魅力的で、それが隠れてしまったのは残念だったが。

「それで？」

「それで、とは？」

「ガンさん、異動してこっちへ引っ越してきた理由、まだはっきり話してくれてないよ」

「そうだったかな？」

「そう。おとぼけ？」

「わざわざ言うことでもないと思ってた……まあ、仕事のことが大きいかな。俺にちょっかいを出してくる人間はいなくなったし、定年延長で、これからまだ十年働くことになる。その十年でどんな仕事をしていくか考えないといけないんだけど、そろそろ好きにやってもいいかな、と思ったんだ」

「そのためには、こっちの方がいい？」実里が両手の人差し指を揃えて床を指差した。

「所轄暮らしも悪くないんだけど、ちょっと気が抜けてたと思う。これからもう一度、自分を鍛え直すつもりだよ」

「ガンさん、基本的に真面目だよね」

「ああ——でも、今話したのは公式見解かな」

「どういうこと？」実里が目を細める。

「君のためだよ」

「私の、ため」実里が掌を胸に当てる。そうするとカーディガンが肩から滑り落ちたが、直そうともしない。「母のこと？」

「お母さんというより、君のことだけど。お母さんの調子が悪くなってから、君は忙しいだろう？ 当然、俺と会う回数も減った。こういうことはあまり言いたくないけど、ある程度年齢のいった親がいると、いつ何が起きるか分からないだろう？ 今後も動きにくくなる。だったら俺が近くにいた方がいいだろう。何かあったら手助けできるかもしれないし」

「ガンさん……」

「まあ、俺の方で、君にいてもらわないと困るっていうのが本音だけどな」岩倉は小さな笑みを浮かべた。「都心と立川——やっぱり遠いよ。これでかなり近くなったから、これからは無理しないでも会えるだろう」

「ガンさんの調子が悪くなったら、私が介護してあげられるしね」

「よせよ、そんな年齢じゃない」

「でも考えて？　うちの母親、まだ六十三歳だよ？　六十過ぎて、急に調子が悪くなって……誰だって、一気に体調が悪くなる年齢ってあるんじゃないかな」

「六十じゃ、早過ぎるな」改めて言われると衝撃を受ける。実里の母親と自分は、八歳しか違わないわけだ。「君のお世話にならないように、今から体を鍛えておくよ」

「私、ガンさんだったら介護もできるけどね」

「それはカッコよくないだろう。君の前ではずっと、カッコよくいたいんだよ」

「はい、合格」実里がニコリと笑った。

「合格？」

「気持ちが若ければ、人間って老けないんじゃない？　ガンさん、そういう色気があるだけで合格よ。でも、他の子に色目は使わないでね。面倒臭くなるのは嫌だから」

岩倉は両の掌を顔の横で立て、実里の顔を凝視した。遮眼帯。それを見て実里が声を上げて笑う。

再スタートだ。俺はここから改めて、自分の人生を考えていく。

本作品は文春文庫のための書き下ろしです。
本書はフィクションであり、実在の人物、
団体とは一切関係がありません。

文春文庫

罪《つみ》の年《ねん》輪《りん》

ラストライン6

定価はカバーに
表示してあります

2024年3月10日　第1刷

著　者　堂《どう》場《ば》瞬一《しゅんいち》
発行者　大沼貴之
発行所　株式会社　文藝春秋

東京都千代田区紀尾井町 3-23　〒102-8008
TEL　03・3265・1211㈹
文藝春秋ホームページ　http://www.bunshun.co.jp

落丁、乱丁本は、お手数ですが小社製作部宛お送り下さい。送料小社負担でお取替致します。

印刷・TOPPAN　製本・加藤製本

Printed in Japan
ISBN978-4-16-792180-4